COLLECTION JULES VERNE

COLLECTION JULES VERNE
BAND 56

Zwei Jahre Ferien

Band 2

Pawlak Taschenbuch Verlag, Berlin, Herrsching

Nachdruck mit freundlicher Genehmigung des
Verlages A. Hartleben, Inh. Dr. Walter Rob, Wien I.
Die Vorlagen für die Umschlagillustrationen der
Collection Jules Verne sind Jules Verne Bänden,
erschienen im A. Hartleben's Verlag, Wien, entnommen.
Umschlaggestaltung: Bine Cordes, Weyarn
Die Orthographie wurde der heutigen Schreibweise angeglichen.

Gesamtherstellung: Elsnerdruck GmbH, Berlin
Printed in Germany
ISBN: 3-8224-1056-X

Inhalt

Erstes Kapitel

Briant besorgt wegen Jacques'. – Errichtung der Einhegung und des Viehhofes. – Ahornzucker. – Vernichtung der Füchse. – Neuer Ausflug nach der Sloughi-Bai. – Der bespannte Wagen. – Der Robbenschlag. – Das Weihnachtsfest. – Ein Hurra für Briant.

In French-den war während Gordons Fernsein alles nach Wunsch verlaufen. Das Haupt der kleinen Kolonie konnte Briant, dem die Kleinen eine herzliche Zuneigung entgegenbrachten, nur das beste Lob erteilen. Ohne seinen hochfahrenden und eifersüchtigen Charakter hätte gewiß auch Doniphan die vorzüglichen Eigenschaften seines Kameraden ihrem wahren Werte nach anerkennen müssen; das tat er indes niemals, und infolge des Übergewichtes, das er gegen Wilcox, Webb und Croß besaß, unterstützen ihn diese stets gerne, wenn es galt, dem jungen Franzosen, der sich nach Auftreten und Charakter nun einmal von seinen angelsächsischen Genossen unterschied, Widerpart zu halten.

Briant legte darauf übrigens kein Gewicht. Er tat, was er für seine Pflicht hielt, ohne sich darum zu bekümmern, was deshalb andere von ihm dächten. Die größte Sorge bereitete ihm nur das ganz unerklärliche Verhalten seines Bruders.

Trotz der Fragen, mit dem Briant ihm zusetzte, hatte er von Jacques immer nur die Antwort erhalten:

»Nein . . . Bruder . . ., mir fehlt nichts!«

»Du willst nur nicht sprechen, Jacques!« sagte er darauf. »Du tust aber unrecht; es würde für dich selbst wie für mich eine Erleichterung sein . . . Ich merke recht wohl, daß du immer trauriger, immer düsterer, verschlossener wirst . . . Laß dir zureden; sieh, ich bin dein älterer Bruder, ich habe ein Recht darauf, die Ursache deines Kummers zu erfahren . . .! Was hast du dir vorzuwerfen . . .?«

»Ach, Briant . . .«, hatte Jacques endlich geantwortet, als könnte er seine geheimen Gewissensbisse nicht länger überwinden ... Was ich getan habe ...? Du, du vielleicht würdest mir's verzeihen, aber die anderen ...«

»Die anderen ...? Die anderen ...?« rief da Briant. »Was willst du damit sagen, Jacques?«

Die Augen des Kindes hatten sich mit Tränen gefüllt; doch trotz des Drängens seines Bruders stieß er schluchzend nur noch die Worte hervor:

»Später sollst du es erfahren ... später!«

Briants Besorgnis konnte auf eine solche Antwort begreiflicherweise nur zunehmen. Was mochte denn Jacques von früher her so sehr bedrücken? Das wollte er um jeden Preis wissen. Sobald Gordon zurückkam, sprach er diesem von dem halben Geständnisse seines Bruders mit der Bitte, seinen Eunfluß bei diesem geltend zu machen.

»Wozu sollte das nützen?« antwortete ihm Gordon. »Besser scheint mir, wir lassen Jacques nach eigener Eingebung handeln. Und was er begangen hat ...? Gewiß eine Kleinigkeit, deren Bedeutung er übertreibt ... Warten wir ruhig, bis er sich freiwillig näher erklärt.«

Vom nächsten Tage, dem 9. November, an gingen die jungen Kolonisten wieder an die Arbeit, woran es nicht mangelte. Zunächst verlangten die Ansprüche Mokos, dessen Vorräte bedenkliche Lücken zeigten, baldige Berücksichtigung, obwohl die Dohnen und Schlingen in der Umgebung von French-den dann und wann Ausbeute geliefert hatten. In der Hauptsache fehlte es an größerem eßbaren Wild. Das machte es denn nötig, Fallen von solcher Stärke herzustellen, daß peruanische Schafe, Bisamschweine und Guaculis sich darin fangen konnten, ohne einen Schuß Pulver und Blei zu kosten.

Den Arbeiten dieser Art widmeten die Großen den ganzen Monat November, d.h. den Monat Mai der nördlichen Halbkugel.

Seit ihrer Hierherführung waren das Guanako, das Vigogne-(peruanische)Schaf und dessen beide Lämmer unter den nächsten Bäumen von French-den untergebracht worden, wo ihnen lange Stricke erlaubten, sich über einen gewissen Kreis hin frei zu bewegen. Das mochte wohl während der langen Tage so hingehen, vor Eintritt der Winterzeit mußte aber für ein verläßliches Obdach gesorgt werden. Gordon beschloß also, dicht am Auckland-Hill, an der Seite des Sees und ein wenig jenseits der Türe der Halle, einen Stall und eine Einfriedigung herstellen zu lassen.

Alle gingen ans Werk, und unter der Leitung Baxters entstand bald ein vollständiger Zimmerplatz. Es war eine Freude, die eifrigen Knaben mehr oder minder geschickt die Werkzeuge handhaben zu sehen, welche sie in dem Kasten des Tischlers vom Schoner gefunden hatten. Hier mühten sich die einen mit der Säge, dort die anderen mit Axt oder mit Hohlmeißel ab. Die Sache einmal falsch angefaßt zu haben, das konnte sie nicht abschrecken. Tief unten abgeschnittene und sorgsam entästete Bäume lieferten den Bedarf an dicken Pfählen, welche zur Abschließung eines Raumes nötig waren, der genügenden Platz bot, um ein Dutzend verschiedener Tiere bequem aufzunehmen. Diese fest in den Boden gerammten und durch Querhölzer verbundenen Stämme leisteten gewiß allen wilden Tieren Widerstand, wenn solche dieselben stürmen oder überspringen wollten, der Stall oder Schuppen wurde aus Teilen der Schanzkleidung des »Sloughi« errichtet, was den jungen Zimmerleuten die unter den vorliegenden Umständen sicherlich sehr mühsame Arbeit ersparte, die Baumstämme zu Planken zu zerschneiden. Das Dach desselben wurde sodann mit dichten, geteerten Pfortsegeln abgedeckt, um gegen Wind und Wetter Schutz zu gewähren. Ein gutes, dickes Streulager, das häufig erneuert werden sollte, frisches Futter, als Gras, Moose und Laub, wovon große Vorräte herbeigeschafft werden sollten, mehr bedurfte es ja nicht, um die Haustiere in gutem Zustand zu erhalten. Garnett und Service, welche eigens die Besorgung der Einfriedigung und der Bewohner derselben übernommen hatten, sahen ihre Mühe bald dadurch belohnt, daß das Guanako und das Vigogne-Schaf von Tag zu Tag zutraulicher und zahmer wurden.

Die Einfriedigung erhielt noch obendrein bald neue Gäste. Zuerst hatte sich in einer der Fallgruben im Walde noch ein zweites Guanako fangen lassen, und dann folgten noch ein Paar Vigogne-Schafe, männlichen und weiblichen Geschlechtes, deren sich Baxter mit Hilfe Wilcox' bemächtigte, welcher auch selbst im Werfen der Bolas eine vorzügliche Geschicklichkeit erlangt hatte. Selbst einen Nandu stellte Phann im vollen Laufe; man überzeugte sich jedoch, daß mit diesem ebensowenig anzufangen war wie mit dem ersten. Trotz guten Willens vermochte Service, der sich's nun einmal in den Kopf gesetzt hatte, nicht, dem Stelzvogel etwas Verstand beizubringen.

Es versteht sich von selbst, daß das Guanako und die Vigogne-Schafe bis zur Vollendung des Stalles jeden Abend im Store-room in Sicherheit gebracht wurden. Das Geschrei von Schakalen, das Kläffen von Füchsen und das Geheul von Raubtieren ertönte oft zu nahe bei French-den, als daß es klug gewesen wäre, jene Tiere im Freien zu lassen.

Während sich Garnett und Service nun ausschließlicher der Pflege des kleinen Tierbestandes widmeten, unterließen es Wilcox und einige seiner Kameraden nicht, die Schlingen und Dohnen instand zu erhalten, welche täglich nachgesehen wurden. Außerdem gab es auch noch Arbeit für die beiden Kleinsten, Iverson und Jenkins. Die Trappen, Fasanen, Perlhühner und Tinamus bedurften eines besonderen Hühnerhofes, den Gordon in der einen Ecke der Einhegung herstellen ließ, und den beiden Kindern fiel es zu, denselben zu besorgen, was sie auch mit großem Eifer ausführten.

Moko hatte, wie man sieht, jetzt nicht nur Milch von den Vigogne-Schafen, sondern auch Eier vom Federvieh zur Verfügung. Gewiß hätte er nun häufiger eine süße Zwischenspeise zubereitet, wenn Gordon nicht so sehr darauf hielt, den Zucker zu schonen. Nur an Sonn- und Festtagen sah man deshalb auf der Tafel eine Extraschüssel erscheinen, an der sich Dole und Costar weidlich gütlich taten.

Doch wenn es unmöglich war, Zucker zu erzeugen, konnte man nicht vielleicht ein Ersatzmittel desselben finden? Seine Robinsons immer bei der Hand, behauptete Service hartnäckig, man müsse danach nur ordentlich suchen. Gordon tat das auch und entdeckte am Ende unter den Dickichten der Traps-woods eine Gruppe Bäume, welche sich drei Monate später, in den ersten Herbsttagen, mit prächtigem, purpurrotem Laube schmücken sollten.

»Das sind Ahornbäume«, rief er, »zuckerliefernde Bäume!«

»Wie, Bäume aus Zucker?« fragte Costar, dem schon das Wasser im Munde zusammenlief.

»Nein, kleines Leckermaul«, antwortete Gordon. »Ich sagte nur: zuckerliefernde Bäume. Zieh nur die Zunge wieder ein!«

Das war eine der wichtigsten Entdeckungen, welche die jungen Kolonisten seit ihrer Niederlassung in French-den gemacht hatten. Durch einen Einschnitt in den Stamm dieser Ahornbäume erhielt Gordon einen ziemlich konzentrierten Saft, der durch weitere Verdunstung einen zuckerreichen Körper lieferte. Obwohl dem rein süßen Erzeugnisse aus dem Zuckerrohr und der Runkelrübe nicht ebenbürtig, erwies sich dieser Stoff für die Bedürfnisse der Küche doch nicht minder schätzbar und jedenfalls besser als die ähnlichen Erzeugnisse, welche man zur Frühlingszeit aus dem Birkensaft gewinnt.

Besaß man nun Zucker, so mußte man auch bald Likör haben. Nach Gordons Anweisung versuchte Moko die Trulca- und Algarrobekörner in Gärung zu versetzen. Nachdem sie zuerst in einer Kufe mittels einer größeren hölzernen Keule zerstampft waren, lieferten diese Körner eine alkoholhaltige Flüssigkeit, welche, beim Mangel eigentlichen Ahornzuckers, genügte, die warmen Getränke abzusüßen. Was sie von dem Teebaume gepflückten Blätter betraf, so zeigte es sich, daß diese fast der duftigen chinesischen Pflanze gleichkamen. Bei jedem Ausfluge in den Wald versäumten die Knaben auch niemals, davon mehr als ausreichende Vorräte mit heimzunehmen.

Kurz, die Insel Chairman bot ihren Bewohnern, wenn auch nichts Überflüssiges, jedenfalls das Notwendigste. Es fehlte höchstens – und das war ja bedauerlich – an frischem Gemüse. Man mußte sich also mit dem konservierten Gemüse zufriedengeben, von dem einige hundert Büchsen vorhanden waren, welche Gordon trotzdem möglichst schonte. Briant hatt zwar versucht, die in wilden Zustand zurückgelassenen Ignamen anzubauen, von denen der französische Schiffbrüchige einige Knollen am Fuße der Uferhöhe gesteckt hatte, doch das erwies sich vergeblich. Zum Glück wucherte, wie sich der Leser erinnern wird, der Sellerie sehr üppig neben den Ufern des Family-lake, und da man mit diesem nicht haushälterisch umzugehen brauchte, ersetzte er recht gut das frische Gemüse.

Selbstverständlich waren die Luftnetze, welche man während des Winters am linken Ufer des Rio ausgespannt hatte, mit Wiedereintritt der schöneren Jahreszeit zu Jagdnetzen umgewandelt worden. Man fing darin außer niederem Geflügel, kleinen Rebhühnern, auch einige Exemplare von Gänsearten, welche unzweifelhaft von den seewärts gelegenen Ländern herkamen.

Doniphan seinerseits hätte gerne einmal die weiten Gebiete der South-moors an der anderen Seite des Rio Sealand untersucht. Es wäre aber gefährlich gewesen, sich in diese Sümpfe zu wagen, welche die Gewässer des Sees zum großen Teil, vermischt mit Seewasser von der Flut her, bedeckten.

Wilcox und Webb fingen gleichzeitig eine große Anzahl Agutis (Meerschweinchenart), welche etwa so groß wie Hasen sind und deren weißliches, etwas trockenes Fleisch zwischen dem des Kaninchens und des wilden Schweins die Mitte hält. Gewiß wäre es schwierig gewesen, sich dieser flüchtigen Nagetiere, selbst mit Hilfe Phanns, im Laufe zu bemächtigen. Befinden sie sich dagegen in ihrem Bau, so genügt es, nur leise zu pfeifen, und wenn sie an den Eingang desselben kommen, sie wegzufangen. Zu wiederholten Malen brachten die jungen Jäger auch Stinktiere und Vielfraße sowie sogenannte peruanische Stinktiere mit heim, welche mit ihrem schönen schwarzen, weißgestreiften Fell ungefähr den Mardern gleichen, aber einen wahrhaft abscheulichen Geruch um sich verbreiten.

»Wie können Sie nur einen solchen Gestank aushalten?« fragt eines Tages Iverson.

»Hm, das ist Sache der Gewohnheit«, meinte Service.

Wenn der Rio seine Ausbeute an Galaxias lieferte, so fischte man aus dem mit größeren Arten bevölkerten Family-lake unter anderem schön aussehende Forellen, welche aber trotz des Abkochens ihren etwas brakigen Geschmack nicht verloren. Daneben hatte man alle Tage Gelegenheit, zwischen den Tangen und Algen der Sloughi-Bai Stockfische zu fangen, welche hier zu ungezähltn Tausenden vorkamen. Und wenn dann die Zeit herangekommen sein würde, wo die Lachse wieder in den Rio Sealand aufzusteigen begannen, wollte Moko sich mit diesen prächtigen Fischen versorgen, welche, im Salz aufbewahrt, für den Winter eine vortreffliche Nahrung zu bieten versprachen.

In dieser Zeit war es auch, wo Baxter auf Anraten Gordons sich damit beschäftigte, aus elastischen Eschenzweigen Bögen und aus Rohr Pfeile anzufertigen, deren Spitze mit einem Nagel versehen wurde, um Wilcox und Croß – nach Doniphan die geschicktesten Jäger – in die Lage zu versetzen, von Zeit zu Zeit etwas eßbares Wild zu erlegen.

Wenn sich Gordon auch gewöhnlich dem Gebrauche von Munition widersetzte, so kam doch einmal eine Gelegenheit, wo er von seiner strengen Sparsamkeit Abstand nehmen mußte.

Eines Tages – es war am 7. Dezember – nahm ihn nämlich Doniphan an die Seite und sagte:

»Gordon, wir werden hier von Schakalen und Füchsen belagert. Während der Nacht kommen sie in großen

Herden, zerstören unsere Schlingen und rauben das darin etwa gefangene Wild ... Dem müssen wir ein für allemal ein Ende machen.«

»Könnten wir nicht Fallen aufstellen?« antwortete Gordon, der wohl einsah, wo sein Kamerad hinauswollte.

»Fallen ...?« erwiderte Doniphan, der vor diesen volkstümlichen Jagdgeräten noch immer die frühere Mißachtung bewahrte. »Fallen ...? Das möchte noch angehen, wenn es sich nur um Schakale handelte, welche dumm genug sind, sich zuweilen in solchen fangen zu lassen. Mit Füchsen liegt die Sache aber anders. Diese Bestien sind zu schlau und halten trotz aller Vorsichtsmaßregeln unseres Wilcox die Nase davon fern. In der einen oder der anderen Nacht wird unsere Anpflanzung verwüstet werden und vom Geflügel im Hühnerhofe nichts mehr übrig sein ...!«

»Nun, wenn es nicht anders geht«, antwortete Gordon, »so bewillige ich einige Dutzend Patronen; doch achte jedenfalls darauf, nur wirksame Schüsse abzugeben!«

»Gut, Gordon, darauf darfst du dich verlassen! In der nächsten Nacht werden wir uns den Tieren in den Weg legen und ein solches Blutvergießen unter ihnen anrichten, daß sie sich lange Zeit nicht mehr werden sehen lassen.«

Die Vernichtung der Füchse schien wirklich dringlich, denn diejenigen aus dem Süden Amerikas sind, wie es scheint, noch listiger als ihre Stammverwandten in Europa. In der Umgebung der Haziendas richten sie fortwährend empfindliche Verwüstungen an und verfahren dabei so schlau, selbst die Lederriemen erst abzubeißen, mit denen Pferde oder andere Tiere auf den Weideplätzen angebunden sind.

Mit Einbruch der Nacht nahmen Doniphan, Briant, Baxter, Wilcox, Webb, Croß und Service Stellung in der Nähe eines »Covert« – der im Vereinigten Königreiche gebräuchliche Name für ausgedehntere, mit Gesträuch und Gebüsch bedeckte Bodenflächen. Der betreffende

Covert lag nahe den Traps-woods an der Seite des Sees.

Phann hatten die jungen Jäger absichtlich nicht mitgenommen, da er sie mehr geschädigt hätte, wenn er die Füchse aufmerksam machte. Um Aufspürung einer Fährte handelte es sich hier aber nicht. Selbst wenn er von schnellerem Laufe erhitzt ist, läßt der Fuchs nichts von seinem eigentümlichen Geruche zurück, oder seine Ausdünstungen sind wenigstens so leichter Art, daß auch die besten Hunde diese nicht erkennen können.

Es war um elf Uhr, als Doniphan und seine Kameraden sich zwischen dem Dickicht wilder Brombeergesträuche, welche den Covert umgaben, auf die Lauer legten.

Die Nacht war sehr dunkel.

Ein tiefes Schweigen, das nicht einmal der leiseste Windhauch störte, gestattete, das Herannahen der Füchse auf dem trockenen Grase zu hören.

Kurz nach Mitternacht meldete Doniphan die Annäherung einer Bande dieser Tiere, welche über den Covert trabten, um im See ihren Durst zu löschen.

Die Jäger warteten mit einiger Ungeduld, bis deren gegen zwanzig zusammen waren, was einige Zeit in Anspruch nahm, da jene nur mit größter Vorsicht weiter gingen, als hätten sie schon irgendeine Gefahr gewittert. Plötzlich donnerten auf Doniphans Signal mehrere Flintenschüsse durch die Nacht. Alle trafen ihr Ziel. Fünf bis sechs Füchse wälzten sich auf der Erde, während die meisten der anderen, welche in der Verwirrung nach rechts und nach links auszuweichen suchten, tödlich verletzt waren.

Bei Tagesanbruch fand man gegen zehn dieser Tiere im hohen Grase des Covert liegen. Und da sich dieses Gemetzel während der folgenden drei Nächte wiederholte, sah sich die kleine Kolonie bald von den gefährlichen Besuchern befreit, welche die Insassen der Einfriedigung in große Gefahr brachten. Übrigens lieferten diese nächtlichen Jagden auch noch gegen fünfzig silbergraue Felle, welche, entweder als Teppiche oder als Kleidungsstücke verwendet, in French-den manche Annehmlichkeiten und Vorteile gewährten.

Am 15. Dezember fand die große Expedition nach der Sloughi-Bai statt. Da das Wetter sehr schön war, erklärte Gordon, daß die ganze Gesellschaft daran teilnehmen solle, was von den Kleinsten mit hellem Freudengeschrei aufgenommen wurde.

Höchstwahrscheinlich konnte die Gesellschaft, wenn sie frühzeitig aufbrach, noch vor der Nacht wieder zurückgekehrt sein. Sollte indes eine Verzögerung eintreten, so wollten sie einfach unter den Bäumen übernachten.

Diese Expedition verfolgte als Hauptzweck eine Jagd auf Robben, welche in der wärmeren Jahreszeit das Uferland der Wrack-coast in ungeheurer Menge besuchten. Es fing nämlich das während der Abende und Nächte des langen Winters vielgebrauchte Leuchtmaterial wirklich an zu fehlen. Von dem Vorrate an Kerzen, die der französische Schiffbrüchige hergestellt hatte, waren kaum noch zwei bis drei Dutzend übrig. Das Öl aber, welches sich in den Fässern auf dem »Sloughi« vorgefunden und das zur Speisung der Laternen diente, war auch schon zum größten Teil verbraucht, was den vorsorglichen Gordon nicht wenig beunruhigte.

Gewiß hatte Moko eine nicht unbeträchtliche Menge des Fettes aufgesammelt, welches das Wild, Nagetiere, Wiederkäuer und Geflügel lieferte; doch lag es nur zu sehr auf der Hand, das dasselbe durch den Tagesbedarf schnell genug erschöpft würde. War es nun gar nicht möglich, dasselbe durch einen Körper zu ersetzen, den die Natur ganz oder doch fast fertig zum Gebrauche vorbereitet hatte? Konnte sich die kleine Kolonie nicht wegen Mangels an pflanzlichen Ölen einen sozusagen unerschöpflichen Stock an tierischen Ölen verschaffen?

Ja, gewiß; wenn es den Jägern nur gelang, eine Anzahl jener Robben, jener Pelz-Otarien zu erlegen, die sich während der warmen Jahreszeit auf den Klippen der Sloughi-Bai einfanden. Man mußte sich aber beeilen, denn diese Amphibien zögerten gewiß nicht länger, sich nach den südlichen Gebieten des antarktischen

Meeres zurückzuziehen.

Die geplante Expedition war also von hoher Wichtigkeit, und die Vorbereitungen dazu wurden auch so getroffen, daß sie gute Erfolge versprach.

Seit einiger Zeit schon hatte Service und Garnett es sich angelegen sein lassen, die beiden Guanakos zu Zugtieren abzurichten. Baxter hatte für dieselben Halfter von trockenem Grase und mit Leinwand überzogen angefertigt, und wenn man jene bis jetzt auch noch nicht ritt, so war es doch vielleicht möglich, sie vor den Wagen zu spannen, gewiß ein Vorzug gegenüber der Notwendigkeit, sich sonst selbst vorzuspannen.

So wurde der Wagen also mit Schießbedarf, Mundvorrat und verschiedenen Geräten beladen, darunter eine große Mulde und ein halbes Dutzend leere Fässer, welche mit Robbenöl gefüllt werden sollten. Es empfahl sich ja, die Tiere an Ort und Stelle auszuweiden, statt sie erst nach French-den zu schaffen, wo die Luft von ihnen mit ungesunden Dünsten geschwängert worden wäre.

Der Aufbruch erfolgte mit Aufgang der Sonne, und während der ersten beiden Stunden kam man ohne Schwierigkeit vorwärts. Wenn der Wagen nicht allzuschnell dahinrollte, so lag das an dem ziemlich unebenen Boden des rechten Ufers am Rio Sealand, welches für Zugtiere, also hier für die Guanakos, nicht besonders geeignet war. Eigentlich beschwerlich wurde die Sache jedoch erst, als die kleine Gesellschaft um das Schlammloch der Bog-woods und zwischen den Bäumen des Waldes hinwanderte. Die kleinen Beine Costars und Doles wußten davon ein Liedchen zu singen. Gordon mußte ihnen auch auf Ansuchen Briants gestatten, auf dem Wagen Platz zu nehmen, um ausruhen zu können, ohne zurückzubleiben.

Gegen acht Uhr, als das Gespann längs der Grenze des Schlammloches nur mühsam vorwärts kam, lockten die Rufe Webbs und Groß', welche etwas vorausgingen, erst Doniphan und dann auch die anderen herbei.

Inmitten des Morastes der Bog-woods und in der

Entfernung von etwa hundert Schritten wälzte sich schwerfällig ein ungeheures Tier umher, das die jungen Jäger sofort erkannten. Es war ein feister, rötlich gefärbter Hippopotamus, der, zum Glück für ihn selbst, unter dem dichten Laubwerke des Sumpfes verschwand, ehe es möglich gewesen wäre, auf denselben zu schießen. Doch wozu hätte auch ein solch völlig nutzloser Flintenschuß dienen können?

»Was ist denn das, das große Tier da?« fragte Dole, der schon durch das Erblicken desselben ganz ängstlich geworden ist.

»Das ist ein Hippopotamus«, belehrte ihn Gordon.

»Hippopotamus . . .? Was für ein drolliger Name!«

»Nun, in unserer Sprache würde es ›Flußpferd‹ lauten«, erklärte Briant.

»Das sieht ja einem Pferde aber gar nicht ähnlich«, bemerkte Costar ganz richtig.

»Nein«, rief Service, »meiner Ansicht nach hätte man den Dickhäuter lieber Porkopotamus (Flußschwein) nennen sollen.«

Diese Äußerung erschien sehr treffend und erregte ein lautes Gelächter der Kleinen.

Es war ein wenig über zehn Uhr vormittags, als Gordon das Vorland der Sloughi-Bai betrat. Hier machte man neben dem Rio halt, an derselben Stelle, wo sich nach Zerlegung der Yacht der erste Lagerplatz befunden hatte. Etwa hundert Robben spielten hier auf den Klippen oder wärmten sich im Sonnenschein, andere tummelten sich sogar auf dem Sande selbst, also außerhalb des Klippengürtels umher.

Diese Amphibien mußten mit der Anwesenheit von Menschen nur wenig vertraut sein. Vielleicht hatten sie noch nie ein menschliches Wesen gesehen, da der französische Schiffbrüchige doch mindestens schon seit zwanzig Jahren tot war. Daher kam es wohl, daß die ältesten Tiere der großen Schar nicht auf drohende Gefahren aufpaßten, welche Vorsichtsmaßregel sonst bei allen, welche in den arktischen oder antarktischen Gebieten erlegt werden, ganz gewöhnlich ist. Immerhin mußte man sich hüten, sie vorzeitig zu erschrecken, denn sie würden dann schnell genug den Platz verlassen haben.

Zuerst aber hatten die jungen Kolonisten, als die Sloughi-Bai wieder vor ihnen auftauchte, die Blicke hinausgerichtet nach dem Horizont, der sich zwischen dem Amerikan-cape und dem False-sea-point so weit vor ihnen ausdehnte.

Das Meer war völlig verlassen; noch einmal erkannte man, daß diese Gegend ganz abseits von den besuchten Seewegen liegen mußte.

Dennoch konnte es wohl vorkommen, daß ein Schiff in Sicht der Insel vorübersegelte. Für diesen Fall wäre ein Beobachtungsposten auf dem Gipfel des Auckland-hill oder selbst oben auf der Höhe des False-sea-point, wohin eine Signalkanone vom Schoner gebracht werden konnte, entschieden vorteilhafter gewesen als der Mast, um die Aufmerksamkeit von Leuten in größerer Ferne zu erregen. Damit hätte man aber die Verpflichtung übernommen, Tag und Nacht an dieser Stelle auf der Wacht und folglich weit von French-den zu bleiben. Gordon erklärte eine solche Maßregel deshalb für unpraktisch. Selbst Briant, den die Frage der Heimkehr täglich beschäftigte, mußte ihm zustimmen. Zu beklagen war jedenfalls, daß French-den nicht an dieser Seite des Auckland-hill mit der Aussicht nach der Sloughi-Bai lag.

Nach einem kurzen Frühstück, als die Mittagssonne die Robben einlud, sich auf dem Strande zu wärmen, bereiteten sich Gordon, Briant, Doniphan, Croß, Baxter, Webb, Wilcox, Garnett und Service vor, die Jagd zu beginnen. Während dieser Zeit sollten Iverson, Jenkins, Jacques, Dole und Costar am Lagerplatze unter der Aufsicht Mokos zurückbleiben – ebenso wie Phann, den man nicht inmitten dieser Herde Amphibien umherspringen lassen durfte. Sie hatten übrigens auch die beiden Guanakos zu bewachen, welche unter den ersten Bäumen des Waldes grasten.

Alle Waffen der kleinen Kolonie an Gewehren und

Revolvern waren nebst reichlichem Schießbedarf mit hierhergebracht worden. In letzterer Hinsicht hatte auch Gordon nicht gegeizt, da es sich um ein ganz allgemeines Interesse handelte.

Zunächst bot sich den Jägern nun die Aufgabe, den Robben den Rückzug von der Küste ins Meer abzuschneiden. Doniphan, den seine Kameraden gern die Führung bei diesem Vorhaben überließen, veranlaßte sie, den Rio bis zu seiner Mündung hinabzugehen, wobei sie von dem Ufer verdeckt blieben. Von da aus mußte es leicht sein, längs des inneren Klippenrandes hinzueilen, um das Vorland zu umzingeln.

Dieser Plan wurde mit voller Klugheit ausgeführt. Einen Abstand von je zwanzig bis dreißig Schritten zwischen sich lassend, hatten die jungen Jäger bald einen Halbkreis zwischen dem Strand und dem Meer gebildet.

Auf ein von Doniphan gegebenes Zeichen erhoben sich dann alle auf einmal, die Gewehre knatterten zu gleicher Zeit, und auf jeden Schuß fiel auch ein Opfer.

Diejenigen von den Robben, welche nicht getroffen worden waren, richteten sich, mit dem Schwanze und den Flossenfüßen fechtend, empor und beeilten sich, von dem Krachen der Schüsse erschreckt, hüpfend das Meer zu gewinnen.

Man verfolgte dieselben noch mit Revolverschüssen. Doniphan, hier ganz in seinem Fahrwasser, tat wahre Wunder, während seine Kameraden es ihm nach besten Kräften nachzutun versuchten.

Das Gemetzel dauerte nur wenige Minuten, obwohl die Amphibien bis zum äußersten Klippenrande verfolgt worden waren. Noch weiter draußen verschwanden die Überlebenden und ließen einige zwanzig Getötete und Schwerverletzte auf dem Vorland zurück.

Die Expedition war bis hierher vollkommen geglückt, und die Jäger richteten sich nun, nach dem Lager zurückgekehrt, unter den Bäumen ein, um hier sechsunddreißig Stunden verbringen zu können.

Der Nachmittag wurde jetzt einer Arbeit gewidmet,

die freilich etwas widerlich war. Gordon nahm an derselben selbst teil, und da dieselbe nun einmal nicht zu umgehen war, so gingen auch alle anderen entschlossen ans Werk. Zuerst mußten die zwischen den Klippen getöteten Robben nach dem Strand geschafft werden. Obwohl diese Tiere nur eine mittlere Größe zeigten, war die Aufgabe doch keineswegs leicht.

während dieser Zeit hatte Moko das große metallene Gefäß über einen zwischen zwei Steinen errichteten Herd eingesetzt. Die in fünf bis sechs Pfund schwere Stücke geschnittenen Robben kamen darauf in diesen Kessel, der vorher mit Süßwasser, geschöpft aus dem Rio zur Ebbezeit, halb angefüllt war. Ganz kurze Zeit genügte, um durch das Sieden derselben ein ziemlich klares, auf der Oberfläche schwimmendes Öl abzuscheiden, mit dem die Tonnen nach und nach gefüllt wurden.

Diese Arbeit machte durch ihren widerlichen Geruch die betreffende Stelle zum Aufenthalt ganz untauglich. Jeder verstopfte sich die Nase, doch nicht die Ohren, welche es vermittelten, die Scherzreden zu hören, welche bei dieser unangenehmen Tätigkeit fielen. Selbst der delikate »Lord Doniphan« fehlte nicht bei der Arbeit, die auch am nächsten Tage wieder aufgenommen wurde.

Gegen Ende dieses zweiten Tages hatte Moko mehrere hundert Gallonen Öl abgeschöpft, womit man sich gerne begnügen konnte, da die Beleuchtung von French-den für die Dauer des nächsten Winters gesichert schien. Übrigens waren die Robben weder nach den Klippen noch nach dem Strand zurückgekehrt, und sie besuchten das Ufer der Sloughi-Bai wahrscheinlich nicht eher wieder, als bis sie mit der Zeit den gehabten großen Schreck vergessen hatten.

Am folgenden Morgen wurde das Lager mit dem Morgenrote aufgehoben – wir dürfen wohl verraten, zur allgemeinen Befriedigung aufgehoben. Am Vorabend war der Wagen noch mit den Fässern, Werkzeugen und Geräten beladen worden. Da er auf dem Rückweg schwerer als auf dem Hinweg sein mußte, konnten die Guanakos ihn nicht so schnell fortziehen, vorzüglich auch weil der Erdboden nach dem Family-lake zu merkbar anstieg.

Zur Zeit des Aufbruches war die Luft von dem betäubenden Geschrei Tausender von Raubvögeln erfüllt, von dem von Bussards oder Falken, welche, vom Innern der Insel hinzugeflogen, sich um die Reste der Robben zankten, von denen gewiß bald keine Spur mehr übrig sein sollte.

Nach einem letzten Gruß, gerichtet an die Flagge des Vereinigten Königreichs, welche auf dem Gipfel des Auckland-hill wehte, und nach einem letzten Blick nach dem Horizont des Stillen Weltmeeres, setzte sich die kleine Truppe in Bewegung, indem sie dem rechten Ufer des Rio Sealand folgte.

Die Rückkehr verlief ohne jede Störung. Trotz der Schwierigkeiten des Weges taten die Guanakos ihre Schuldigkeit so vortrefflich und halfen ihnen die Großen so zur passenden Zeit, wenn eine gar zu schlechte Stelle zu passieren war, daß alle vor sechs Uhr abends in French-den wieder eintrafen.

Der nächste und die folgenden Tage wurden den gewohnten Arbeiten gewidmet. Mit dem Robbenöl machte man einen Versuch in den Laternen und überzeugte sich, daß das Licht, welches dasselbe trotz nur mittelmäßiger Qualität gab, zur Beleuchtung der Halle und des Store-room hinreichen würde. Somit war nicht mehr zu fürchten, daß sie während der langen Wintermonate vielleicht gar im Finstern sitzen müßten.

Inzwischen näherte sich die von den Angelsachsen so freudenvoll gefeierte Christmas, der Weihnachtstag. Gordon wünschte, daß derselbe auch hier mit gebührender Feierlichkeit begangen werde. Das erschien wie eine der verlorenen Heimat gewidmete Erinnerung, wie ein Gruß des Herzens an die entfernten Angehörigen! Oh, wenn alle diese Kinder sich hätten vernehmbar machen können, wie würden sie da gerufen haben: »Wir sind hier ... alle! Und lebend, frisch und gesund ...!

Ihr werdet uns wiedersehen . . .! Gott wird uns zu euch noch zurückführen!« . . . Ja, sie konnten noch eine Hoffnung bewahren, die ihren Eltern weit da draußen abgehen mußte, die Hoffnung, sie eines Tages wiederzusehen.

Gordon verkündete also, daß der 25. und 26. Dezember in French-den gefeiert werde und jede Arbeit während dieser beiden Tage ruhen sollte. Die erste Christmas war hier auf der Insel Chairman dieselbe wie in verschiedenen Ländern Europas der Neujahrstag.

Mit welchem Jubel diese Ankündigung aufgenommen wurde, kann man sich leicht vorstellen. Selbstverständlich mußte es nun zum 25. Dezember auch einen Festschmaus geben, für den Moko Wunder zu verrichten versprach. Service und er hatten auch fortwährend heimlich über diesen Gegenstand miteinander zu verhandeln, während Dole und Costar, denen das Wasser schon im voraus im Munde zusammenlief, das wohlbewahrte Geheimnis zu durchschauen sich bemühten. Die Speisekammer war übrigens vollkommen ausgerüstet, um alles zu liefern, was zu einer Festtafel notwendig erschien.

Der große Tag kam heran. Auswendig, über der Tür der Halle, hatten Baxter und Wilcox in künstlerischer Anordnung alle Wimpel, Stander und Flaggen des »Sloughi« angebracht, was French-den ein besonders festliches Aussehen verlieh.

Am frühen Morgen rief ein Kanonenschuß das lustige Echo des Auckland-hill wach. Es war eines der kleinen Signalgeschütze, das Doniphan durch die Wandöffnung der Halle vorgeschoben und das er zu Ehren der Christmas hinausdonnern ließ.

Sogleich brachten die Kleinen den Großen ihre Neujahrswünsche dar, welche von diesen väterlich erwidert wurden. An das Oberhaupt der Insel Chairman richtete Croß sogar eine wirkliche Anrede, welcher Aufgabe er sich nicht ohne Erfolg entledigte.

Jedermann hatte für diese feierliche Gelegenheit die beste Kleidung angezogen. Das Wetter war herrlich und vor wie nach dem Frühstück machte die ganze Gesellschaft einen Spaziergang längs des Sees oder veranstaltete auf dem Sportfeld Spiele, an denen alle teilnehmen sollten. Vom Bord der Yacht waren alle in England so beliebten Spielgerätschaften mit hergeschafft worden, wie Kegel, Bälle, Schlägel und Ballnetze – für den »Golf«, der darin besteht, Kautschukbälle in verschiedene weit voneinander entfernte Erdlöcher zu treiben – für den »Foot-Ball«, bei dem ein großer Lederball mit dem Fuße fortzustoßen ist; für die »Bowls«, das sind unregelmäßig geformte Holzkugeln, welche mit der Hand geworfen werden, und bei denen es darauf ankommt, die durch ihre ovale Form entstehende Abweichung in der Richtung möglichst zu vermindern, und endlich für die »Fives«, ein Spiel, das an das Ballwerfen an eine Mauer erinnert.

Der Tag verlief leider sehr schnell. Die Kleinen überließen sich ganz der ausgelassensten Freude, doch ging alles nach Wunsch ab, ohne daß es zu Zank und Streit gekommen wäre. Freilich war Briant fast ausschließlich in Anspruch genommen, Dole, Costar, Iverson und Jenkins zu unterhalten, ohne daß es ihm gelang, seinen Bruder Jacques zur Teilnahme bei deren Belustigungen zu veranlassen, während Doniphan und dessen gewöhnliche Parteigänger Webb, Croß und Wilcox trotz der Einwendungen des klugen Gordon eine Gesellschaft für sich bildeten. Als endlich durch einen zweiten Kanonenschuß die Eßstunde angekündigt wurde, liefen die jungen Tischgenossen eiligst herzu, ihre Plätze an der, im Eßzimmer des Store-room bereitstehenden Tafel anzunehmen.

Auf dem großen, mit blendend weißem Tischtuche bedeckten Tisch nahm ein in einem großen Kübel gepflanzter und mit Grün und Blumen geschmückter Christbaum den Mittelpunkt ein. An demselben hingen kleine Fähnchen mit den vereinigten Farben Englands, Amerikas und Frankreichs.

Moko hatte sich bei der Herstellung der Festtagsmahlzeit wirklich selbst übertroffen und zeigte sich nicht wenig stolz auf die Lobsprüche, die ihm, sowie seinem liebenswürdigen Gehilfen Service, zuteil wurden. Ein gedämpfter Aguti, ein Ragout von Tinamus, ein gebratener, mit aromatischen Kräutern gewürzter Hase, eine junge Trappe mit erhobenen Flügeln und den Schnabel in die Luft haltend, wie ein schöner Fasan, drei Büchsen konserviertes Gemüse, ein Pudding – und was für ein Pudding! In Form einer Pyramide mit den gebräuchlichen kleinen Rosinen und Algarrobebeeren, der seit länger als einer Woche schon in einem Bade von Brandy lag, dann einige Gläser Weißwein, Sherry, Likör, Tee und zum Dessert noch Kaffee – das mußte wohl hinreichen, den Christmastag auf der Insel Chairman gebührend zu feiern.

Briant brachte dann einen herzlichen Toast auf Gordon aus, den dieser erwiderte, indem er auf das Wohlsein der kleinen Kolonie und auf die Erinnerung an die abwesenden Familien trank.

Endlich – ein wirklich rührender Anblick – erhob sich Costar und dankte im Namen der Jüngsten Briant für die Aufopferung, von der er gerade ihnen so oft die schönsten Beweise gegeben habe.

Briant konnte seiner tiefen Bewegung kaum Ausdruck geben, als schon laute Hurrahs zu seiner Ehre ertönten – Hurrahs, welche in Doniphans Herzen freilich keinen Widerhall fanden.

Zweites Kapitel

Vorbereitungen für den nächsten Winter. – Ein Vorschlag Briants. – Abfahrt Briants, Jacques' und Mokos. – Über den Family-lake. – Der East-river. – In kleiner Hafen an der Mündung. – Das Meer im Osten. – Jacques und Briant. – Heimkehr nach French-den.

Acht Tage später begann das neue Jahr 1861 und für diesen Teil der südlichen Halbkugel trat dasselbe im vollen Hochsommer ein.

Es waren nun fast zehn Monate verstrichen, seit die jungen Schiffbrüchigen des »Sloughi« auf ihre Insel, achtzehnhundert Meilen von Neuseeland, verschlagen wurden.

Im Laufe dieses Zeitraumes hatte sich ihre Lage sichtlich gebessert. Es gewann den Anschein, als könnten sie sich versichert haben, allen Bedürfnissen des materiellen Lebens für die Zukunft entsprechen zu können, doch immer weilten sie allein auf unbekanntem Lande! Würde die Hilfe von außen – die einzige, welche sie erhoffen konnten – endlich kommen und auch kommen, ehe die schöne Jahreszeit wieder zu Ende ging, oder sollte die Kolonie verurteilt sein, noch einmal die große Strenge eines antarktischen Winters durchzukosten? Bisher waren sie ja von keiner Krankheit heimgesucht worden. Alle, Große und Kleine, befanden sich den Umständen angemessen vortrefflich. Dank der weisen Vorsicht Gordons, der sorgsam darüber wachte – was zuweilen einigen Widerspruch gegen seine Strenge wachrief –, war keine Unklugkeit, ein Exzeß irgendwelcher Art begangen worden. Doch mußte man nicht auch mit den Launen und Neigungen rechnen, von welchen Kinder dieses Alters, vorzüglich die jüngsten, ja niemals ganz frei sind? Kurz, wenn die Gegenwart recht annehmbar erschien, konnte man wegen der Zukunft doch nicht immer so beruhigt sein. Um jeden Preis wollte Briant, der sich Tag für Tag mit diesem Gedanken trug, die Insel Chairman verlassen. Wie hätte man aber mit dem einzigen Fahrzeug, das man besaß, mit der gebrechlichen Jolle, eine Fahrt wagen können, welche vielleicht recht lang werden konnte, wenn die Insel nicht einer der Gruppen im Stillen Weltmeere angehörte, oder wenn das benachbarte Festland einige hundert Meilen entfernt lag? Selbst wenn zwei oder drei der kühnsten Knaben sich geopfert hätten, ein Land im Osten aufzusuchen, wie wenig Ausicht hatten dieselben doch, ein solches zu erreichen! Nein, sicherlich, das überstieg ihre Kräfte, und Briant wußte also selbst nicht, was er zur Rettung aller ersinnen konnte.

Es blieb eben nichts übrig, als zu warten, immer zu warten, und inzwischen tätig zu sein, um die Wohnlichkeit von French-den noch weiter zu erhöhen. Wenn die jungen Kolonisten, angesichts der dringlichen Aufgaben für den nächsten Winter, diesen Sommer nicht dazu kamen, so wollten sie wenigstens im folgenden Sommer ihre Insel überall genauer in Augenschein nehmen.

Jeder ging entschlossen ans Werk. Die Erfahrung hatte ihnen schon gelehrt, was die Winterstrenge unter diesen Breiten zu bedeuten habe. Wochen, ja, ganze Monate lang, zwang sie die Witterung, sich in der Halle aufzuhalten, und es war nur eine Maßregel der Klugheit, sich gegen Hunger und Kälte zu versorgen und zu schützen – gegen diese beiden Feinde, welche am meisten zu fürchten waren.

Die Kälte in French-den zu besiegen, dazu bedurfte es ja nur hinreichenden Heizmaterials, und der, wenn auch noch so kurze Herbst sollte gewiß nicht vergehen, ohne daß Gordon genügende Holzvorräte ansammeln ließe, um die Öfen Tag und Nacht zu speisen. Doch hatte man nicht auch an die Haustiere zu denken, welche sich in der Einfriedigung und im Hühnerhofe befanden? Sie im Store-room unterzubringen, das wäre ebenso belästigend wie vom hygienischen Standpunkt betrachtet unvorsichtig gewesen. Es machte sich also notwendig, den Stall innerhalb der Einhegung mehr auszubauen, um Schutz gegen die niedrige Temperatur zu gewähren, und ihn durch Aufstellung eines Ofens schlimmstenfalls zu heizen, um die Luft im Innern auf erträglichem Grade zu erhalten. Damit beschäftigten sich Briant, Baxter, Service und Moko während der ersten Wochen des neuen Jahres.

Was die nicht minder wichtige Frage der Ernährung während der ganzen Winterperiode anging, so übernahmen es Doniphan und seine Jagdgenossen, diese zu lösen. Jeden Tag besichtigten sie die Fallen, Schlingen und Dohnen. Was nicht zum augenblicklichen Bedarfe verwendet wurde, das vergrößerte die Vorräte der Speisekammer als gesalzenes oder geräuchertes Fleisch, welches Moko mit gewohnter Sorgfalt herstellte. So sicherte man sich die nötige Nahrung, wenn der Winter auch noch so lange anhalten sollte.

Ein Ausflug blieb aber immer noch zu unternehmen, und zwar mit dem Zweck, nicht alle noch unbekannten Gebiete der Insel Chairman zu erforschen, sondern nur den im Osten des Family-lake gelegenen Teil derselben kennenzulernen.

Man wollte dabei erfahren, ob derselbe Wälder, Sümpfe oder Dünen enthalte und ob er vielleicht gar neue, nützlich zu verwendende Hilfsmittel böte.

Eines Tages sprach Briant über dieses Thema mit Gordon und beleuchtete dasselbe auch noch von anderem Gesichtspunkte.

»Obwohl die Karte des schiffbrüchigen Boudoin mit einer gewissen Sorgfalt hergestellt ist, von der wir uns mehrfach überzeugen konnten«, begann er seine Worte, »so erscheint es mir doch wichtig, den Stillen Ozean im Osten einmal selbst in Augenschein zu nehmen. Uns stehen vortreffliche Fernrohre zur Verfügung, welche mein Landsmann nicht besaß, und wer weiß, ob wir nicht Land entdecken, wo er kein solches sehen konnte. Seiner Karte nach liegt die Insel Chairman in dieser Meeresgegend ganz vereinzelt, und vielleicht ist das doch nicht richtig.«

»Du verfolgst immer deine Idee«, antwortete Gordon, »und kannst es nicht erwarten, von hier wegzukommen.«

»Ganz recht, Gordon, und ich meine, im Grunde denkst du ganz dasselbe. Müssen denn nicht alle unsere Anstrengungen darauf gerichtet bleiben, sobald als möglich nach der Heimat zurückzukehren?«

»Zugegeben«, bestätigte Gordon, »und da dir so viel daran liegt, werden wir einen Ausflug veranstalten . . .«

»Einen Ausflug, an dem sich gleich alle beteiligen?« fragte Briant.

»Nein«, erwiderte Gordon. »Mir scheint, daß sechs bis sieben unserer Genossen . . .«

»Auch das wären zu viele, Gordon! Bei so großer Anzahl bliebe uns nichts anderes übrig, als im Norden oder im Süden um den See zu ziehen, und ist es so sicher, daß das nicht viel Zeit erfordern und nicht recht große Beschwerden mit sich führen könnte?«

»Welchen Vorschlag hast du dann, Briant?«

»Ich empfehle, den See mit der Jolle zu überschreiten und von French-den aus sogleich nach dem gegenüberliegenden Ufer zu segeln; dabei könnten freilich nur zwei bis drei Teilnehmer zugelassen werden.«

»Wer soll aber die Jolle führen?«

»Moko«, antwortete Briant. »Er kennt die Handhabung eines Bootes und ich verstehe mich auch etwas darauf. Bei günstigem Winde werden wir mit dem Segel, bei ungünstigem mit zwei Rudern leicht die fünf bis sechs Meilen zurücklegen, welche der See in der Richtung des Wasserlaufes mißt, der nach der Karte die östlichen Wälder durchbricht; auf jenem können wir wahrscheinlich bis zu seiner Ausmündung gelangen.«

»Einverstanden, Briant«, sagte Gordon, »ich billige deinen Gedanken. Wer würde dann Moko begleiten?«

»Ich selbst, Gordon, da ich am letzten Zuge nach dem Norden des Sees nicht beteiligt war. Jetzt ist an mir die Reihe, mich nützlich zu erweisen . . . und ich beanspruche . . .«

»Nützlich!« fiel ihm Gordon ins Wort. »Hast du uns nicht schon unzählige Dienste geleistet, mein lieber Briant? Hast du dich nicht mehr wie alle anderen aufgeopfert? Sind wir im Gegenteil nicht dir den wärmsten

Dank schuldig?«

»Oh, nicht doch, Gordon! Wir haben alle nur unsere Pflicht getan. Nun, ist die Sache abgemacht?«

»Vollkommen, Briant. Wen würdest du als dritten Reisebegleiter vorschlagen? Ich würde dir nicht raten, Doniphan zu wählen, denn ihr vertragt euch nicht gut miteinander.«

»Oh, ich würde ihn ganz gerne als solchen sehen«, antwortete Briant. »Doniphan hat kein schlechtes Herz, er ist mutig, gewandt, und ohne seinen eifersüchtigen Charakter wär' er der beste Kamerad. Ich denke, er wird sich schon noch ändern, wenn er einsieht, daß ich mich weder vor noch über ihn zu stellen strebe, und wir werden, das weiß ich bestimmt, einst noch die besten Freunde von der Welt. Dennoch hatt' ich an einen anderen Reisegefährten gedacht.«

»An wen denn?«

»An meinen Bruder Jacques«, erklärte Briant. »Sein Verhalten beunruhigt mich mehr und mehr. Offenbar hat er sich etwas Schweres vorzuwerfen, was er nicht aussprechen will. Vielleicht, wenn er sich bei diesem Ausfluge mit mir allein weiß . . .«

»Du hast recht, Briant. Nimm Jacques nur mit und beginne gleich heute die Vorbereitungen zur Abfahrt.«

»Das wird nicht lange dauern«, versicherte Briant, »denn unsere Abwesenheit soll höchstens zwei bis drei Tage währen.«

An demselben Tage verkündete Gordon den geplanten Ausflug. Doniphan zeigte sich etwas ärgerlich, davon ausgeschlossen zu bleiben, doch als er sich bei Gordon deshalb beklagte, verständigte ihn dieser dahin, daß dieser Zug bei den Bedingungen, unter denen er ausgeführt werden sollte, nur zwei bis drei Personen erfordere, daß die Anregung dazu von Briant ausgegangen und dessen Ausführung also auch diesem zu überlassen sei usw.

»Die Sache wird demnach nur um seinetwillen unternommen, nicht wahr, Gordon?«

»Du bist ungerecht, Doniphan, ungerecht gegen

Briant, ebenso wie gegen mich.«

Doniphan widersprach nicht weiter, sondern schloß sich seinen Freunden Wilcox, Croß und Webb wieder an, vor denen er seiner schlechten Laune nach Belieben freien Lauf lassen konnte.

Als der Schiffsjunge erfuhr, daß er sobald sein Amt als Küchenmeister mit dem des Jollenführers vertauschen sollte, verhehlte er keinesfalls seine Befriedigung. Der Gedanke, mit Briant zu fahren, verdoppelte ihm nur das Vergnügen. Was seine Ersetzung am Kochofen des Store-room betraf, so konnte dabei nur Service in Frage kommen, und dieser freute sich schon bei dem Gedanken, einmal nach Herzenslust braten und schmoren zu können, ohne irgend einen anderen an der Seite zu haben. Was Jacques angeht, so schien es diesem angenehm, seinen Bruder zu begleiten und French-den für einige Tage verlassen zu können.

Die Jolle wurde also sofort segelklar gemacht. Sie führte ein kleines lateinisches Segel, das Moko mit einer Stange versah und um den Mast wickelte. Zwei Gewehre, drei Revolver, Munition in ausreichender Menge, drei Reisedecken, Mundvorrat an Speisen und Getränken, Wachshauben für etwaiges Regenwetter, zwei Ruder nebst einem zweiten Paar als Ersatz – das war alles, was zu einem nur kurzdauernden Ausflug erforderlich schien – die Kopie der Karte des Schiffbrüchigen nicht zu vergessen, in welche je nach den zu machenden Entdeckungen neue Namen eingeschrieben werden sollten.

Am 4. Februar, gegen acht Uhr morgens, schifften sich, nach herzlicher Verabschiedung von ihren Kameraden, Briant, Jacques und Moko am Damme des Rio Sealand ein. Bei schöner Witterung wehte eine leichte Südwestbrise. Das Segel wurde entfaltet, und Moko, der im Hinterteil Platz nahm, ergriff das Steuer, während Briant die Schote des Segels hielt. Obwohl die Seeoberfläche kaum von dem zuweilen ganz aussetzenden Windhauche leicht gekräuselt wurde, so machte sich die Wirkung des Windes auf die Jolle doch bemerkbarer, als diese ein größeres Stück vom Ufer hinausgekommen war. Ihre Schnelligkeit nahm damit zu. Eine halbe Stunde später erkannte Gordon, welcher von dem Sportfeld aus das Boot mit den Blicken verfolgte, nur noch einen dunklen Punkt, der auch bald verschwinden mußte.

Moko befand sich am Achter, Briant in der Mitte und Jacques saß im Vorderteil am Fuße des Mastes. Während einer Stunde blieb ihnen der hohe Kamm des Auckland-hill in Sicht, dann versank auch dieser unter dem Horizont. Das entgegengesetzte Seeufer stieg aber noch nicht empor, obgleich es nicht entfernt sein konnte. Leider zeigte der Wind, wie das öfter beobachtet wird, wenn die Sonne sich ihrem höchsten Stand nähert, Neigung abzuflauen, und gegen Mittag machten sich nur noch einzelne launenhafte, schwache Stöße desselben fühlbar.

»Es ist unangenehm«, sagte Briant, »daß die Brise nicht den ganzen Tag über ausgehalten hat.«

»Doch noch unangenehmer wär' es gewesen, Herr Briant«, antwortete Moko, »wenn sie uns gar entgegen geweht hätte.«

»Du bist der reine Philosoph, Moko!«

»Ich weiß nicht, was Sie darunter verstehen«, antwortete der Schiffsjunge. »Was mich angeht, so bin ich einmal gewöhnt, über nichts unwillig zu werden.«

»Ganz recht, das meint man eben mit Philosphie.«

»Lassen wir das dahingestellt und greifen wir vorläufig zu den Rudern, Herr Briant. Es ist wünschenswert, das andere Ufer vor der Nacht zu erreichen; doch wenn uns das nicht gelänge, müßten wir uns auch zufriedengeben.«

»Wie du willst, Moko. Ich werde das eine Ruder nehmen, du nimmst das andere und Jacques mag das Steuer führen.«

»Ganz recht«, erwiderte der Negerknabe; »und wenn Herr Jacques gut steuert, werden wir schon flink vorwärts kommen.«

»Du wirst mir sagen, wie ich steuern soll, Moko«,

antwortete Jacques, »und ich werde mein Bestes tun, deinen Angaben nachzukommen.«

Moko zog das Segel ein, welches bei dem ganz eingeschlafenen Winde in losen Falten herabhing. Die jungen Bootsinsassen beeilten sich, ein wenig zu essen. Nachher setzte sich der Schiffsjunge in das Vorderteil, Jacques ließ sich ganz hinten nieder und Briant blieb, wie früher, in der Mitte. Die kräftig angetriebene Jolle glitt in schräger Richtung, laut Kompaß nach Nordosten zu, schnell dahin.

Das Boot schwamm jetzt inmitten der ausgedehnten Wasserfläche, als befände es sich auf offener See, da das Wasser ringsum von der Linie des Himmels umschlossen wurde. Jacques blickte forschend in der Richtung nach Osten hin, um zu erkennen, ob die French-den gegenüberliegende Küste noch immer nicht auftauchen wolle.

Gegen drei Uhr konnte der Schiffsjunge, der durch das Fernrohr hinausgesehen hatte, melden, daß er Spuren von Land erkenne, und bald darauf bestätigte Briant, daß Moko sich nicht getäuscht habe. Um vier Uhr zeigten sich schon Baumkronen über einem ziemlich niedrigen Ufer, wodurch es erklärlich wurde, daß Briant dasselbe von der False-Sea-point nicht hatte wahrnehmen können. Die Insel Chairman trug also keine anderen Anhöhen als die zwischen der Sloughi-Bai und dem Family-lake verlaufende Kette des Auckland-hill.

Noch zweieinhalb bis drei Meilen, und das östliche Ufer mußte erreicht sein. Briant und Moko handhabten ihre Ruder kräftig, doch nicht ohne Anstrengung, denn es herrschte eben eine starke Hitze. Die Oberfläche des Sees glich einem Spiegel. Meist gestattete sein klares Gewässer in zwölf bis fünfzehn Fuß Tiefe den mit Wasserpflanzen stellenweise bedeckten Grund zu erkennen, über den unzählige Fische hinweghuschten.

Gegen sechs Uhr abends endlich stieß die Jolle bei einem mäßig hervortretenden Ufer ans Land, über welchem sich das Gezweige immergrüner Eichen und knorriger Föhren ausbreitete. Das Ufer eignete sich an dieser Stelle indes so wenig zum Aussteigen, daß man dasselbe etwa eine halbe Meile weiter nach Norden verfolgte.

»Da ist der auf der Karte angegebene Rio!« rief dann Briant.

Er wies dabei auf einen Einschnitt des Landes, durch welchen der Rio seinen Abfluß hatte.

»Ich denke, wir können es uns ersparen, ihm einen besonderen Namen zu geben«, antwortete der Schiffsjunge.

»Du hast recht, Moko. Nennen wir ihn einfach East-river, da er nach Osten zu verläuft.«

»Sehr richtig«, sagte Moko, »und nun brauchen wir wohl bloß die Strömung des East-river zu benützen, um nach dessen Mündung zu gelangen.«

»Das werden wir morgen vornehmen, Moko, denn es scheint mir ratsamer, die Nacht hier zu verweilen. Mit Tagesanbruch lassen wir dann die Jolle hinunter treiben, wobei wir gleich die Gegend an beiden Ufern besichtigen können.«

»Steigen wir denn aus . . .?« fragte Jacques.

»Natürlich«, antwortete Briant, »und wir lagern uns unter dem Schutze der Bäume.«

Briant, Jacques und Moko sprangen ans Ufer, das den Hintergrund einer kleinen Einbuchtung bildete. Nachdem die Jolle an einem Baumstumpf sorgsam festgelegt war, wurden die Waffen und Mundvorräte aus derselben geholt, auch ein tüchtiges Feuer aus dürrem Holze am Fuß einer Eiche entzündet. Man verzehrte noch etwas Schiffszwieback nebst kaltem Fleisch, breitete dann die Decken auf der Erde aus, und mehr bedurfte es für die jungen Leutchen nicht, bald friedlich und fest einzuschlummern. Für jeden Notfall waren übrigens die Waffen geladen worden; wenn sich während des herabsinkenden Abends auch dann und wann ein Geheul vernehmen ließ, so ging die Nacht doch ohne Störung vorüber.

»Nun auf und vorwärts!« rief Briant, der gegen sechs

Uhr morgens zuerst erwachte.

Nach wenigen Minuten hatten alle drei in der Jolle Platz genommen und überließen sich nun der Strömung des Rio.

Diese war – eine halbe Stunde nach Eintritt der Ebbe – so stark, daß man die Ruder gar nicht einzulegen brauchte. Briant und Jacques hatten sich also im Vorderteil der Jolle niedergesetzt, während der am Achter sitzende Moko sich eines Ruders als Bootsriemen bediente, um das leichte Fahrzeug in gewünschter Richtung zu erhalten.

»Es ist anzunehmen«, sagte er, »daß eine Ebbeperiode hinreicht, uns bis zum Meere hinauszutragen, wenn der East-river nicht mehr als fünf bis sechs Meilen mißt, denn seine Strömung übertrifft die des Rio Sealand an Schnelligkeit.«

»Das wäre zu wünschen«, meinte Briant. »Für den Rückweg werden wir doch wohl zwei bis drei Flutperioden nötig haben . . .«

»Freilich, Herr Briant, und wenn Sie es wünschen, fahren wir sofort zurück . . .«

»Gewiß, Moko«, erwiderte Briant, »sobald wir uns überzeugt haben, ob östlich der Insel Chairman Land zu entdecken ist oder nicht.«

Inzwischen glitt die Jolle mit einer von Moko auf eine Meile in der Stunde geschätzten Geschwindigkeit dahin. Übrigens hielt der East-river eine fast geradlinige und, wie der Kompaß erkennen ließ, ostnordöstliche Richtung ein. Sein Bett war tiefer eingeschnitten als das des Rio Sealand, und auch nicht minder breit – höchstens dreißig Fuß – was die Schnelligkeit seiner Strömung erklärte. Was Briant beunruhigte, war nur der Gedanke, daß diese gar in Stromschnellen oder Strudel übergehen und dann nicht bis zur Küste benutzbar sein könnte. Weitere Entschlüsse zu fassen, war es doch Zeit genug, wenn sich erst wirklich ein Hindernis zeigte.

Man befand sich hier im Walde, inmitten der üppigsten Vegetation. Außer denselben Baumarten, wie in den Traps-woods, erhoben sich hier auch vorwiegend

Stein- und Korkeichen, Fichten und Kiefern.

Unter anderem erkannte Briant, obwohl er in der Botanik lange nicht so bewandert war wie Gordon, einen gewissen Baum, dem man auf Neuseeland in zahlreichen Exemplaren begegnet. Dieser Baum, der seine Krone erst gegen sechzig Fuß über der Erde schirmartig ausbreitet, trug konische, drei bis vier Zoll lange Früchte, die nach unten zugespitzt und mit einer Art glänzender Schuppen bedeckt waren.

»Das muß die Zirbelkiefer (Pinie) sein!« rief Briant.

»Wenn Sie sich nicht täuschen, Herr Briant«, antwortete Moko, »so wollen wir einen Augenblick anhalten. Das lohnt sich der Mühe.«

Ein Ruderschlag trieb die Jolle nach dem linken Ufer. Briant und Jacques sprangen ans Land. Wenige Minuten später brachten sie eine große Menge jener Zirbelnüsse, die jede eine eiförmige Mandel enthält, welche von einem feinen Häutchen umhüllt ist und wie eine Haselnuß duftet. Ein kostbarer Fund für die Feinschmecker der kleinen Kolonie, aber auch, wie Gordon diesen nach Briants Rückkehr auseinandersetzte, deshalb, weil diese Früchte vortreffliches Öl liefern.

Es erschien auch von Wichtigkeit, zu erfahren, ob dieser Wald ebenso wildreich sei wie die Wälder im Westen des Family-lake. Das mußte wohl der Fall sein, denn Briant sah durch das Dickicht eine erschreckte Herde von Nandus und Vigogne-Schafen flüchten, und sogar einzelne Guanakos, welche in rasender Eile davonstürmten. Bezüglich des Geflügels hätte Doniphan hier manchen guten Schuß abgeben können. Briant dagegen enthielt sich der Vergeudung seiner Munition, da die Jolle ausreichenden Vorrat an Lebensmitteln trug.

Gegen elf Uhr wurde es deutlich, daß der dichte Wald sich allmählich lichtete. Schon lüfteten einzelne Blößen den Erdboden unter den Bäumen. Gleichzeitig erschien die Brise etwas von Salzdünsten geschwängert, was auf die Nähe des Meeres hinwies.

Einige Minuten später schimmerte dann ganz plötzlich hinter einer Gruppe prächtiger Steineichen die bläuliche Linie des Horizontes auf.

Die Strömung führte die Jolle, wenn auch jetzt minder schnell, immer noch mit sich fort. Bald mußte sich nun aber die Flut in dem jetzt vierzig bis fünfzig Fuß breiten Bette des East-River bemerkbar machen.

Nahe den Felsen, welche sich an der Küste erhoben, angelangt, lenkte Moko die Jolle nach dem linken Ufer. Dann trug er den kleinen Dregganker an Land, wo er ihn tief in den Sand einsenkte, und Briant schiffte sich nun nebst seinem Bruder ebenfalls aus.

Welch verschiedenes Bild gegen jenes, das die Westküste der Insel Chairman darbot! Hier öffnete sich wohl, und auch genau in der Höhe der Sloughi-Bai, eine weite Bucht, doch statt des breiten, sandigen Vorlandes mit dem Klippengürtel an der einen und dem im Hintergrund sich erhebenden Steilufer an der anderen Seite der Wrack-coast, zeigte sich hier eine Anhäufung von Felsen, in welchen Briant, wie er sich bald überzeugte, zwanzig Aushöhlungen statt einer hätte finden können.

Diese Küste erschien demnach bequem bewohnbar, und wenn der Schoner an dieser Stelle gescheitert und er nach der Strandung noch einmal flottgeworden wäre, so hätte er in der Mündung des East-river, gleichsam in einem natürlichen Hafen, Schutz suchen können, in dem es selbst bei tiefster Ebbe nicht an Wasser fehlte.

Zuerst hatte Briant seine Bicke seewärts, nach dem äußersten Horizont dieser ausgedehnten Bucht, schweifen lassen. Da sich diese zwischen zwei sandigen Ausläufern über ein Bogenstück von etwa fünfzehn Meilen Länge erstreckte, hätte sie wohl den Namen eines Golfes verdient.

In diesem Augenblick erschien die Bai verlassen – wahrscheinlich wie immer. Kein Schiff war in Sicht, nicht einmal an ihrem äußersten Rande, der sich scharf vom Hintergrund des Himmels abhob. Von einem Land oder einer Insel war ebensowenig zu sehen. Moko, der mehr gewöhnt war, die verschwindenden Linien weit entfernter Höhen, welche so leicht mit den Dünsten aus dem Meere zusammenfließen, zu erkennen, vermochte auch durch das Fernrohr nichts wahrzunehmen. Die Insel Chairman schien nach Osten zu ebenso vereinsamt wie nach Westen hin zu liegen. Deshalb zeigte auch die Karte des schiffbrüchigen Franzosen nach dieser Richtung keinerlei Land an.

Es wäre übertrieben, zu sagen, daß Briant jetzt hätte den Mut sinken lassen. Nein, er hatte das ja erwartet. Dennoch fand er es angemessen, dieser Ausweitung der Küste den Namen Deception-bai (Bai der Enttäuschung) beizulegen.

»Nun«, sagte er, »von dieser Küste aus würden wir den Rückweg doch nicht einschlagen.«

»Oh, Herr Briant, man kommt überall vorwärts, ob's nun auf dem einen oder dem anderen Wege ist. Inzwischen, denke ich, tun wir gut, ein wenig zu frühstükken...«

»Ganz recht«, antwortete Briant, »aber nur schnell. Um welche Stunde könnte die Jolle wieder den East-river hinaufsegeln?«

»Wenn wir die Flut benutzen wollen, müßten wir sofort einsteigen.«

»Das geht nicht an, Moko. Ich möchte den Horizont erst noch unter günstigeren Bedingungen und von der Höhe eines den Strand überragenden Felsens aus besichtigen.«

»Dann, Herr Briant, müssen wir die nächste Flut abwarten, welche in den East-river nicht vor zehn Uhr abends eintreten dürfte.«

»Und würdest du fürchten, während der Nacht zu fahren?« fragte Briant.

»Keineswegs; das ist ganz ohne Gefahr, denn wir haben gerade Vollmond, und überdies verläuft das Bett des Rio so direkt, daß es genügen wird, während der Dauer der Flut mit einem Ruder zu steuern. Kehrt sich dann die Strömung um, so versuchen wir, mit den Rudern weiterzukommen, und wenn diese zu stark würde, halten wir einfach bis zum nächsten Tage an.«

»Gut, Moko, ich stimme mit dir überein, doch da wir

nun zwölf Stunden vor uns haben, wollen wir sie benutzen, unsere Nachforschungen zu vervollständigen.«

Nach dem Frühstück und bis zur Zeit des Mittagessens wurde die ganze Zeit darauf verwendet, diesen Teil der Küste zu besichtigen, der von dichtem, selbst bis an den Fuß der Felsen herantretendem Baumwuchs bedeckt war. An eßbarem Wild schien es hier den gleichen Überfluß zu geben wie in den Umgebungen von French-den, und Briant gestattete sich, für die Abendmahlzeit einige Tinamus zu erlegen.

Was das Bild dieser Uferstelle charakterisierte, das war die Anhäufung mächtiger Granitblöcke. Hier herrschte ein wirklich großartiges Chaos durcheinandergewürfelter gewaltiger Felsen – eine Art Feld von Karnak, das keines Menschen Hand in dieser Weise hätte schaffen können. Vielfach fanden sich auch jene tiefen Aushöhlungen, welche man in gewissen keltischen Ländern »Rauchfänge« nennt, und es wäre sehr leicht gewesen, sich zwischen den Wänden derselben häuslich einzurichten. Der kleinen Kolonie hätte es hier weder an Hallen noch an Store-rooms gemangelt. Nur im Umkreis einer halben Meile fand Briant mindestens ein Dutzend dieser recht bequemen Aushöhlungen.

Briant legte sich dabei natürlich auch die Frage vor, warum der schiffbrüchige Franzose nicht auf diesem Teil der Insel Obdach gesucht haben möge. Daß er denselben besucht, erschien ganz zweifellos, da sich die Hauptlinien der Küste auf seiner Karte richtig eingezeichnet fanden. Wenn man trotzdem keine Spuren von seiner früheren Anwesenheit hier entdeckte, lag das gewiß daran, daß François Baudoin seine Wohnung in French-den schon aufgeschlagen hatte, ehe er seine Nachforschungen bis zu den östlichen Gebieten ausdehnte, und da er sich dort gegen die scharfen Seewinde geschützter wähnte, es vorgezogen hatte, daselbst zu bleiben. Diese Erklärung schien so natürlich, daß auch Briant sie annehmen mußte.

Gegen zwei Uhr, als die Sonne den höchsten Stand überschritten, schien der Augenblick günstiger, das

Meer seewärts der Insel genauer zu besichtigen. Briant, Jacques und Moko versuchten also einen Felsblock in Gestalt eines ungeheuren Bären zu erklimmen. Diese Steinmasse erhob sich etwa hundert Fuß über den kleinen Hafen, und nicht ohne Schwierigkeit gelangten sie auf den Gipfel derselben.

Hier beherrschte der Blick, wenn man ihn nach rückwärts wendete, den Wald, der sich nach Westen hin bis zum Family-lake ausdehnte, während die Oberfläche des letzteren durch einen weiten grünen Vorhang verdeckt blieb. Im Süden erschien das Land von gelblichen Dünen durchzogen, zwischen denen einzelne düstere Fichtenhaine, wie in den traurigen Einöden der Nordpolarländer, aufstrebten. Im Norden lief die Grenzlinie der Bucht in eine sandige Landspitze aus, welcher sich, noch weiter hinaus, eine ungeheure Sandebene anschloß. Kurz, die Insel Chairman erschien wirklich fruchtbar nur in ihren mittleren Teilen, wo das Süßwasser des Sees, das durch verschiedene Rios an seinen beiden Längsufern abfloß, ihrem Pflanzenbestand Nahrung zuführte.

Briant richtete sein Fernrohr nun nach dem östlichen Horizont, der sich in großer Reinheit vom Himmel abhob. Jedes, in einem Umkreise von sieben bis acht Meilen gelegene Land, wäre gewiß im Objektivglas des Instruments sichtbar gewesen.

Doch nichts in dieser Richtung . . .! Nichts als das endlose Meer, das der Himmel in ununterbrochener Linie begrenzte!

Während einer vollen Stunde beobachteten Briant, Jacques und Moko ohne Unterlaß, und sie wollten schon wieder nach dem Strand hinabklettern, als Moko Briant aufhielt.

»Was ist denn das da draußen?« fragte er, die Hand nach Nordosten zu ausstreckend.

Briant richtete das Fernrohr nach dem bezeichneten Punkt.

In der Tat glänzte dort, nur wenig über dem Horizont, ein weißlicher Fleck, den das Auge hätte mit einem Wölkchen verwechseln können, wenn der Himmel gerade jetzt nicht so außerordentlich rein erschienen wäre. Nachdem Briant denselben solange im Gesichtsfeld seines Fernrohrs gehalten, konnte er versichern, daß der Fleck unbeweglich auf der Stelle blieb und auch seine Gestalt sich in keiner Weise veränderte.

»Ich weiß nicht, was das sein könnte, wenn es nicht ein Berg ist! Doch auch ein Berg könnte nicht so aussehen!«

Da die Sonne bald darauf mehr und mehr im Westen versank, war der Fleck bald verschwunden. Befand sich nun dort ein höheres Land, oder rührte dieser weiße Schein nur von einer Widerspiegelung des Lichts auf dem Wasser her? Die letzte Annahme war es, der Jacques und Moko sich zuneigten, während Briant bezüglich derselben einige Zweifel bewahren zu sollen glaubte.

Nach vollendeter Umschau begaben sich alle wieder nach der Mündung des East-river, in dessen kleinem Hafen die Jolle angebunden lag. Jacques sammelte unter den Bäumen dürres Holz und zündete ein Feuer an, Moko aber beschäftigte sich mit der Zubereitung der Tinamus.

Gegen sieben Uhr und nachdem sie mit dem größten Appetit gegessen, gingen Jacques und Briant noch ein Stück auf dem Strand spazieren, da sie die Stunde der wiederkehrenden Flut abwarten mußten.

Moko seinerseits stieg das linke Ufer hinauf, wo Zirbelfichten standen, von denen er noch einige Früchte pflücken wollte.

Als er nach der Mündung des East-river zurückkam, begann schon die Nacht herabzusinken. Wenn das Meer weiter draußen noch im Widerschein der letzten Sonnenstrahlen, welche über die Insel hinglitten, erglänzte, so lagerte doch schon ein Halbdunkel auf dem Uferland.

In dem Augenblick, wo Moko die Jolle erreichte, waren Briant und sein Bruder noch nicht zurück. Da sie sich jedoch nicht weit entfernt haben konnten, empfand er darüber keinerlei Unruhe.

Da verwunderte sich Moko aber nicht wenig, ein Schluchzen und gleichzeitig eine laut tönende Stimme zu vernehmen. Er täuschte sich nicht, das war Briants Stimme.

Sollten die beiden Brüder von irgendwelcher Gefahr bedroht sein? Der Schiffsjunge zögerte nicht, nach dem Strand hinabzueilen, nachdem er um die letzten Felsen, welche den kleinen Hafen abschlossen, gelaufen war.

Plötzlich gewahrte er etwas, was ihn sofort aufhielt.

Jacques lag vor Briant auf den Knien ...! Er schien diesen anzuflehen, ihn um Gnade zu bitten ... daher das Schluchzen, welches zu Mokos Ohren gedrungen war.

Der Schiffsjunge hatte sich aus Zartgefühl zurückziehen wollen ... Es war zu spät ... Er hatte schon alles gehört, alles verstanden! Er wußte jetzt, was Jacques begangen und weshalb er sich seinem Bruder gegenüber zu entschuldigen suchte.

Dieser aber rief eben:

»Unglückseliger ...! Wie, du bist es also gewesen ...? Du, der das getan hat ...? Du bist die Ursache ...«

»Verzeihung ... Bruder ... Verzeihung!«

»Das ist es also, warum du dich von deinen Genossen fernhieltest ... Weshalb du Furcht vor ihnen hattest ...! Oh, möchten sie es nimmer erfahren ...! Nein, kein Wort! Nicht ein Wort und ... niemand!«

Moko hätte viel darum gegeben, nicht wider seinen Willen in dieses Geheimnis eingeweiht worden zu sein.

Jetzt wär's ihm aber zu schwer angekommen, sich Briant gegenüber unwissend zu stellen. Als er sich wenige Minuten später allein mit diesem bei der Jolle befand, sagte er deshalb:

»Herr Briant, ich habe alles mitangehört ...«

»Wie, du weißt, daß Jacques ...?«

»Ja, Herr Briant ... Er muß Verzeihung haben ...«

»Würden auch die anderen ihm verzeihen?«

»Vielleicht doch«, antwortete Moko. »In jedem Fall

ist es besser, sie erfahren überhaupt nichts davon, und Sie dürfen darauf rechnen, daß ich schweigen kann . . .«

»Ach, mein armer Moko!« sagte Briant, die Hand des Schiffsjungen drückend.

Während zwei vollen Stunden und bis zur Zeit der Abfahrt richtete Briant kein einziges Wort an Jacques. Dieser übrigens blieb am Ufer eines Felsens sitzen und fühlte sich gewiß noch mehr niedergeschlagen, seit er dem Drängen seines Bruders nachgegeben und alles gestanden hatte.

Gegen zehn Uhr abends machte die Flut sich bemerkbar. Briant, Jacques und Moko nahmen in der Jolle Platz. Sobald diese vom Land gelöst war, führte der Strom sie rasch dahin; der Mond, der sich bald nach Sonnenuntergang erhoben hatte, beleuchtete hinglänglich den Lauf des East-river, um bis einhalbein Uhr ohne Beschwerde auf diesem vordringen zu können. Dann trat schon wieder Ebbe ein, welche die Ruder zur Hand zu nehmen zwang, und während einer Stunde kam die Jolle kaum eine Meile stromaufwärts weiter.

Briant schlug also vor, sich bis Tagesanbruch festzulegen, um das Wiederansteigen der Flut abzuwarten, was auch geschah. Um sechs Uhr morgens machte man sich wieder auf den Weg, und es kam die neunte Stunde heran, ehe die Jolle wieder auf dem Gewässer des Family-lake schaukelte.

Moko hißte jetzt wieder die Segel, und unter leichter Brise, welche von der Seite her wehte, steuerte er auf French-den zu.

Gegen sechs Uhr abends und nach glücklicher Überfahrt, während der Briant und Jacques ihr Stillschweigen kaum gebrochen hatten, wurde die Jolle von Garnett, der am Seeufer angelte, gemeldet. Kurze Zeit darauf landete sie am Damm, und Gordon begrüßte mit Wärme die Rückkehr seine Kameraden.

Drittes Kapitel

Der Salzsumpf. – Die Stelzen. – Besuch der South-moors. – In Voraussicht des Winters. – Verschiedene Spiele. – Zwischen Doniphan und Briant. – Das Dazwischentreten Gordons. – Beunruhigungen wegen der Zukunft. – Wahl am 10. Juni.

Nach dieser von Moko beobachteten Szene zwischen ihm und seinem Bruder hatte es Briant für gutgehalten, darüber Stillschweigen zu bewahren ... selbst gegen Gordon. Was den Bericht über seinen Ausflug betraf, so erstattete er diesen seinen in der Halle versammelten Kameraden. Er schilderte die Ostküste der Insel Chairman auf dem ganzen Teil, der die Deception-Bai umschloß, den Verlauf des East-river durch die dem See benachbarten Wälder mit ihrem Reichtum an immergrünen Bäumen. Er erklärte, daß eine Niederlassung an diesem Ufer weit leichter ausführbar gewesen sei als auf dem westlichen, fügte jedoch hinzu, daß es deshalb keineswegs geraten erscheine, French-den aufzugeben. Was diesen Teil des Stillen Weltmeeres anging, so war hier nirgends ein Land in Sicht. Briant erwähnte jedoch jenes weißlichen Fleckes, den er weit draußen im Meer wahrgenommen und dessen Auftauchen über dem Horizont er sich nicht erklären konnte. Höchst wahrscheinlich war derselbe nichts als ein Dunstgebilde, doch schien es angezeigt, sich darüber Gewißheit zu verschaffen, wenn man einmal nach der Deception-Bai zog. Kurz – und darin schien kein Zweifel mehr möglich –, die Insel Chairman lag gewiß nicht in der Nachbarschaft eines anderen Landes, und jedenfalls trennten sie Hunderte von Meilen von dem nächsten Festland oder Archipel.

Jetzt galt es also, den Kampf ums Dasein mutig wiederaufzunehmen, in Erwartung, daß die Rettung nur noch von außen herkomme, da nicht vorauszuetzen war, daß die jungen Kolonisten sie jemals selbst in der Hand haben würden. Jeder ging wieder an die Arbeit.

Alle Maßregeln wurden getroffen, sich gegen die Tükken des nächsten Winters zu sichern. Briant widmete sich dieser Aufgabe sogar mit größerem Eifer, als er es bisher getan hatte. Immerhin fiel es auf, daß auch er jetzt weniger mitteilsam geworden war und gleich seinem Bruder mehr dazu geneigt schien, sich abseits zu halten. Gordon, der diese Veränderung seines Charakters bemerkte, beobachtete auch, daß Briant keine Gelegenheit vorübergehen ließ, Jacques immer in den Vordergrund zu schieben, wenn es irgendwo galt, einen besonderen Mut zu entwickeln oder einer Gefahr die Stirn zu bieten – wozu Jacques übrigens stets mit Vorliebe bereit war. Da Briant sich jedoch nicht so aussprach, daß Gordon darüber hätte eine Frage an ihn richten können, so enthielt sich dieser, in ihn zu dringen, obwohl er den Glauben hegte, daß es zwischen den beiden Brüdern gewiß zu einer Auseinandersetzung gekommen sein müsse.

Der Monat Februar verlief unter den gewöhnlichen Arbeiten. Als Wilcox die Rückkehr der Lachse nach dem Süßwasser des Family-lake gemeldet hatte, fing man eine große Anzahl derselben mittels quer durch den Rio Sealand von einem Ufer zum anderen gespannter Netze. Die Notwendigkeit, diese längere Zeit aufzubewahren, erforderte eine ziemlich große Menge Salz. Dies veranlaßte denn mehrere Fahrten nach der Sloughi-Bai, wo Baxter und Briant einen kleinen Salzsumpf hergestellt hatten, das heißt ein viereckiges Stück Boden zwischen niedrigen Sanddämmen, in welchem nach dessen Anfüllung mit Meerwasser das Salz auskristallisierte, wenn das Wasser durch die Sonnenstrahlen verdunstet war.

Während der ersten Hälfte des März konnten drei oder vier der jungen Kolonisten einen Teil der sumpfigen Gebiete der South-moors untersuchen, der bis an das linke Ufer des Rio Sealand heranreichte. Der betreffende Vorschlag war von Doniphan ausgegangen, und Baxter fertigte auf seinen Rat dazu verschiedene Paare Stelzen, wozu er leichte Stangen verwendete. Da das Sumpfland an manchen Stellen mit einer seichten Wasserschicht bedeckt war, konnte man mittels der Stelzen durch dieselben trockenen Fußes bis nach den höher gelegenen, nicht sumpfigen Stellen gelangen.

Am 17. April des Morgens betraten Doniphan, Webb und Wilcox, nachdem sie den Rio in der Jolle überschritten, das linke Ufer. Die Gewehre trugen sie am Riemen. Doniphan hatte auch die lange Entenflinte aus dem Zeughause von French-den mitgenommen, von deren Benutzung er sich hier besonders schönen Erfolg versprach.

Sowie die drei Jäger den Fuß aufs Land gesetzt, bestiegen sie ihre Stelzen, um die auch bei Hochwasser über dieses emporragenden Stellen des Sumpfgebietes zu erreichen.

Phann begleitete sie. Er brauchte freilich keine Stelzen und scheute sich nicht, die Pfoten naß zu machen, wenn er lustig durch die Wassertümpel dahinsprang.

Nachdem sie etwa eine Meile in der Richtung nach Südwesten zurückgelegt, erreichten Doniphan, Wilcox und Webb den trockenen Moorboden. Hier legten sie die Stelzen ab, um etwaiges Wasserwild leichter verfolgen zu können.

Von den weit ausgedehnten South-moors konnte der Blick das Ende nicht erreichen, außer nach Osten zu, wo die blaue Linie des Meeres sich am Horizont hin erstreckte.

Wie zufällig fand sich hier verschiedenes Wasserwild – Becassinen, langgeschwänzte und gewöhnliche Enten, Wasservögel, Regenpfeifer, Kriechenten und gleich tausendweise jene Trauerenten, welche mehr ihres Flaumes als ihres Fleisches wegen geschätzt werden, obgleich auch letzteres bei passender Zubereitung eine recht annehmbare Speise abgibt. Doniphan und seine Kameraden hätten hier Hunderte von den zahllosen Wasservögeln schießen können, ohne ein Schrotkorn zu vergeuden. Sie waren aber vernünftig und begnügten sich mit einigen Dutzend Stücken Geflügel, das Phann gelegentlich aus den breiten Lachen herbeiholte.

Doniphan fühlte sich jedoch lebhaft versucht, noch einige Tiere zu erlegen, welche trotz der kulinarischen Talente des Schiffsjungen auf der Tafel des Store-room nicht figurieren konnten. Es waren das Thinocoren, zur Familie der Strandläufer gehörig, und mit prächtigem Kopfschmuck von weißen Federn versehene Reiher. Wenn der junge Jäger dennoch davon Abstand nahm – er hätte sein Pulver auch völlig nutzlos verpafft –, so war das doch nicht der Fall, als er eine Schar Flamingos mit feuerroten Flügeln erblickte, welche schwachsalziges Wasser mit Vorliebe aufsuchen, und deren Fleisch dem des Rebhuhns gleichkommt. Diese in geordneten Reihen dastehenden Vögel waren aber von einzelnen Wachhabenden behütet, welche bei Annäherung einer Gefahr trompetenähnliche Laute ausstießen. Beim Anblick dieser wunderschönen Vertreter der Ornithologie der Insel, ließ Doniphan sich von seiner natürlichen Neigung hinreißen. Zum Überflusse erwiesen sich Wilcox und Webb nicht klüger als er, und alle liefen nach der betreffenden Stelle zu – doch völlig vergebens. Sie wußten nicht, daß sie, wenn sie sich ungesehen genähert hätten, in der Lage gewesen wären, die Flamingos ganz nach Belieben abzuschießen, denn das Knallen von Gewehren wirkt auf diese nur gleichsam lähmend, treibt sie aber nicht zur Flucht.

Vergeblich bemühten sich also Doniphan, Webb und Wilcox, die schönen Plattfüßler zu erreichen, welche von der Schnabelspitze bis zum Schwanze gut vier Fuß messen.

Durch ihre Wachen aufmerksam gemacht, verschwand die ganze Gesellschaft nach Süden zu, ohne daß es möglich gewesen wäre, sie selbst mit Hilfe der weittragenden Entenflinte zu treffen.

Nichtsdestoweniger kehrten die Jäger mit einer so reichlichen Ausbeute an Wild zurück, daß sie ihren Ausflug durch die South-moors nicht zu beklagen hatten.

Bei den überschwemmten Stellen wieder angekommen, bedienten sie sich aufs neue der Stelzen, auf denen sie bequem nach dem Ufer des Rio hinschritten, und nahmen sich vor, einen solchen Ausflug dann zu wiederholen, wenn die Kälte dessen Ausführung noch erfolgreicher werden zu lassen versprach.

Überdies durfte Gordon nicht bis zum Eintritt des Winters warten, um French-den in den Stand zu setzen, dem Ungemache desselben zu widerstehen. Es galt vielmehr, einen reichlichen Vorrat an Brennmaterial herbeizuschaffen, um damit auch – außer den Wohnräumen – die Viehställe wenigstens etwas zu heizen. So wurden denn zahlreiche Fahrten nach den Bog-woods unternommen; vierzehn Tage lang ging der mit den zwei Guanakos bespannte Wagen mehrmals täglich von French-den nach dem Walde hin und her. Jetzt aber hatte man, selbst wenn der Winter sechs Monate und noch länger anhielt, bei dem beträchtlichen Stocke an Holz und dem Vorrat an Robbenöl weder Kälte noch Dunkelheit zu fürchten.

Diese Arbeiten hinderten übrigens keineswegs die Einhaltung des Programms, nach welchem die geistige Ausbildung dieser kleinen Welt geordnet war, und abwechselnd erteilten die größeren Knaben den Kleinen Unterricht. Während der zweimal wöchentlich stattfindenden Versammlungen fuhr Doniphan fort, mit seiner Überlegenheit etwas stark zu prahlen, was natürlich nicht dazu angetan war, ihm viele Freunde zu erwerben, und, seine gewöhnlichen Kameraden ausgenommen, war er von den anderen nicht besonders gerne gesehen. Dennoch rechnete er darauf, vor Ablauf von zwei Monaten, wenn Gordons »Amtsperiode« zu Ende ging, diesem als Oberhaupt der Kolonie zu folgen. Seine Eigenliebe überredete ihn, daß ihm diese Stellung von Rechts wegen zukomme und daß es eine wirkliche Ungerechtigkeit sei, daß er dazu nicht schon beim ersten Wahlgang ernannt wurde. Wilcox, Croß und Webb bestärkten ihn leider noch in diesen Ideen, suchten für die bevorstehende Wahl »Stimmung zu machen« und schienen an ihrem Erfolg gar nicht zu zweifeln.

Dennoch hatte Doniphan nicht die Majorität unter

seinen Kameraden. Die jüngsten derselben glaubten sich wenigstens nicht für ihn – freilich auch nicht für Gordon erklären zu wollen.

Gordon durchschaute recht wohl, was in der Luft lag, bemühte sich aber, obwohl er ja wieder wählbar war, keineswegs um Beibehaltung seiner Stellung. Er fühlte es heraus, daß die Strenge, welche er während »seines Präsidentschaftsjahres« gezeigt, ihm die Mehrzahl der Stimmen kaum zuwenden werde. Sein etwas hartes Auftreten sowie sein vielleicht gar zu sehr aufs Praktische gerichteter Sinn hatte öfter Mißfallen erregt, und gerade hiervon erhoffte Doniphan viel zu seinem Vorteil. Am Wahltage mußte es voraussichtlich zu einem interessant zu beobachtenden Kampfe kommen.

Was die Kleinen Gordon am meisten zum Vorwurf machten, war seine wohl manchmal etwas zu weitgehende Sparsamkeit bezüglich süßer Speisen. Außerdem zankte er auch auf sie, wenn sie ihre Kleidung nicht genug in acht nahmen, nach French-den mit einem Schmutzfleck oder mit einem Risse heimkamen, und vorzüglich, wenn sie ein Loch in den Schuhen hatten, was immer schwierige Reparaturen erforderte, wie die Frage des Schuhwerkes ja immer eine ernste gewesen war.

Und wie viel Vorwürfe gab es wegen verlorener Knöpfe – wie oft mußten sie deshalb Strafe erleiden! Die Frage der Westen- und Beinkleiderknöpfe kam überhaupt fast niemals von der Tagesordnung, und Gordon verlangte zuletzt, daß jeder des Abends noch den Besitz der vorschriftsmäßigen Menge nachwies, während ihm, wenn er das nicht konnte, Entziehung der Nachspeise oder Hausarrest zuerkannt wurde. Bei solchen Gelegenheiten trat Briant öfters zugunsten Jenkins' oder Doles ein, und das verschaffte ihm eine große Popularität. Ferner wußten die Kleinen recht wohl, daß die beiden Verwalter der Küche, Service und Moko, stets zu Briant hielten, und wenn letzterer jemals Oberhaupt der Insel Chairman wurde, sahen sie eine verlockende Zukunft vor sich aufdämmern, wo es an

Leckerbissen jeder Art nicht fehlen würde.

An welchen Kleinigkeiten hängen doch die Dinge dieser Welt! War diese Kolonie von Knaben nicht das richtige Spiegelbild der menschlichen Gesellschaft und zeigten diese Kinder nicht von klein an die Neigung »Männer zu spielen?«

Briant selbst interessierte sich für diese Angelegenheit am wenigsten. Er arbeitete ohne Unterlaß und sparte auch seinem Bruder keine Mühe. Beide waren stets die ersten und die letzten, wo es galt, die Hand anzulegen, so, als hätten gerade sie ganz besondere Verpflichtungen zu erfüllen.

Indessen wurde die Tageszeit nicht einzig und allein dem allgemeinen Unterricht gewidmet. Das Programm wies auch einige Stunden der Erholung zu. Es ist ja eine Bedingung guter Gesundheit, den Körper durch gymnastische Übungen zu stählen. Große und Kleine nahmen daran teil. Man kletterte auf die Bäume nach den ersten Ästen mittels eines an diesen oder um den Stamm befestigten Seiles; sprang mit Stangen über weite Zwischenräume oder badete im See, wobei diejenigen, welche noch nicht schwimmen konnten, das bald erlernten. Man veranstaltete Wettläufe mit Preisen für die Sieger und übte sich ebenso in der Handhabung der Bolas und des Lassos.

Daneben wurden auch einige bei den jungen Engländern besonders beliebte Spiele getrieben, und außer den schon früher angeführten zum Beispiel das Crokket, die »Rounders«, bei dem der Ball mittels langer Stöcke nach Holzpflöcken getrieben wird, welche in den Winkeln ihres regelmäßigen Fünfecks eingeschlagen sind, und auch die »Quoits«, ein Spiel, welches ganz besondere Kraft der Arme und Sicherheit des Auges voraussetzt. Letztgenanntes Spiel müssen wir hier etwas eingehender beschreiben, weil es eines Tages eine recht bedauerliche Szene zwischen Briant und Doniphan herbeiführte.

Es war am 25. April nachmittags. In zwei Parteien zu je vier Mann geteilt, spielten Doniphan, Webb, Wilcox und Croß einerseits und Briant, Baxter, Garnett und Service andererseits eine Partie Quoits auf dem Rasen des Sportfeldes.

Auf der ebenen Fläche waren zwei eiserne Pflöcke, zwei »Hobs«, in einer Entfernung von fünfzig Fuß voneinander eingeschlagen worden. Jede der Teilnehmer hatte zwei Quoits, das ist eine Art metallener Wurfscheiben mit einem Loch in der Mitte und mit dünn zulaufendem Rand.

Bei dem betreffenden Spiel hat nun jeder Teilnehmer seine Quoits zu werfen und sich zu bemühen, diese erst über einen Pflock und dann über den anderen hineinfallen zu lassen. Gelingt ihm das bei einem der Hobs, so zählte er zwei Punkte, vier aber, wenn er seine Scheibe auch richtig über den zweiten Hob so wirft, daß dieser durch die Öffnung der Scheibe dringt. Kommen die Quoits nur ganz nahe dem Hob zu liegen, so zählt das nur zwei Punkte für die zwei nächsten, und nur einen Punkt, wenn nur ein einziger Quoit so nahe an jenen zu liegen kommt.

Die Knaben entwickelten an genanntem Tage einen ganz besonderen Eifer, und da Doniphan der gegnerischen Partei Briants angehörte, war die Selbstliebe beider auf eine recht harte Probe gestellt.

Zwei Partien waren schon gespielt. Briant, Baxter, Service und Garnett hatten die erste gewonnen, da sie sieben Punkte markieren konnten, während die Gegner die zweite Partie nur mit sechs Punkten gewonnen hatten.

Sie waren jetzt eben dabei, die »Meisterpartie« zu spielen. Beide Parteien waren jede zu fünf Punkten gelangt und hatten nur noch zwei Quoits zu werfen.

»Du bist an der Reihe, Doniphan«, sagte Webb; »nun ziele aber genau! Wir haben den letzten Quoit und es handelt sich darum, zu gewinnen!«

»Sei nur ganz ruhig!« antwortete Doniphan.

Er nahm Stellung, den einen Fuß dicht vor dem anderen, in der rechten Hand die Scheibe haltend und den Körper leicht nach links geneigt, um desto sicherer werfen zu können.

Man erkannte, daß der eitle Knabe mit Leib und Seele, wie man zu sagen pflegt, bei der Sache war, an den zusammengebissenen Zähnen, den etwas bleichen Wangen und an dem lebhaften, unter den Augenbrauen hervorglänzenden Blicke.

Nachdem er unter gleichmäßigem Schwingen der Scheibe sorgsam gezielt, warf er diese kräftig in wagrechter Richtung fort nach dem fünfzig Fuß entfernten Ziele.

Die Scheibe ereichte den Hob nur mit ihrem äußeren Rand und fiel, statt über den Pflock niederzusinken, neben diesem zur Erde, womit also nur ein sechster Punkt errungen war.

Doniphan konnte seinen Unmut nicht ganz unterdrücken und stampfte mit dem Fuße auf die Erde.

»Das ist ärgerlich«, sagte Croß, »doch deshalb haben wir noch lange nicht verloren, Doniphan!«

»Nein, gewiß nicht«, setzte Wilcox hinzu. »Dein Quoit liegt genau am Fuße des Hobs, und wenn Briant den seinigen nicht genau darüber wirft, möcht' ich doch sehen, ob er den seinigen besser plazieren könnte.«

Wenn die Scheibe, welche Briant werfen sollte – und er war jetzt an der Reihe –, nicht richtig über den Hob hineinfiel, so mußte das Spiel für seine Partei verloren sein, denn es schien fast unmöglich, sie noch näher an jenem zu werfen, als Doniphan es getan hatte.

»Ziele gut . . .! Ziele gut!« rief Service.

Briant antwortete nicht, da es ihm gar nicht einfiel, Doniphan zu verletzen. Er wollte nur eines: die Partie mehr für seine Kameraden als für sich gewinnen.

Er stellte sich also vorschriftsmäßig auf und schleuderte seine Scheibe mit solcher Sicherheit, daß diese über den Hob hineinfiel.

»Sieben Punkte!« rief Service triumphierend. »Die Partie gewonnen . . . gewonnen!«

Doniphan kam schnell herzugelaufen.

»Nein, die Partie ist nicht gewonnen!« rief er.

»Und warum nicht?« fragte Baxter.

»Weil Briant betrogen hat!«

»Betrogen!« versetzte Briant, dessen Gesicht bei dieser Beschuldigung erbleichte.

»Ja . . . betrogen!« wiederholte Doniphan. »Briant hatte seinen Fuß nicht auf der Linie, wo derselbe stehen soll!«

»Das ist nicht wahr!« widersprach Service.

»Das ist falsch!« erklärte Briant. »Selbst angenommen, daß es wahr wäre, so käme das immer nur auf einen Irrtum meinerseits hinaus, und ich werde nie dulden, daß mich Doniphan deshalb des Betruges anklagt.«

»Wirklich . . .? Du würdest das nicht dulden?« sagte Doniphan, die Achseln zuckend.

»Nein«, erwiderte Briant, der seiner schon nicht mehr ganz Herr war. »Zunächst kann ich übrigens nachweisen, daß meine Füße genau auf der Linie gestanden haben . . .«

»Ja . . .! Gewiß . . .!« bestätigten Baxter und Service.

»Nein . . .! Nein!« entgegneten Webb und Croß.

»Da seht nach dem Eindrucke meiner Schuhe im Sand!« fuhr Briant fort; »und da Doniphan sich nicht hat nur täuschen können, so muß ich ihm ins Gesicht sagen, daß er gelogen hat!«

»Gelogen!« fuhr Doniphan auf, während er sich langsam seinem Kameraden näherte.

Webb und Croß hatten hinter ihm Stellung genommen, um ihn zu unterstützen, während Service und Baxter sich Briant zu helfen bereit hielten, wenn die beiden Gegner handgemein werden sollten.

Doniphan hatte die Haltung eines Boxers angenommen, die Jacke abgelegt, die Ärmel bis zum Ellenbogen aufgestreift und das Taschentuch schon um die Hand gewunden.

Briant, der sein kaltes Blut noch immer bewahrte, blieb bewegungslos stehen, als widerte es ihn an, sich mit einem seiner Kameraden zu schlagen und der kleinen Kolonie damit ein schlechtes Beispiel zu geben.

»Du hast unrecht getan, mich zu beleidigen, Doniphan«, sagte er, »und jetzt tust du ebenso unrecht, mich herauszufordern . . .!«

»Wahrhaftig«, antwortete Doniphan mit möglichst verächtlichem Tone, »man tut stets unrecht, diejenigen herauszufordern, welche auf Herausforderungen nicht zu antworten verstehen.«

»Wenn ich darauf nicht antworte«, erklärte Briant, »so geschieht das, weil ich es nicht für passend hielt.«

»Wenn du nicht antwortest«, erwiderte Doniphan, »geschieht das nur, weil du Furcht hast!«

»Furcht . . .! Ich . . .!«

»Weil du ein Feigling bist!«

Briant trat mit erhobenen Armen entschlossen auf Doniphan zu, die beiden Gegner standen sich jetzt kampfbereit Auge in Auge gegenüber.

Bei den Engländern und selbst in den englischen Pensionen bildet das Boxen sozusagen einen Teil der Erziehung. Man will übrigens beobachtet haben, daß die in dieser Übung gewandten jungen Leute anderen gegenüber mit mehr Sanftmut und Geduld auftreten und nicht bei jeder Gelegenheit einen Streit vom Zaune brechen.

Briant, der in seiner Eigenschaft als Franzose niemals Geschmack an diesem Austausche von Faustschlägen gefunden hatte, welche allein das Gesicht des Gegners zum Ziele haben, war hierin seinem Widersacher entschieden unterlegen. Denn letzterer galt mit Recht als vorzüglicher Faustkämpfer, wenn auch beide sonst von gleichem Alter sowie von gleicher Größe waren und sich an Körperkraft nichts nachgeben mochten.

Der Kampf sollte eben entbrennen und der erste Ansturm unternommen werden, als Gordon, dem Dole von dem Vorfalle Mitteilung gemacht, sich beeilte, zwischen die raufflustigen Knaben zu treten.

»Briant . . .! Doniphan . . .!« rief er.

»Er hat mich einen Lügner geschimpft . . .!« sagte Doniphan.

»Nachdem er mich des Betruges beschuldigt und einen Feigling genannt hat!« antwortete Briant.

Jetzt hatten sich alle um Gordon versammelt, während die beiden Gegner, Briant mit gekreuzten Armen und Doniphan in der Haltung eines Boxers, einige Schritte zurückgetreten waren.

»Doniphan«, begann da Gordon mit ernster Stimme, »ich kenne Briant...! Er hat gewiß keinen Streit gesucht... Du hast sicher das erste Unrecht begangen!«

»Wahrhaftig, Gordon«, erwiderte Doniphan, »daran erkenn' ich dich wieder...! Immer bist du bereit, gegen mich Partei zu nehmen.«

»Ja... Doch nur, wenn du es verdienst!« erklärte Gordon.

»Einerlei!« rief Doniphan. »Ob das Unrecht nun von mir oder von Briant ausgegangen ist, er bleibt doch ein Feigling, wenn er einen Faustkampf mit mir ausschlägt!«

»Und du, Doniphan, bist ein bösartiger Bursche, der seinen Kameraden ein sehr schlechtes Beispiel gibt. Wie, in der traurigen Lage, in der wir uns befinden, sucht einer von uns noch den Samen der Uneinigkeit auszustreuen? Das geht nicht, er muß sich zum Heile aller zu zügeln wissen!«

»Briant, sprich Gordon deinen Dank aus!« rief Doniphan. »Doch nun, Achtung!«

»Nein, nimmermehr!« versetzte Gordon. »Ich, als euer Oberhaupt, verbiete hiermit jeden gewalttätigen Auftritt zwischen euch! Du, Briant, geh nach French-den zurück, und du, Doniphan, lasse deinen Zorn verrauchen, wo du willst, aber komme nicht eher wieder zum Vorschein, als bis du eingesehen hast, daß ich nichts weiter als meine Pflicht tat, dir Unrecht zu geben!«

»Ja...! Ganz richtig...!« riefen die anderen mit Ausnahme von Webb, Wilcox und Croß. »Hurra für Gordon! Hurra für Briant!«

Gegenüber dieser überwältigenden Einmütigkeit blieb ja nichts anderes übrig, als zu gehorchen. Briant begab sich nach der Halle, und spät am Abend, als Doniphan zur Schlafenszeit wiederkam, verriet er keine

Neigung, dem Vorfall weitere Folgen zu geben. Dennoch bemerkte man, daß noch ein dumpfer Groll in ihm schlummerte, daß seine Feindschaft gegen Briant nur gewachsen war und daß er niemals die Lektion vergessen werde, welche ihm Gordon hatte zuteil werden lassen. Übrigens verwarf er auch jeden Versuch der Aussöhnung, den dieser machen wollte.

Diese traurigen Zwistigkeiten, welche die Ruhe der kleinen Kolonie bedrohten, waren gewiß höchst bedauerlich. Doniphan hatte Wilcox, Croß und Webb auf der Seite, die seinem Einflusse völlig unterlagen und ihm in allen Stücken Recht gaben, ein Verhältnis, das leider eine zukünftige Trennung befürchten ließ.

Seit jenem Tag war jedoch von nichts dergleichen die Rede. Niemand machte eine Anspielung auf das, was zwischen den beiden Rivalen vorgefallen war, und die gewöhnlichen Arbeiten angesichts des herannahenden Winters nahmen ihren ungestörten Fortgang. Dieser (der Winter) ließ nicht lange auf sich warten. Während der ersten Wochen des Mai wurde die Kälte schon so fühlbar, daß Gordon die Öfen der Halle heizen und Tag und Nacht über in Brand halten ließ. Bald machte es sich auch nötig, die Ställe in der Einhegung etwas zu erwärmen – eine Aufgabe, welche Service und Garnett zufiel.

Zu jener Zeit begannen auch einige Vögel scharenweise davonzuziehen. Nach welchen Gegenden wandten sie sich wohl hin? Offenbar nach mehr nördlich gelegenen Teilen des Stillen Weltmeeres oder nach dem amerikanischen Festland, wo sie ein weniger rauhes Klima als auf der Insel Chairman fanden.

Unter diesen Vögeln waren in erster Linie Schwalben, diese reizenden Zugvögel, welche schnell die größten Entfernungen zurückzulegen imstande sind. Da Briants Dichten und Trachten unausgesetzt darauf gerichtet war, Mittel zur Rückkehr in die Heimat ausfindig zu machen, kam er auf den Gedanken, den Fortgang dieser Vögel zu benutzen, um von der heutigen Lage der Schiffbrüchigen des »Sloughi« Meldung zu machen. Es hatte keine Schwierigkeit, einige Dutzend jener Schwalben, von der Art der Rauchschwalben, einzufangen, denn diese nisteten in der Nähe und fast noch im Inneren des Store-room selbst. Man befestigte ihnen dann am Halse ein kleines Leinwandsäckchen mit einem Zettelchen darin, der ungefähr den Teil des Stillen Ozeans angab, in welchem die Insel Chairman zu suchen sei, und der die Bitte enthielt, davon Nachricht nach Auckland, der Hauptstadt von Neuseeland, zu geben.

Dann wurden die Schwalben freigelassen, und nicht ohne tief innerliche Erregung riefen die jungen Kolonisten ihnen ein »Auf Wiedersehen« nach, als sie in der Richtung nach Nordosten verschwanden.

So gering die Aussicht auf günstigen Erfolg auch sein mochte, welche diese Maßregel versprach, tat Briant gewiß recht daran, sie nicht zu vernachlässigen.

Vom 25. Mai ab fiel der erste Schnee, demnach einige Tage früher, als im vorigen Jahr. Und nach diesem vorzeitigen Eintritt des Winters konnte man wenigstens fürchten, das derselbe ein sehr harter werden würde. Zum Glück war für Erwärmung, Beleuchtung und für die Nahrung in French-den auf längere Zeit hinaus gesorgt, ohne bezüglich der letzteren die Beute aus den South-moors zu rechnen, von denen aus mancherlei Tiere nach dem Ufer des Rio Sealand kamen und hier leicht erlegt oder gefangen wurden.

Schon seit mehreren Wochen waren warme Kleidungsstücke verteilt worden, und Gordon wachte außerdem streng darüber, daß alle hygienischen Maßregeln aufs genaueste befolgt würden.

Während dieser langen Zeitperiode hallte French-den auch von einer geheimen Bewegung wider, welche die jugendlichen Köpfe mehr und mehr erhitzte. Das Jahr, für welches Gordon zum Oberhaupte der Insel Chairman ernannt worden war, ging nämlich mit dem 10. Juni zu Ende.

Dieser Umstand veranlaßte mehrfache vertrauliche Besprechungen, heimliche Zusammenkünfte, ja, man könnte sagen Intrigen, welche die ganze kleine Welt lebhaft erregten. Gordon verhielt sich dagegen, wie wir wissen, teilnahmslos, was aber Briant angeht, so kam es diesen als geborenen Franzosen gar nicht in den Sinn, die Leitung einer Kolonie von Knaben zu übernehmen, von denen die größte Anzahl Engländer waren.

Im Grunde war derjenige, welcher sich, ohne es äußerlich zu zeigen, angesichts jener Wahl am meisten besorgt zeigte, niemand anderes als Doniphan. Mit seiner wirklich hervorragenden Intelligenz und seinem von niemand angezweifelten Mute hätte er die besten Aussichten gehabt, wenn diese nicht durch seinen hochmütigen Charakter, durch Herrschsucht und seine neidische Natur verdunkelt worden wären.

Ob er es nun für unzweifelhaft hielt, der Nachfolger Gordons zu werden, oder ob er nur zu stolz und eitel war, sich um die Stimmen der anderen zu bewerben, jedenfalls gab er sich den Anschein vornehmer Zurückhaltung. Was er übrigens nicht offen tat, das taten für ihn seine speziellen Freunde. Wilcox, Webb und Croß bearbeiteten unterderhand ihre Kameraden, ihre Stimmen für Doniphan abzugeben – vorzüglich die Kleinen, deren Unterstützung ja jetzt nicht zu verachten war. Da nun kein anderer Name genannt wurde, konnte Doniphan seine Erwählung mit einigem Recht für gesichert betrachten.

Der 10. Juni kam heran.

Im Laufe des Nachmittags sollte die Wahlhandlung stattfinden. Jeder hatte dabei auf einen Zettel den Namen desjenigen zu schreiben, für den er sich als Oberhaupt entschied. Die Majorität sollte dann den Ausschlag geben. Da die Kolonie vierzehn Mitglieder zählte – Moko als Neger konnte kein Wahlrecht beanspruchen und tat das auch selbst nicht –, so mußte schon eine Stimme über sieben, die sich auf denselben Namen vereinigten, die Wahl des neuen Oberhauptes entscheiden.

Die Wahlverhandlung begann um zwei Uhr unter dem Vorsitz Gordons und verlief mit jenem Ernst, den die angelsächsische Race allen Vorgängen dieser Art entgegenbringt.

Als die Stimmzettel eröffnet wurden, ergaben sie folgendes Resultat:

Briant . . . . acht Stimmen
Doniphan . . . . drei Stimmen
Gordon . . . . eine Stimme

Weder Gordon noch Doniphan hatten in eigener Person an der Wahl teilnehmen wollen; Briant hatte seine Stimme für Gordon abgegeben.

Bei der Verkündigung dieses Ereignisses konnte Doniphan weder seine Enttäuschung verbergen noch die tiefgehende Erregung, die er dabei empfand.

Sehr erstaunt, die Mehrheit der Stimmen auf sich vereinigt zu sehen, war Briant zuerst nahe daran, die ihm zugedachte Ehre abzulehnen. Da mochte ihm noch ein anderer Gedanke kommen, denn nach einem flüchtigen Blick auf seinen Bruder Jacques sagte er:

»Meinen Dank, liebe Freunde, ich nehme die Wahl an!«

Von diesem Tage ab war also Briant für den Zeitraum eines Jahres das Oberhaupt der jungen Kolonisten auf der Insel Chairman.

Viertes Kapitel

Der Signalmast. – Strenge Kälte. – Der Flamingo. – Die Weide. – Jacques' Geschicklichkeit. – Doniphans und Croß' Ungehorsam. – Der Nebel. – Jacques im Nebel. – Kanonenschüsse von French-den aus. – Die schwarzen Punkte. – Die Haltung Doniphans.

Wenn sie ihre Stimme auf Briant vereinigten, so hatten dessen Kameraden damit seinem dienstwilligen Charakter, seinem Mute, von dem er bei jeder, das Heil der Kolonie betreffenden Gelegenheit Proben ablegte, und seiner unermüdlichen Ergebenheit für das allgemeine

Interesse Gerechtigkeit widerfahren lassen wollen. Seit jenem Tage, wo er sozusagen das Kommando des Schoners während der unfreiwilligen Fahrt von Neuseeland bis zur Insel Chairman übernommen hatte, war er niemals vor einer Gefahr oder einer Anstrengung zurückgewichen. Trotz seiner Zugehörigkeit zu einer fremden Nationalität liebten ihn alle, Große und Kleine, und vorzüglich die letzteren, mit denen er sich stets so eifrig beschäftigte, und die denn auch einmütig für ihn gestimmt hatten. Nur Doniphan, Croß, Wilcox und Webb wollten die guten Eigenschaften Briants nun einmal nicht anerkennen, obgleich sie recht wohl wußten, daß sie damit gegen den verdienstvollsten ihrer Kameraden ungerecht seien.

Gordon sah zwar voraus, daß dieser Ausfall der Wahlen die schon vorhandene Uneinigkeit nur vermehren und Doniphan nebst seinen Parteigängern vielleicht zu irgendeinem beklagenswerten Entschlusse verleiten würde, er beeilte sich aber doch, Briant seinen Glückwunsch darzubringen. Einerseits war er viel zu billig denkend, um die stattgefundene Wahl nicht anzuerkennen, und andererseits mußte es ihm selbst unangenehm sein, in der Zukunft nur das Rechnungswerk in Frenchden zu besorgen zu haben.

Von diesem Tage ab wurde es jedoch sichtbar, daß Doniphan und seine drei Kameraden entschlossen waren, diesen Zustand der Dinge nicht zu ertragen, obwohl Briant sich gelobt hatte, ihnen keine Gelegenheit zu irgendwelchen Ausschreitungen zu geben.

Was Jacques anging, so hatte dieser nicht ohne eine gewisse Verwunderung seinen Bruder den Ausfall der Wahl ohne Widerspruch hinnehmen sehen.

»Du willst also . . .?« sagte er ohne seinen Gedanken ganz auszusprechen, den Briant vollendete, indem er ihm mit verhaltener Stimme antwortete:

»Ja, ich will in der Lage sein, noch mehr tun zu können, als uns bisher gestattet war, um deinen Fehler gutzumachen.«

»Ich danke dir, Bruder«, erwiderte Jacques, »und jedenfalls schone meiner nicht!«

Am nächsten Morgen begann wieder der gewöhnliche Verlauf dieses Lebens, das die langen Tage des Winters so eintönig machen sollten.

Vorher aber und ehe die strenge Kälte jeden Ausflug nach der Sloughi-Bai verhindern sollte, ergriff Briant eine Maßregel, die ihre Nützlichkeit bald zeigen sollte.

Wie bekannt, war auf einem hohen Punkte auf dem Kamm des Auckland-hill ein Signalmast errichtet worden. Von der an der Spitze dieses Mastes flatternden Flagge, welche während einiger Wochen durch starke Seewinde zersetzt worden war, fanden sich nur noch einige Reste vor. Es erschien also von Wichtigkeit, diese durch ein anderes Zeichen zu ersetzen, das auch die winterlichen Stürme auszuhalten imstande wäre. Auf Briants Rat befestigte Baxter eine Art Ballon, hergestellt aus biegsamen Rohrzweigen, wie solche am Ufer des Sumpfes in großer Menge wucherten, der schon deshalb haltbar sein mußte, weil der Wind durch das Geflecht hindurchdringen konnte. Nach Vollendung dieser Arbeit wurde ein letzter Zug nach der Bai unternommen, und zwar am 17. Juni, und Briant ersetzte nun die Flagge des Vereinigten Königreichs durch das neue Zeichen, das auf einen Umkreis von mehreren Meilen sichtbar war.

Inzwischen war der Zeitpunkt nicht mehr fern, wo Briant und seine »Untertanen« sich in French-den eingeschlossen sehen mußten. Das Barometer stieg langsam, aber ununterbrochen weiter, was auf die Andauer strenger Kälte hindeutete.

Briant ließ die Jolle ans Land ziehen und im Winkel der Anhöhe unterbringen. Hier wurde dieselbe mit einem dichten Pfortsegel bedeckt, um ein Auseinanderweichen der Fugen infolge der Austrocknung zu verhindern. Ferner stellten Baxter und Wilcox wieder Schlingen in der Nähe der Einfriedigung und hoben auch neue Fallgruben am Saume der Traps-woods aus. Endlich wurden die Luftnetze längs des linken Ufers des Rio Sealand aufgespannt, um in ihren Maschen das

Wasserwild zurückzuhalten, welches von heftigen Südwinden nach dem Innern der Insel verschlagen wurde.

Inzwischen machten Doniphan und zwei oder drei seiner Gefährten mit Hilfe ihrer Stelzen einige Ausflüge nach den South-moors, von denen sie niemal als »Schneider« heimkehrten, obwohl sie nur wenige Schüsse abgaben, da sich Briant bezüglich der Munition ebenso sparsam erwies wie früher Gordon.

Während der ersten Julitage kam der Fluß nun zum Stehen. Einige Eisschollen, welche sich auf dem Family-lake bildeten, trieben erst mit der Strömung hinab. Bald häuften sich dieselben jedoch ein wenig stromabwärts von French-den an und erzeugten eine Eisstopfung, wonach auch die übrige Oberfläche des Flusses sich schnell mit einer festen Schicht bedeckte. Bei Fortdauer der Kälte, welche schon zwölf Grad unter dem Nullpunkt des hundertteiligen Thermometers erreichte, mußte auch der See selbst in seiner ganzen Ausdehnung bald fest werden. Nach einer Reihe stark stürmischer Böen, welche diesen Vorgang noch etwas verzögerten, sprang der Wind nach Südwesten um, der Himmel klärte sich auf und die Temperatur erniedrigte sich bis auf zwanzig Grad unter dem Gefrierpunkt.

Das Programm für das Leben während des Winters wurde nun unter denselben Bedingungen wiederaufgenommen, wie es im vergangenen Jahre entworfen worden war. Briant hielt, wie man sagt, den Daumen darauf, ohne sich zu einem Mißbrauch seiner Autorität verleiten zu lassen. Alle gehorchten ihm übrigens gern, und Gordon erleichterte ihm seine Stellung wenigstens dadurch, daß er selbst das beste Beispiel von Gehorsam gab. Doniphan und seine Parteigänger ließen sich obendrein niemals eine Insubordination zuschulden kommen. Sie beschäftigten sich mit der ihnen obliegenden Besorgung der Fallen, Schlingen, Dohnen und Luftnetze, hielten aber außerdem stets zusammen, sprachen nur mit gedämpfter Stimme und mischten sich so gut wie nie, selbst nicht bei Tische oder in den abendlichen Mußestunden, in das allgemeine Gespräch.

Ob sie einen Anschlag vorbereiteten, wußte man nicht, jedenfalls verhielten sie sich so, daß Briant keinen Grund hatte, ihnen einen Vorwurf zu machen oder sich sonstwie einzumischen. Er bemühte sich gerecht zu sein gegen alle und nahm besonders peinliche und anstrengende Arbeiten oft auf sich, sowie er auch seinen Bruder nicht schonte, der mit ihm nach Kräften wetteiferte. Gordon glaubte sogar zu bemerken, daß Jacques' Charakter sich allmählich ändere, und Moko sah mit Vergnügen, daß der junge Knabe seit der gehabten Auseinandersetzung mit Briant sich den Vorschlägen seiner Kameraden zugänglicher zeigte und an deren Spielen mehr teilnahm.

Die langen Stunden, welche der Frost in der Halle zuzubringen zwang, wurden mit geistigen Arbeiten ausgefüllt. Jenkins, Iverson, Dole und Costar machten die erfreulichsten Fortschritte, und während die Großen sie unterrichteten, lernten diese dabei auch selbst. An den langen Abenden las man abwechselnd mit lauter Stimme Reiseschilderungen, denen freilich Service die Lektüre seiner Robinsons vorgezogen hätte. Zuweilen ließ auch Garnetts Ziehharmonika ihre herzzerreißenden Harmonien ertönen, welche der unglückselige Musiknarr mit bedauerlicher Hartnäckigkeit zum Besten gab. Andere sangen aus vollem Herzen verschiedene Kinderlieder, und nach Schluß des ergötzlichen Konzerts suchten alle ihre Lagerstätten auf.

Briant hörte inzwischen niemals auf, über die Möglichkeit einer Rückkehr nach Neuseeland nachzugrübeln. Das war's, was ihm jederzeit am Herzen lag, und darin unterschied er sich von Gordon, welcher nur daran dachte, die Einrichtung der Kolonie auf der Insel Chairman zu vervollständigen. Die Präsidentschaft Briants mußte sich also vorzüglich durch die Anstrengungen auszeichnen, die in der Absicht heimzukehren gemacht wurden. Er dachte zunächst immer an den weißlichen, von ihm seitwärts der Deception-Bai wahrgenommenen Fleck und fragte sich, ob dieser wohl einem in der Nachbarschaft der Insel gelegenen Lande angehöre. In diesem Falle schien es ihm nicht unmöglich zu sein, ein Fahrzeug zu erbauen, mit dem man wenigstens jenes Land erreichen könnte; sprach er darüber aber mit Baxter, so zuckte dieser nur die Achseln, um anzudeuten, daß eine solche Arbeit ihre Kräfte weit übersteige.

»Ach, warum sind wir nur Kinder!« klagte dann Briant; »ja Kinder, wo wir doch Männer sein müßten!«

Das war und blieb sein größter Kummer!

Während der Winternächte kam es, obwohl die Sicherheit von French-den selbst ungefährdet schien, zu einzelnen Störungen. Wiederholt ließ Phann ein langes Bellen vernehmen, wenn Banden von Raubtieren – meist von Schakalen – die Einfriedigung umschwärmten. Dann eilten Doniphan und die anderen durch die Tür der Halle hinaus, und indem sie Feuerbrände nach den unheimlichen Gesellen schleuderten, gelang es ihnen meist leicht, diese zu vertreiben.

Zwei- oder dreimal zeigten sich auch Jaguare und Cuguare in kleineren Gesellschaften in der Umgebung, ohne so nahe wie die Schakale heranzukommen. Diese empfing man mit Flintenschüssen, obgleich bei der Entfernung, aus der man auf sie feuerte, an eine tödliche Verwundung derselben kaum zu denken war. Kurz, es machte zuweilen doch einige Mühe, den eingefriedeten Viehhof zu schützen.

Am 24. Juli fand Moko auch einmal Gelegenheit, sich aufs neue als vortrefflicher Kochkünstler zu erweisen, indem er ein Stück Wildbret zubereitete, an dem sich alle, die einen als Leckermäuler, die anderen als Feinschmecker, weidlich ergötzten.

Wilcox und Baxter, der dem ersteren gern seine Unterstützung lieh, hatten sich nicht begnügt, Fangapparate für kleinere Tiere, wie Geflügel und Nagetiere, herzustellen. Durch geeignete Zurichtung straff-elastischen Reisigs, wie solches zwischen den Baumstämmen der Traps-woods wuchs, gelang es ihnen, wirkliche Schlingen mit Laufknoten auch für größeres Wild zu verfertigen. Ähnliche Fallen werden häufig in den Wäldern auf den Fährten der Rehe errichtet und sie liefern nicht selten recht gute Ausbeute.

In den Traps-woods war es freilich kein Rehbock, sondern ein prächtiger Flamingo, der sich in der Nacht zum 24. Juli in einem solchen Laufknoten gefangen und aus dem er sich trotz aller Anstrengung nicht wieder hatte frei machen können. Am Morgen, als Wilcox die Fallen und Schlingen nachsah, war er schon von der seinen Hals einschnürenden Schlinge erwürgt. Dieser sorgsam gerupfte, sauber ausgenommene und mit einer Fülle aus aromatischen Kräutern schön nußbraun gebratene Flamingo wurde allgemein für ausgezeichnet erklärt. Sowohl von dem Bruststück wie von den Keulen erhielt jeder reichlich zugeteilt, und obendrein noch ein kleines Stück von der Zunge, die wohl zu den leckersten Gerichten gehört, welche es unter dem blauen Himmelszelte gibt.

Die erste Hälfte des Monats August brachte vier sehr strenge Frosttage. Nicht ohne ängstliche Besorgnis sah Briant das Thermometer bis auf dreißig Centigrade unter Null herabsinken. Die Reinheit der Luft war dabei ganz unvergleichlich, und wie es bei solchen starken Erniedrigungen der Temperatur häufig vorkommt, bewegte kein Windhauch die Atmosphäre.

Während dieser Zeit konnte niemand French-den verlassen, ohne sofort bis auf die Knochen durchkältet zu werden, und den Kleinen wurde deshalb strengstens verboten, sich, und wäre es nur auf Augenblicke, der freien Luft auszusetzen. Selbst die Großen wagten das nur, wenn die Not es erheischte, vor allem also, um die Öfen in den Vieh- und Geflügelstallungen in Brand zu erhalten.

Zum Glück währte diese bittere Kälte nicht zu lange. Gegen den 6. August schlug der Wind mehr nach Westen um. Die Sloughi-Bai und das Ufergelände der Wrack-coast wurden jetzt von entsetzlichen Stürmen heimgesucht, welche, nachdem sie die Abhänge des Auckland-hill mit voller Wut gepeitscht, über den Höhenzug mit einer Heftigkeit ohnegleichen hinwegrasten. French-den hatte von ihnen jedoch nichts zu leiden. Es hätte mindestens eines Erdbebens bedurft, um dessen feste Wandungen zu erschüttern. Die unwiderstehlichsten Orkane, welche hochbordige Schiffe an die Küsten werfen und selbst steinerne Gebäude umstürzen, konnten der felsigen Uferhöhe, die sich nach dem Inselinneren fortsetzte, nichts anhaben. Bäume wurden allerdings in großer Menge geknickt, doch damit ersparten die jungen Holzfäller nur manch schwere Arbeit, wenn die Erneuerung des Brennmaterialvorrats in Frage kam.

Diese Stürme hatten die wohltätige Folge, den Zustand der Atmosphäre insofern zu verändern, als sie das Aufhören der allzu strengen Kälte herbeiführten. Von derselben Zeit an erhob sich die Temperatur stetig, und nach Vorübergang der gewaltigen Luftstörungen hielt sie sich im Mittel auf sieben bis acht Grad unter dem Gefrierpunkt.

Die zweite Hälfte des August gestaltete sich recht erträglich. Briant konnte die Arbeiten draußen wiederaufnehmen lassen – natürlich mit Ausnahme des Fischfangs, denn noch deckte eine mächtige Eiskruste die Gewässer des Rio wie des Sees. Nun wurden fleißig die Fallgruben, Schlingen und Luftnetze untersucht, welche letztere stets reichliche Beute an Sumpfvögeln lieferten, so daß die Speisekammer immer mit frischem Wild versorgt wurde.

Außerdem barg auch die Einfriedigung jetzt verschiedene neue Bewohner, sowohl junge Brut der Trappen und der Perlhühner als auch fünf Lämmer, welche das Vigogne-Schaf geworfen und denen es an sorgfältiger Pflege seitens Services und Garnetts nicht mangelte.

Unter diesen Verhältnissen kam Briant, da der Zustand des Eises das noch gestattete, auf den Gedanken, seinen Kameraden eine große Schlittschuhpartie vorzuschlagen. Mit einem länglichen Holzklötzchen und einer eisernen Klinge gelang es Baxter, mehrere Paar Schlittschuhe herzustellen. Die Knaben hatten übrigens alle mehr oder weniger Übung in dieser Kunst, die zur

Zeit des tiefen Winters in Neuseeland mit Vorliebe getrieben wird, und sie freuten sich herzlich auf die Gelegenheit, ihre Talente auf der Eisfläche des Family-lake zu erproben.

Am 25. August gegen elf Uhr vormittags verließen also Briant, Gordon, Doniphan, Webb, Croß, Wilcox, Baxter, Service, Jenkins und Jacques, während sie Iverson, Dole und Costar der Überwachung durch Moko und Phann anvertrauten, die Wohnung, um eine Stelle zu suchen, wo sich ein ausgedehntes glattes Eisfeld zum Schlittschuhlaufen eignen würde.

Briant hatte ein Nebelhorn vom Schoner mit sich genommen, um seine kleine Truppe zusammenzurufen, wenn sich einer oder der andere auf dem See gar zu weit entfernte. Alle hatten vor dem Aufbruche gefrühstückt und hofften, vor dem Mittagsbrote zurück zu sein.

Sie mußten dem Ufer gegen drei Meilen weit nachgehen, ehe sich eine passende Eisbahn fand, da den Family-lake in der näheren Umgebung von French-den unregelmäßig zusammengefrorene Schollen bedeckten. Gegenüber den Traps-woods machten die jungen Leutchen halt vor einer verlockend ebenen Eisfläche, welche sich nach Osten hin über Sehweite hin ausdehnte. Es wäre ein prächtiger Exerzierplatz für eine Armee von Schlittschuhläufern gewesen.

Selbstverständlich hatten Doniphan und Croß ihre Gewehre mitgenommen, um bei sich bietender Gelegenheit etwas Wild zu erlegen. Briant und Gordon, welche an diesem Sporte einmal keinen Gefallen fanden, waren nur in der Absicht, Unklugheiten vorzubeugen, mit hierhergegangen.

Ohne Widerrede zeigten sich als die gewandtesten Läufer der kleinen Kolonie Doniphan, Croß und vorzüglich Jacques, der den anderen ebenso in der Schnelligkeit der Fortbewegung wie in der Sicherheit, mit der er die verwickeltsten Bögen beschrieb, weit voranstand.

Bevor er das Zeichen zum Aufbruch gab, hatte Briant seine Kameraden um sich versammelt und sie folgendermaßen angeredet:

»Ich brauche euch wohl nicht zu empfehlen, vernünftig zu sein und jede Eigenliebe beiseite zu setzen. Ist auch nicht zu befürchten, daß das Eis brechen könnte, so kann man doch immer Arme und Beine brechen. Entfernt euch nicht über Gesichtsweite hinaus! Sollte sich jemand aus Versehen doch zu weit hinaus verführen lassen, so vergeßt nicht, daß wir, Gordon und ich, euch hier an dieser Stelle erwarten, und wenn ich ein Signal mit dem Horn gebe, hat jeder die Pflicht, sich bei uns einzufinden.«

Nach Anhörung dieser Ermahnungen schweiften die Schlittschuhläufer auf den See hinaus, und Briant fühlte sich beruhigt, als er sie eine recht anerkennenswerte Geschicklichkeit entfalten sah. Kamen zuerst auch einige Stürze vor, so erweckten diese doch nur ein allgemeines Gelächter.

In der Tat verrichtete Jacques wahre Wunder, indem er vorwärts, rückwärts, auf einem und auf zwei Füßen, aufgerichtet und zusammengekauert Bögen und Ellipsen mit tadelloser Genauigkeit beschrieb. Briant gewährte es daneben eine besondere Befriedigung, seinen Bruder an dem heiteren Spiel der anderen teilnehmen zu sehen.

Möglicherweise empfand Doniphan, der allen körperlichen Übungen so leidenschaftlich ergebene Sportsmann, etwas wie Neid bei den Erfolgen Jacques', dem alle herzlich zujubelten, wenigstens entfernte er sich, trotz der Warnungen Briants, bald weiter vom Ufer und gab auch Croß wiederholt ein Zeichen, ihm nachzufolgen.

»He, Croß«, rief er dann, »da draußen seh' ich ein Volk Enten . . . dort . . . dort, nach Osten zu. Kannst du es erkennen?«

»Jawohl, Doniphan.«

»Du hast deine Flinte . . . ich die meinige . . . vorwärts, wir jagen sie!«

»Briant hat aber untersagt . . .«

»Ach, laß mich zufrieden mit deinem Briant . . .! Vorwärts . . .! Schnell vorwärts . . .!«

Fast im Handumdrehen hatten Doniphan und Croß eine halbe Meile hinter sich gebracht in Verfolgung der Schar von Vögeln, welche über den Family-lake kreisten.

»Wohin wollen sie?« fragte Briant.

»Sie werden da draußen Wild gesehen haben«, antwortete Gordon, »und ihre Neigung zur Jagd ...«

»Oder vielmehr ihre Neigung zum Ungehorsam«, erwiderte Briant. »Das ist wieder der Doniphan ...«

»Glaubst du, Briant, daß für sie etwas zu fürchten wäre?«

»Wer weiß das, Gordon ...? Eine Unklugheit bleibt es immer, sich von hier so weit fort zu wagen. Sieh nur, wie entfernt sie schon sind!«

In schnellem Laufe davoneilend, erschienen Doniphan und Croß jetzt wirklich nur noch wie zwei Punkte am Horizont des Sees.

Wenn sie auch, da noch mehrere Stunden Tageslicht bleiben mußten, Zeit genug hatten, zurückzukehren, begingen sie doch eine Unklugheit. Zu dieser Jahreszeit war nämlich immer ein plötzlicher Wechsel im Zustande der Atmosphäre zu befürchten. Ein Umschlag der Windrichtung hätte schon genügt, stärkere Böen oder andererseits Nebelbildungen hervorzurufen.

Man kann sich die Besorgnisse Briants also leicht vergegenwärtigen, als der Horizont gegen zwei Uhr sich schnell unter einer aufziehenden Nebelwand verbarg.

Auch jetzt waren Croß und Doniphan noch nicht wieder sichtbar geworden, und die über der weiten Seefläche sich anhäufenden Dunstmassen verhüllten schon gänzlich dessen westliches Ufer.

»Da haben wir, was ich fürchtete!« rief Briant. »Wie werden sie den Weg nun finden können?«

»Durch ein Zeichen mit dem Horne ...! Gib ihnen ein Hornsignal!« antwortete Gordon rasch.

Dreimal ertönte das Horn, und weithin verbreiteten sich dessen scharfe Tonwellen. Vielleicht gab ein Flintenschuß darauf Antwort – das einzige Mittel, welches Doniphan und Croß besaßen, um die Stelle, an der sie sich befanden, anzudeuten.

Briant und Gordon lauschten ... Kein Knall drang zu ihren Ohren.

Inzwischen hatte der Nebel schon recht merklich ebenso an Dichtheit, wie an Ausdehnung zugenommen, und jetzt wälzte er sich kaum noch eine Viertelmeile vom Ufer heran. Da er gleichzeitig auch nach den höheren Luftschichten aufstieg, mußte der See unter ihm binnen wenigen Minuten völlig verschwunden sein.

Briant rief nun diejenigen seiner Kameraden, welche sich in Sehweite gehalten hatten, zusammen. Einige Minuten später waren alle am Ufer angekommen.

»Was nun ...?« fragte Gordon.

»Wir werden alles versuchen müssen, Croß und Doniphan wieder aufzufinden, ehe sie sich noch völlig im Nebel verirrt haben. Einer von uns muß sich in der von ihnen eingeschlagenen Richtung hinauswagen und seine Gegenwart durch wiederholte laute Hornsignale kundzugeben suchen.«

»Ich will sofort hinausfahren!« meldete sich Baxter.

»Wir auch!« riefen zwei oder drei andere.

»Nein ...! Ich werde selbst gehen!« erklärte Briant.

»Du nicht, sondern ich, Bruder!« widersprach ihm Jacques. »Auf meinen Schlittschuhen soll es nicht lange dauern, bis ich Doniphan und Croß eingeholt habe ...«

»Nun gut ...«, antwortete Briant. »Geh hinaus, Jacques, und achte wohl darauf, ob du keine Flintenschüsse hörst ... Doch halt, nimm hier auch das Horn mit, um ihnen deinen jeweiligen Standpunkt erkennbar zu machen!«

»Gewiß, Briant!«

Einen Augenblick später war Jacques schon inmitten des immer undurchsichtiger werdenden Nebels verschwunden.

Briant, Gordon und die übrigen strengten sich an, die von Jacques gegebenen Hornsignale zu vernehmen, doch auch diese erstarben bald infolge der zu großen Entfernung.

So verlief eine halbe Stunde ohne ein Merkzeichen von den Abwesenden, weder von Croß oder Doniphan, welche sich auf dem See gewiß nicht mehr zurechtfinden konnten, noch von Jacques, der zu ihrer Aufsuchung hinausgefahren war.

Was sollte aber aus allen dreien werden, wenn die Nacht herabsank, ehe sie zurückgekehrt waren?

»Wenn wir nur Feuerwaffen hier hätten«, rief Service, »vielleicht wär's es möglich . . .«

»Schußwaffen?« antwortete Briant. »Die gibt's ja noch in French-den . . .! Auf, es ist keine Minute zu verlieren!«

Das war gewiß das beste Auskunftsmittel, denn es schien von hoher Wichtigkeit, ebenso wie Croß und Doniphan, auch Jacques selbst die Richtung zu bezeichnen, welcher sie zu folgen hatten, um auf das Ufer des Familiy-lake zu treffen. Am besten war es also, schleunigst nach French-den zurückzukehren, wo durch von Zeit zu Zeit wiederholte Schüsse Signale abgegeben werden konnten.

In weniger als einer halben Stunde hatten Briant, Gordon und alle anderen die drei Meilen zurückgelegt, welche sie von dem Sportfeld trennten.

Bei dieser Gelegenheit konnte von Schonung des Pulvers nicht die Rede sein. Wilcox und Baxter luden zwei Gewehre, welche in der Richtung nach Osten abgefeuert wurden.

Keine Antwort; weder ein Schuß noch der Ton eines Hornes.

Es war schon um dreieinhalb Uhr. Der Nebel zeigte eher noch Neigung, sich zu verdichten, je weiter die Sonne nach der Kette des Auckland-hill zu niedersank. Durch die schweren Dunstmassen war es ganz unmöglich, auf dem See etwas zu erkennen.

»Holt die Kanone!« rief Briant.

Das eine der kleinen Signalgeschütze vom »Sloughi« – dasselbe, dessen Rohr gewöhnlich durch die Wandöffnung neben der Tür der Halle lugte – wurde nach dem Sportfeld geschleppt und nach Nordosten gerichtet.

Man lud dasselbe mit einer sogenannten Platzpatrone, und Baxter wollte schon die Leine des Schlaghahnes anziehen, als Moko noch den Vorschlag machte, einen Pfropfen von eingefettetem Grase vor die Kartusche festzustampfen. Er glaubte zu wissen, daß hierdurch der Knall verstärkt würde, und er täuschte sich auch nicht.

Der Schuß donnerte hinaus – nicht ohne daß Dole und Costar sich dabei die Ohren fest zuhielten.

Bei der so vollkommen ruhigen Atmosphäre war gar nicht anzunehmen, daß der Knall nicht bis zur Entfernung von mehreren Meilen gehört werden müßte.

Man lauschte . . . Nichts!

Noch während einer ganzen Stunde wurde das kleine Geschütz von zehn zu zehn Minuten in gleicher Weise abgefeuert. Daß Doniphan, Croß und Jacques die Bedeutung dieser wiederholten Schüsse mißverstehen sollten, welche bestimmt waren, ihnen die Lage von French-den anzudeuten, war gar nicht glaublich. Die Entladungen mußten auch auf der ganzen Oberfläche des Family-lake vernehmbar sein, denn gerade nebelige Luft ist für weite Fortplanzung des Schalles besonders geeignet und diese Eigenschaft nimmt mit der Verdichtung derselben nur noch mehr zu.

Endlich, kurz vor fünf Uhr, wurden zwei oder drei noch sehr entfernte Flintenschüsse deutlich in der Richtung von Nordosten her auf dem Sportfeld vernommen.

»Das sind sie?« rief Service.

Sofort antwortete Baxter noch ein letztes Mal auf das Signal Doniphans.

Einige Minuten später wurden zwei Schattengestalten durch den Nebel sichtbar, der über dem Ufer etwas weniger dicht als über dem See lagerte. Bald antworteten freudige Hurrah auf die gleichen Rufe von dem Sportfeld.

Doniphan und Croß kamen endlich an.

Jacques war nicht mit ihnen.

Nun denke man sich die tödliche Angst Briants! Sein

Bruder hatte die beiden Jäger nicht finden können, die nicht einmal seine Hornsignale hörten. Croß und Doniphan, welche sich zurechtzufinden bemühten, hatten sich zu derselben Zeit schon nach dem Süden des Sess gewendet, als Jacques nach Osten hinausflog, um sie zu entdecken. Ohne die von French-den aus abgegebenen Kanonenschüsse hätten sie den richtigen Weg freilich nicht wiederfinden können.

Die Gedanken nur auf seinen im Nebel verirrten Bruder gerichtet, fiel es Briant gar nicht ein, Doniphan Vorwürfe zu machen, dessen Ungehorsam so ernste Folgen zu haben drohte. War Jacques gezwungen, auf dem See die ganze Nacht bei einer Temperatur zu verbringen, welche vielleicht bis auf fünfzehn Grad unter Null herabging, wie hätte er eine solch strenge Kälte aushalten können!

»Ich hätte an seiner statt gehen sollen . . . ich!« wiederholte Briant, dem Gordon und Baxter vergeblich einige Hoffnung einzuflößen versuchten.

Noch einige Kanonenschüsse wurden abgegeben. Hatte Jacques sich French-den genähert, so mußte er sie gehört haben, und hätte es dann gewiß nicht unterlassen, seine Anwesenheit durch einige Signale mit dem Horn zu erkennen zu geben.

Als sich die letzten rollenden Töne aber in der Ferne verloren, blieben die Schüsse ohne jede Antwort.

Schon brach nun die Nacht herein, und die Dunkelheit mußte bald die ganze Insel einhüllen.

Da trat aber eine günstige Änderung der Verhältnisse ein – der Nebel schien geneigt, sich zu zerstreuen. Eine leichte Brise, welche von Westen her wehte, wie das fast jeden Abend nach windstillen Tagen der Fall war, trieb die Dunstmassen nach Osten zurück und legte damit die Oberfläche des Family-lake wieder frei. Bald konnte die einzige Schwierigkeit, French-den aufzufinden, nur noch im nächtlichen Dunkel liegen.

Unter diesen Umständen gab es nur noch ein Hilfsmittel, nämlich die Anzündung eines großen Feuers am Ufer, welches als Signal dienen konnte. Schon häuften

Wilcox, Baxter und Service auch trockenes Holz in der Mitte des Sportfeldes auf, als Gordon sie aufhielt.

»Wartet ein wenig!« sagte er.

Das Fernrohr vor den Augen, blickte Gordon aufmerksam in der Richtung nach Nordosten hinaus.

»Mir scheint, ich sehe da einen Punkt...«, sagte er, »einen Punkt, der sich auch bewegt...«

Jetzt ergriff Briant das Glas und lugte auch selbst hinaus.

»Gott sei gelobt...! Er ist es...!« rief er. »Das ist Jacques...! Ich erkenne ihn!«

Da stießen alle aus vollem Halse laute Rufe aus, als könnten sie sich bis auf eine Entfernung, welche mindestens noch eine Meile betragen mochte, vernehmbar machen.

Jedenfalls verminderte sich diese Entfernung sichtlich. Die Schlittschuhe an den Füßen, glitt Jacques mit der Schnelligkeit eines Pfeiles über die Eisdecke des Sees hin und auf French-den zu. Nur noch wenige Minuten, und er mußte daselbst angelangt sein.

»Es sieht aus, als wenn er nicht allein käme!« rief da Baxter mit dem Ausdruck von Verwunderung.

Wirklich ließ eine genauere Beobachtung zwei weitere Punkte erkennen, welche sich einige Schritte hinter Jacques mit diesem fortbewegten.

»Was ist denn das...?« fragte Gordon.

»Sollten es Menschen sein...?« meinte Baxter.

»Nein...! Ich würde es eher für Tiere ansehen...!« sagte Wilcox.

»Vielleicht sind es gar Raubtiere...!« rief Doniphan.

Er täuschte sich nicht, und ohne Zögern eilte er, das Gewehr in der Hand, Jacques entgegen.

Binnen wenigen Augenblicken hatte Doniphan den jüngeren Knaben erreicht und zwei Schüsse auf die Raubtiere abgeben, welche verdutzt kehrtmachten und bald aus dem Gesichte entschwanden.

Es waren zwei Bären, deren Vorkommen man unter der Fauna der Insel Chairman nicht vermutet hatte.

Doch, da diese furchtbaren Raubgesellen sich auf der Insel zeigten, wie war es gekommen, daß die Jäger bisher noch keine Spur von ihnen entdeckt hatten? Sollte man annehmen, daß sie dieselbe für gewöhnlich nicht bewohnten und daß sie nur zur jetzigen Winterzeit, indem sie entweder über das zugefrorene Meer herkamen oder von davontreibenden Eisschollen getragen wurden, in diese Gegend verschlagen waren? Wies das nicht auf ein Festland in der Nähe der Insel hin...? Dieser Gedanke schien des Erwägens wert.

Doch, wie dem auch sein mochte, jedenfalls war Jacques gerettet, und sein Bruder drückte ihn herzlich in die Arme.

Glückwünsche, Umarmungen und warme Händedrücke fehlten dem mutigen Knaben überhaupt nicht. Nach vergeblichen Versuchen, seine Kameraden durch Hornsignale anzurufen, hatte auch er sich in dem überaus dichten Nebel so verirrt, daß er sich nicht mehr zurechtfinden konnte, als er das erste Krachen des Geschützes vernahm.

»Das kann nur die Kanone von French-den sein!« hatte er sich gesagt, während er die Richtung, woher der Schall kam, zu erkennen suchte.

Er befand sich da mehrere Meilen vom Ufer im Nordosten des Sees. Sofort eilte er in der ihm angedeuteten Richtung in größter Schnelligkeit auf den Schlittschuhen dahin.

Plötzlich, als der Nebel sich etwas lockerte, bemerkte er zwei große Bären, die auf ihn zutrabten. Trotz der drohenden Gefahr verließ ihn seine Kaltblütigkeit jedoch keinen Augenblick, und Dank der Schnelligkeit seines Laufes konnte er die Tiere von sich fernhalten. Beim ersten unglücklichen Sturze wäre er dagegen verloren gewesen.

Da nahm er Briant beiseite und sagte zu ihm, während alle nach French-den zurückkehrten:

»Ich danke dir, Bruder, danke dir von Herzen, daß du mir gestattet hast...«

Briant drückte ihm, ohne zu antworten, warm die

Hand.

Als dann Doniphan die Türschwelle der Halle überschritt, sagte er zu diesem:

»Ich hatte dir verboten, dich zu entfernen, und du siehst, daß deine Unfolgsamkeit beinahe schweres Unglück herbeigeführt hätte. Doch, obwohl du entschieden ein Unrecht begangen, Doniphan, bin ich dir noch Dank schuldig, daß du Jacques so bereitwillig zu Hilfe geeilt bist.«

»Ich habe nicht mehr als meine Pflicht getan«, antwortete Doniphan kühl.

Und er nahm nicht einmal die Hand, die ihm sein Kamerad freundlich entgegenstreckte.

Fünftes Kapitel

Eine Rast an der Südspitze des Sees. – Doniphan, Webb und Wilcox. – Trennung. – Die Gegend der Downs-lands. – Der East-river. – Längs des linken Ufers hinab. – Ankunft bei der Mündung.

Sechs Wochen nach jenen Vorfällen und gegen fünf Uhr abends machten vier der Kolonisten an der südlichen Spitze des Family-lake halt.

Es war am 10. Oktober. Der Einfluß der schönen Jahreszeit trat schon überall zutage. Unter den mit frischem Grün angehauchten Bäumen hatte der Erdboden schon wieder Frühlingsschmuck angelegt. Eine schwache Brise kräuselte leicht die Oberfläche des Sees, über den noch die letzten Sonnenstrahlen hinglitten, welche durch die weite Ebene der South-moors und über deren schmalen Sandvorlande glitzerten. Zahlreiche Vögel zogen in geschwätzigen Scharen entweder nach ihren nächtlichen Ruheplätzen im Schatten der Bäume oder nach den Aushöhlungen und Löchern des Steilufers vorüber. Verschiedene Gruppen immergrüner Bäume, wie Fichten, Steineichen und in geringer Entfernung ein etwa vier Acker großer Tannenwald, unterbrachen allein die eintönige Unfruchtbarkeit dieses Teiles der Insel Chairman. Der waldige Rahmen des Sees schien hier unterbrochen, und um die dichten Baumanhäufungen zu erreichen, hätte man mehrere Meilen auf einem der beiden Ufer des Sess hinwandern müssen.

Eben jetzt verbreitete ein lustiges, am Fuße einer Seeföhre angezündetes Feuer seinen wohlriechenden Rauch, den der Wind über den Sumpf hintrug. Ein paar Enten brieten über einem zwischen zwei Steinen hergerichteten Herde. Nach dem Abendessen hatten die vier Knaben sich nur noch in ihre Decken zu hüllen, und während einer von ihnen die Wache übernahm, schliefen die anderen drei ruhig bis zum anbrechenden Tage.

Diese vier waren Doniphan, Croß, Webb und Wilcox, und wir tragen hier nach, unter welchen Umständen sie den Entschluß gefaßt hatten, sich von ihren Kameraden zu trennen.

Während der ersten Wochen des zweiten Winters, den die jungen Kolonisten in French-den verlebten, waren die Beziehungen zwischen Doniphan und Briant immer gespannter geworden. Der Leser hat nicht vergessen, mit welchem Grolle Doniphan den Ausfall der Wahlen zugunsten seines Rivalen angesehen hatte. Dadurch noch eifersüchtiger, noch reizbarer geworden, zwang er sich nur mit Widerwillen zur Anerkennung der Befehle des neuen Oberhauptes der Insel Chairman. Wenn er diesem keinen offenen Widerstand leistete, so geschah das nur unter dem bedrückenden Bewußtsein, daß die Mehrzahl doch nicht auf seiner Seite stand. Bei verschiedenen Gelegenheiten legte er jedoch so viel bösen Willen an den Tag, daß Briant ihm sehr gerechtfertigte Vorwürfe nicht ersparen konnte. Seit den Vorfällen beim Schlittschuhlaufen, wobei sein Ungehorsam völlig zutage lag, ob er sich damals nur von seiner Jagdliebhaberei hatte hinreißen lassen oder einfach seinen Kopf aufsetzen wollte, waren seine Gelüste zur Auflehnung nur gewachsen und führten endlich den Augenblick herbei, wo Briant mit Strafen vorzugehen sich genötigt sehen mußte.

Bisher hatte Gordon, den dieser Stand der Sachen nicht wenig beunruhigte, von Briant das Versprechen möglichster Zurückhaltung verlangt. Dieser fühlte nun aber doch, daß seine Geduld zu Ende war und daß es im allgemeinen Interesse und zur Aufrechthaltung guter Ordnung unerläßlich geworden sei, scharfe Seiten aufzuziehen. Vergebens hatte Gordon versucht, Doniphan freundlich ins Gewissen zu reden. Wenn er auf diesen früher etwas Einfluß gehabt, so mußte er sich überzeugen, daß derselbe jetzt völlig verschwunden war. Doniphan verzieh ihm niemals, in den meisten Fällen die Partei seines Gegners vertreten zu haben. Das Dazwischentreten Gordons führte also zu keinem Resultate, und nur mit schwerem Kummer sah dieser sehr nahe bevorstehenden weiteren Verwicklungen entgegen.

Aus diesem Zustande der Dinge ergab sich schon, daß das zum ruhigen Weiterleben der Insassen von French-den so nötige gute Einvernehmen oft gestört war. Jedermann fühlte das wie einen Alp auf sich lasten, der das Beisammensein recht peinlich machte.

Außer zu den Stunden der Mahlzeiten hielten sich Doniphan und seine Parteigänger Croß, Webb, Wilcox, welche der Herrschaft des ersteren mehr und mehr unterlagen, stets von den anderen abgesondert. Verhinderte das schlechte Wetter sie, auf die Jagd zu gehen, so saßen sie in einer Ecke der Halle beisammen und besprachen sich da mit gedämpfter Stimme.

»Ohne Zweifel«, begann da eines Tages Briant zu Gordon, »verabreden sie da irgendeinen Streich.«

»Doch nicht etwa gegen dich, Briant?« antwortete Gordon. »Den Versuch, dir deine Stellung streitig zu machen, würde Doniphan nicht wagen ... Wir ständen ja alle auf deiner Seite, und das weiß er auch gut genug.«

»Vielleicht denken Wilcox, Croß, Webb und er daran, sich von uns zu trennen ...«

»Das wäre eher zu befürchten, Briant, und meiner

Ansicht nach hätten wir kaum ein Recht, sie daran zu hindern.«

»Glaubst du nicht, Gordon, daß sie sich an anderer Stelle niederlassen wollen . . .?«

»Daran denken sie vielleicht gar nicht, Briant.«

»Doch, sie denken daran. Ich habe Wilcox eine Kopie der Karte des schiffbrüchigen Baudoin nehmen sehen, und das geschah offenbar in der Absicht, sie mitzunehmen . . .«

»Das hätte Wilcox getan . . .?«

»Gewiß, Gordon, und wahrhaftig, um derartigen Unannehmlichkeiten ein für allemal die Spitze abzubrechen, erscheint es mir ratsam, lieber zugunsten eines anderen, vielleicht zu deinen oder selbst zu Doniphans Gunsten abzudanken. Das würde jeder Rivalität sofort ein Ende machen!«

»Nein, Briant«, entgegnete Gordon bestimmt, »nein . . .! Damit verletztest du deine Pflichten gegen die, welche dich gewählt haben . . . und ebenso gegen dich selbst!«

Unter diesen bedauerlichen Mißhelligkeiten verstrich langsam der Winter.

Mit den ersten Tagen des Oktober und als die Kälte vollständig aufgehört, hatten sich See und Rio wieder vollständig vom Eise befreit. Da – am Abend des 9. Oktober – trat Doniphan offen mit seinem Entschlusse, French-den mit Wilcox, Croß und Webb zu verlassen, hervor.

»Ihr wollt uns verlassen . . .?« sagte Gordon.

»Euch verlassen . . .? Nein, Gordon«, antwortete Doniphan. »Wir, das heißt Croß, Wilcox, Webb und ich, haben uns nur vorgenommen, einen anderen Punkt der Insel als Wohnstätte zu erwählen.«

»Und warum, Doniphan?« forschte Baxter.

»Ganz einfach, weil wir nach eigenem Belieben zu leben wünschen und – ich gestehe es ganz offen – es uns nicht paßt, von Briant Befehle entgegenzunehmen.«

»Ich möchte wohl wissen, was du mir vorzuwerfen hättest, Doniphan?« fragte Briant.

»Nichts, als daß du unser Oberhaupt bist«, erklärte Doniphan. »Vorher haben wir schon einen Amerikaner als Vorstand der Kolonie gehabt . . . jetzt kommandiert uns ein Franzose. Es fehlt wahrlich nur noch, daß nachher Moko erwählt wird . . .«

»Du sprichst doch nicht im Ernste, Doniphan?« fragte Gordon.

»Ernst ist darin jedenfalls«, antwortete Doniphan hochmütigen Tones, daß, wenn es unseren Kameraden gleichgültig ist, jeden beliebigen anderen als einen Engländer als Oberhaupt zu haben, das doch weder mir noch meinen Kameraden zusagt.«

»Wie ihr wollt«, versetzte Briant. »Wilcox, Webb, Croß und du, Doniphan, ihr seid frei und könnt euch den zukommenden Teil aller Gegenstände mit fortnehmen.«

»Daran haben wir nie gezweifelt, Briant, und morgen schon verlassen wir French-den.«

»Möget ihr euren Entschluß nimmermehr zu bereuen haben!« setzte Gordon noch hinzu, da er einsah, daß in diesem Falle jedes Zureden vergeblich sein würde.

Das Projekt, das sie auszuführen beschlossen hatten, war nämlich folgendes:

Einige Wochen vorher, als Briant den Bericht über seinen Ausflug nach dem östlichen Teil der Insl Chairman erstattete, hatte er auch behauptet, daß die kleine Kolonie dort recht gut Unterkommen finden könnte. Die Felsenmassen der Küste daselbst enthielten zahlreiche Grotten und Höhlen; die Wälder im Osten des Family-lake reichten bis an das Vorland heran. Der East-river lieferte trinkbares Wasser im Überflusse, von Haar- und Federwild wimmelte es an dessen Ufern – kurz, es mußte sich dort ebenso bequem leben lassen, als wie in French-den, und auf jeden Fall weit besser als an der Sloughi-Bai. Überdies betrug die Entfernung von French-den und der Küste in gerader Linie nur zwölf Meilen, sechs für die Fahrt über den See und sechs für den Weg am East-river herunter gerechnet. Im Falle dringender Not blieb es also stets gleich, mit

French-den in Verbindung zu treten.

Nach eingehender Darlegung dieser Vorzüge hatte Doniphan endlich Wilcox, Croß und Webb dazu vermocht, sich mit ihm am anderen Ufer der Insel häuslich niederzulassen.

Doniphan schlug dabei aber nicht vor, sich nach der Deception-Bai zu Wasser zu begeben, er wollte vielmehr am Ufer des Family-lake bis zu dessen südlicher Spitze hinabziehen – diese umwandern und dann dem entgegengesetzten Ufer nordwärts folgen, um so zum East-river zu gelangen; hierauf sollte das Bett des Flusses als Wegweiser nach dessen Mündung dienen – das war der Weg, wie ihn Doniphan einzuschlagen gedachte. Gewiß war das eine ziemlich weite Wanderung – gegen fünfzehn bis sechzehn Meilen – doch er und seine Kameraden zogen ja als Jäger dahin aus. Auf diese Weise vermied es Doniphan, die Jolle in Anspruch zu nehmen, deren Führung auch eine geübtere Hand als die seinige verlangt hätte. Das Halkett-boat, welches er mitzunehmen gedachte, sollte ihnen dazu dienen, den East-river und nötigenfalls andere Wasserläufe zu überschreiten, wenn sich solche im Osten der Insel vorfanden.

Übrigens sollte dieser erste Zug nur den Zweck haben, das Ufergebiet der Deception-Bai näher zu untersuchen und daselbst eine Stelle ausfindig zu machen, wo Doniphan und seine drei Freunde sich endgültig niederlassen könnten. Da sie sich mit Gepäck nicht hatten überlasten wollen, beschlossen sie, nur zwei Flinten, vier Revolver, zwei Äxte, hinreichenden Schießbedarf, Grundangeln, Reisedecken, einen Taschenkompaß, das leichte Kautschukboot und wenige Konserven mitzunehmen, überzeugt, daß Jagd und Fischfang ihre Bedürfnisse genügend befriedigen würden. Diese Wanderung sollte ihrer Berechnung nach auch nicht länger als sechs bis sieben Tage dauern. Nach getroffener Auswahl einer Wohnung gedachten sie nach French-den zurückzukehren und daselbst ihren Anteil an allen den Gegenständen zu holen, auf welche sie von dem, was vom »Sloughi« übrig war, rechtmäßigen Anspruch hatten. Damit wollten sie dann den Wagen beladen. Sollte es Gordon oder den anderen gefallen, sie einmal zu besuchen, so würden sie ihnen den besten Empfang bereiten, sich dagegen unbedingt weigern, das gemeinschaftliche Leben unter den jetzigen Bedingungen fortzusetzen, und in dieser Hinsicht konnte nichts sie vermögen, ihren Beschluß rückgängig zu machen.

Am folgenden Morgen mit Sonnenaufgang nahmen Doniphan, Croß, Webb und Wilcox von ihren Kameraden Abschied, die sich wegen dieser Trennung recht betrübt zeigten. Vielleicht waren sie auch selbst mehr ergriffen, als sie es zeigten, obwohl der Entschluß, ihr Vorhaben auszuführen, bei ihnen feststand, wobei freilich der Stolz einen nicht geringen Anteil haben mochte. Nachdem sie den Rio Sealand in der Jolle, welche Moko nach dem kleinen Damme wieder zurückruderte, überschritten, entfernten sie sich ohne große Eilfertigkeit, indem sie gleichzeitig den unteren Teil des Family-lake in Augenschein nahmen, der sich nach seiner Spitze zu merklich verengte, und die ungeheure Ebene der South-moors besichtigten, deren Ende man weder nach Süden noch nach Westen zu erkennen konnte.

Unterwegs und am Rande des Sumpfes selbst wurden einige Vögel getötet. Da Doniphan begriff, daß er seine Munition schonen müsse, begnügte er sich mit dem für die tägliche Ernährung notwendigen Wilde.

Das Wetter war bedeckt, ohne gerade mit Regen zu drohen, und der Wind schien sich dauernd aus Nordwest zu halten. Während dieses Tages legten die vier Knaben nur fünf bis sechs Meilen zurück, und als sie gegen fünf Uhr abends an das Ende des Sees kamen, machten sie halt, um hier die Nacht zu verbringen.

Das waren die Ereignisse, welche sich seit den letzten Tagen des August bis zum 10. Oktober in French-den zugetragen hatten.

Doniphan, Croß, Wilcox und Webb waren jetzt also fern von ihren Kameraden, von denen sie gewiß keinerlei Rücksicht hätte trennen sollen. Ob sie sich wohl schon vereinsamt fühlten ...? Ja, vielleicht. Entschlossen aber, ihren Plan zu Ende zu führen, dachten sie einzig daran, sich an irgendeiner anderen Stelle der Insel Chairman eine neue Existenz zu gründen.

Am folgenden Morgen und nach einer ziemlich kalten Nacht, welche nur ein bis Tagesanbruch unterhaltenes Feuer erträglicher machte, bereiteten sich alle, weiter zu ziehen. Das Südende des Sees bildete da, wo beide Ufer zusammenfließen, einen ziemlich spitzen Winkel. Das rechte Ufer verlief übrigens in fast genau gerader Linie nach Norden. Nach Osten zu erschien das Gebiet noch sumpfig, obwohl das Wasser dessen sich einige Fuß über den See erhebenden, mit Gras bestandenen Boden nicht mehr bedeckte und ihn sogar einzeln mit Buschwerk geschmückte und von mageren Bäumen beschattete Erhöhungen mehrfach unterbrachen. Da diese Gegend weiterhin hauptsächlich aus Dünen zu bestehen schien, gab Doniphan ihr den Namen »Downs-lands« (Dünenland). Nicht willens, durch bisher unbekannte Gebiete zu ziehen, beschloß er, dem Ufer bis zum East-river und dann diesem bis zu dem von Briant schon besuchten Teile der Küste nachzugehen. Für später blieb es vorbehalten, die Gegend der »Downs-lands« bis zum Strande selbst näher zu untersuchen.

Ehe sie weiter zogen, besprachen seine Begleiter und er den einzuschlagenden Weg.

»Wenn die Entfernungen auf der Karte richtig angegeben sind«, sagte Doniphan, »so müssen wir sieben Meilen von hier auf den East-river treffen und könnten diesen ohne zu große Anstrengung im Laufe des Abends erreichen.«

»Warum aber schlagen wir nicht gleich eine Richtung nach Nordosten ein, um den Umweg nach der Mündung des Flusses abzuschneiden?« bemerkte Wilcox.

»Ja, das würde uns gut ein Drittel des Weges ersparen«, setzte Webb hinzu.

»Ganz gewiß«, antwortete Doniphan; »doch wozu sollten wir uns in dieses uns gänzlich unbekannte Sumpfgebiet und vielleicht gar auf die Gefahr hin, doch wieder umkehren zu müssen, erst hineinwagen? Folgen wir dagegen dem Seeufer, so haben wir gegründete Hoffnung, unbehindert vorwärts dringen zu können.«

»Und überdies«, ließ Croß sich vernehmen, »haben wir doch selbst ein Interesse daran, den East-river genauer kennenzulernen.«

»Sicherlich«, bestätigte Doniphan, »denn dieser Fluß bildet die Verbindung zwischen der Küste und dem Family-lake. – Ziehen wir längs desselben hinab, so bietet sich obendrein Gelegenheit, auch einen Teil des benachbarten Waldes, den er durchströmt, zu besichtigen.«

Nach diesen Worten setzte man sich, und zwar ziemlich schnellen Schrittes, wieder in Bewegung. Eine Art schmaler Pfad überragte um drei bis vier Fuß einerseits die Fläche des Sees, andererseits die weite, sich zur rechten Hand sich ausdehnende Dünen-Ebene. Da der Erdboden merkbar aufstieg, durfte man annehmen, daß das Aussehen der Gegend wenige Meilen weiterhin sich wesentlich verändern werde.

Wirklich langten Doniphan und seine Gefährten gegen elf Uhr an einer kleinen, von mächtigen Bäumen beschatteten Einbuchtung an, wo sie etwas zu frühstükken beschlossen. Von diesem Punkte aus erhob sich, so weit der Blick reichte, eine verworrene Masse von Grün, welche den Horizont verdeckte.

Ein im Laufe des Vormittags von Wilcox erlegtes Aguti lieferte die Mahlzeit, mit deren Zurichtung Croß, der Stellvertreter Mokos als Küchenmeister, sich wohl oder übel abfand. Nachdem sie sich gerade Zeit genommen, auf glühenden Kohlen einige Fleischschnitten zu braten, sie zu verzehren und gleichzeitig mit dem Hunger auch ihren Durst zu löschen, drangen Doniphan und seine Begleiter auf dem Ufer des Family-lake weiter vor.

Der Wald, an dessen Saume der See sich hindehnte,

bestand auch hier aus denselben Baumarten, wie die Traps-woods der westlichen Seite, doch fanden sich hier mehr Bäume mit nichtabfallendem Laube. Man traf mehr Seeföhren, Tannen und Steineichen als Buchen und Birken – alle aber von schönem Wuchs und ansehnlicher Größe.

Doniphan konnte sich auch zur größten Befriedigung überzeugen, daß der Bestand an Tieren auf diesem Teil der Insel nicht minder artenreich war. Guanakos und Vigogne-Schafe zeigten sich zu wiederholten Malen, ebenso wie eine Herde Nandus, welche, nachdem sie im See ihren Durst gelöscht, rasch entflohen. Maros-Hasen, Tucutucos, Bisamschweine und Federwild gab es in großer Menge.

Gegen sechs Uhr abends wurde haltgemacht. An der betreffenden Stelle war das Ufer von dem Wasserlauf durchschnitten, der einen Abfluß des Sees bildete, das mußte der East-river sein und war es auch wirklich; Doniphan erkannte es um so leichter, als er unter einer Baumgruppe im Hintergrund einer beschränkten Bucht noch frische Spuren eines Lagers, nämlich die Asche eines Feuers, entdeckte.

Hier waren Briant, Jacques und Moko bei Gelegenheit ihres Ausfluges nach der Deception-Bai gelandet und hatten sie auch die erste Nacht verbracht.

Doniphan und seine Freunde konnten nichts Besseres tun, als die erloschenen Kohlen wieder zu entzünden und nach eingenommenem Abendbrot sich unter denselben Bäumen auszustrecken, welche vorher schon einmal ihren Kameraden Schutz gewährt hatten.

Vor acht Monaten, als Briant an dieser Stelle gerastet, hatte er freilich nicht geahnt, daß vier seiner Genossen hierher in der Absicht kommen würden, getrennt von den übrigen auf diesem Teil der Insel Chairman zu leben.

Vielleicht empfanden Croß, Wilcox und Webb, als sie sich nun hier und weit weg von der bequemen Wohnung in French-den sahen, in welcher zu bleiben ja nur von ihnen abgehangen hätte, schon etwas Bedauern über ihren Handstreich. Ihr Geschick war aber jetzt an das Doniphans geknüpft, und Doniphan besaß viel zu viel Eitelkeit, ein begangenes Unrecht einzusehen, zu viel Starrsinn, auf seine Pläne zu verzichten, und zu viel Eifersucht, sich vor seinem Rivalen zu beugen.

Als der Tag wieder anbrach, schlug Doniphan vor, den East-river zu überschreiten.

»Das wird sowieso notwendig sein«, sagte er, »und der Tag reicht, uns bis an die Mündung zu bringen, welche nur zwischen fünf und sechs Meilen von hier entfernt ist.«

»Auch hat Moko«, bemerkte Croß, »damals auf dem linken Ufer die Zirbelnüsse eingesammelt, von denen wir unterwegs einigen Vorrat mitnehmen könnten.«

Das Halkett-boat wurde auseinandergefaltet, und sobald es zu Wasser gebracht war, begab sich Doniphan darin nach dem anderen Ufer, indem er dessen Leine nachschleppte. Mit wenigen Ruderschlägen hatte er die dreißig bis vierzig Fuß zurückgelegt, welche der Fluß in der Breite maß. Dann zogen die anderen die Leine an, deren Ende sie festgehalten hatten, und durch Wiederholung dieses Verfahrens fuhren Wilcox, Webb und Croß einer nach dem anderen zum entgegengesetzten Ufer hinüber.

Sofort legte Wilcox das Halkett-boat wieder zusammen, bis es die Gestalt eines Reisesackes hatte, warf es sich auf den Rücken, und weiter zogen sie des Weges. Ohne Zweifel wäre es weniger ermüdend gewesen, sich in der Jolle der Strömung des East-river zu überlassen, wie Briant, Jacques und Moko es getan hatten; da das Kautschukboot aber nur eine Person auf einmal tragen konnte, mußten sie auf diese Art des Fortkommens von Anfang an verzichten.

Der Tag wurde sehr anstregend. Die Dichtheit des Waldes, dessen Boden, auf dem zwischen üppigen Grase da und dort von den Stämmen abgebrochene Äste lagen, mehrere Moräste, welche nicht unbeträchtliche Umwege veranlaßten, alles das verzögerte die Ankunft an der Küste. Unterwegs konnte Doniphan feststellen, daß der französische Schiffbrüchige von seinem Besuche dieses Teils der Insel nicht solche Spuren zurückgelassen habe, wie in den Baumdickichten der Traps-woods. Und doch war es unzweifelhaft, daß er auch diesen erforscht haben müsse, da seine Karte den Verlauf des East-river bis zur Ausmündung in der Deception-Bai ganz richtig wiedergab.

Kurz vor Mittag wurde, genau an der Stelle, wo die Zirbelfichten standen, zum Frühstücken haltgemacht. Croß pflückte eine gewisse Menge jener Früchte, welche alle mit Vergnügen verzehrten. Noch zwei Meilen weiterhin mußten sie sich teils durch das dichte Buschwerk zwängen und teils sich mit der Axt selbst einen Weg bahnen, um dem Wasserlaufe folgen zu können.

Durch diese Verzögerung veranlaßt, wurde die Grenze des Waldes erst gegen sieben Uhr abends erreicht, und bei der hereinbrechenden Dunkelheit konnte Doniphan so gut wie nichts von der Gestaltung des Uferlandes erkennen. Vor sich sah er nur eine schaumbegrenzte Linie und vernahm das lange, ernste Rauschen des Meeres, das über den Strand heranrollte.

Es wurde nun beschlossen, gleich an der Stelle, wo sie sich befanden, unter freiem Himmel zu übernachten. Für die nächste Nacht bot ja die Küste unzweifelhaft ein besseres Obdach in den Höhlungen unfern der Mündung des Rios.

Nach Einrichtung des Lagerplatzes verzehrten sie ihr Mittag- oder vielmehr, in Anbetracht der weit vorgerückten Stunde, ihr Abendbrot, das aus gebratenem Agutifleisch nebst den unter den Bäumen aufgelesenen Zirbelnüssen bestand.

Aus Vorsicht war beschlossen worden, das Feuer bis Tagesanbruch zu unterhalten, und während der ersten Stunden fiel Doniphan die Besorgung desselben zu.

Unter dem schirmförmigen Gezweig einer Fichte ausgestreckt, schliefen Wilcox, Croß und Webb nach der heutigen ziemlich anstrengenden Wanderung fast auf der Stelle ein.

Doniphan hatte viel Mühe, gegen den Schlummer anzukämpfen. Anfangs widerstand er zwar demselben, als aber die Stunde herankam, wo er von einem seiner Begleiter abgelöst werden sollte, lagen diese alle in so festem Schlafe, daß er sich nicht entschließen konnte, einen derselben zu wecken.

Übrigens war der Wald in der Umgebung des Lagerplatzes so ruhig, daß für ihre Sicherheit hier ebensowenig wie in French-den zu fürchten schien.

Nachdem er also noch reichlich Holz aufs Feuer geworfen, streckte sich auch Doniphan am Fuße des Baumes aus. Hier fielen ihm sofort die Augen zu und öffneten sich auch nicht eher wieder, als bis die Sonne über den weiten Horizont des Meeres emporstieg, der sich mit dem unteren Rande des Himmels berührte.

Sechstes Kapitel

Besichtigung der Deception-Bai. – Bear-rock-harbour. – Plan bezüglich der Rückkehr nach French-den. – Untersuchung des Nordens der Insel. – Der North-creek. – Beechs-forest. – Schwerer Sturm. – Eine Nacht mit Halluzinationen. – Beim Grauen des Tages.

Die erste Sorge Doniphans, Wilcox', Webbs und Croß' war es nun, am Ufer des Flusses vollends bis zu dessen Ausmündung hinabzugehen. Von hier aus ließen sie die Blicke forschend über das Meer schweifen, das sie zum ersten Male vor sich sahen und welches nicht minder verlassen schien, wie das an der entgegengesetzten Inselseite.

»Und dennoch«, bemerkte Doniphan, »wenn die Insel Chairman, wie wir anzunehmen alle Ursache haben, nicht fern vom Festland Amerikas liegt, so müssen die Schiffe, welche aus der Magellan-Straße kommen und nach den Häfen von Chile und Peru hinaufsegeln, im Osten derselben vorüberkommen. Ein Grund mehr, uns an der Küste der Deception-Bai anzusiedeln, und wenn

Briant ihr auch einen so wenig versprechenden Namen gegeben, so hoffe ich doch, daß sie diesen in nicht zu langer Zeit Lügen straft.«

Vielleicht suchte Doniphan, als er diese Bemerkung machte, schon nach einer Entschuldigung oder doch nach einem annehmbaren Vorwand zu einem Bruche mit den Kameraden in French-den. Alles wohl erwogen, durfte man allerdings annehmen, daß Schiffe mit der Bestimmung nach südamerikanischen Häfen auf diesem Teile des Stillen Ozeans, im Osten der Insel Chairman, vorübersegeln mußten.

Nachdem Doniphan den Horizont mittels Fernrohres beobachtet, wollte er die Mündung des East-river untersuchen. Ganz wie Briant bestätigten seine Genossen und er, daß die Natur hier einen kleinen, gegen Wind und Seegang vorzüglich geschützten Hafen geschaffen habe. Wäre der Schoner an dieser Stelle der Insel Chairman angetrieben, so wäre es vielleicht möglich gewesen, die Strandung zu vermeiden und ihn im seetüchtigen Zustand zur Heimführung der jungen Kolonisten zu erhalten.

Hinter den diesen Hafen bildenden Felsen erhoben sich schon die ersten Bäume des Waldes, der sich nicht allein bis zum Family-lake, sondern auch nach Norden hinaus erstreckte, wo das Auge nichts wie eine grüne Masse erblickte. Was die an den Granitmassen des Ufers befindlichen Aushöhlungen betraf, so hatte Briant keineswegs übertrieben. Doniphan kam nur wegen der Auswahl in Verlegenheit. Jedenfalls schien es ratsam, sich nicht vom Ufer des East-river unnötig zu entfernen, und so hatte er bald einen mit seinem Sand ausgekleideten, mit Ecken und Nischen versehenen »Rauchfang« entdeckt, der mindestens ebensoviel Bequemlichkeit bieten mußte wie French-den. Die betreffende Höhle hätte sogar für die ganze Kolonie ausgereicht, denn sie enthielt eine ganze Reihe anstoßender Hohlräume, aus denen man verschiedenen Zwecken dienende Zimmer machen konnte, statt sich dort mit der Halle und dem Store-room begnügen zu müssen.

Dieser Tag wurde zur Untersuchung der Küste auf eine Strecke von zwei Meilen verwendet. Dabei schossen Doniphan und Croß einige Tinamus, während Wilcox und Webb einige hundert Schritte landeinwärts der Mündung des East-river verschiedene Grundangeln legten. Dadurch wurden ein halb Dutzend Fische von denselben Arten, welche im Rio Sealand vorkamen, gefangen – unter anderem zwei Barsche von ansehnlicher Größe. Von Schalentieren wimmelte es ebenfalls in den zahllosen Wasserlöchern zwischen den Klippen, welche im Nordosten den Hafen gegen den schweren Seegang schützten. Miesmuscheln und Patenen gab es hier in großer Menge und schöner Qualität. Diese Mollusken hatte man also hier ebenso an der Hand wie die Seefische, welche unter dem grünen Tang, der am Fuße der Klippenbank angeschwemmt war, nach Nahrung gingen, so daß man nicht nötig hatte, diese in vier oder fünf Meilen Entfernung zu suchen.

Der Leser hat wohl nicht vergessen, daß Briant bei seiner Untersuchung der Mündung des Rio einen hohen Felsblock in Gestalt eines gewaltigen Bären erstiegen hatte. Doniphan fiel diese eigentümliche Form ebenso auf. Als Zeichen der Besitznahme gab er deshalb dem kleinen, von jenem Felsen überragten Hafen den Namen Bear-rock-harbour (d. i. Hafen des Bärenfelsens), und dieser Name findet sich noch jetzt auf der Insel Chairman.

Während des Nachmittags erklomm Doniphan und Wilcox den Bear-rock, um eine weite Aussicht über die Bai zu erlangen. Doch weder ein Schiff noch ein Land war im Osten der Insel wahrzunehmen. Der weißliche Fleck im Nordosten, der seinerzeit Briants Aufmerksamkeit erregte, war jetzt nicht erkennbar, ob nun die Sonne schon zu tief am gegenüberliegenden Horizont stand oder jener überhaupt nicht vorhanden und Briant nur das Opfer einer Gesichtstäuschung geworden war.

Am Abend verzehrten Doniphan und seine Genossen ihre Mahlzeit unter einer Gruppe prächtiger Nesselbäume, deren niedrigste Zweige sich über den Wasserlauf hin erstreckten. Nachher erörterten sie die Frage, ob es nun am besten sei, sofort nach French-den zurückzukehren, um die zu einer dauernden Niederlassung in der Höhle des Bear-rock notwendigen Gegenstände zu holen.

»Ich meine, wir dürfen damit nicht zögern«, sagte Webb, »denn die Zurücklegung des Weges um den Süden des Family-lake erfordert schon allein einige Tage.«

»Doch wenn wir wieder hierher zurückkehren«, bemerkte Wilcox, »empfiehlt es sich wohl, über den See zu fahren, um gleich auf dem East-river bis zu dessen Mündung zu gelangen. Das hat Briant schon einmal mit der Jolle ausgeführt, und ich sehe nicht ein, warum wir nicht dasselbe tun könnten.«

»Damit würde freilich Zeit gewonnen und uns eine große Anstrengung erspart«, setzte Webb hinzu.

»Was denkst du davon, Doniphan?« fragte Croß.

Doniphan überlegte eben diesen Vorschlag, der ihnen entschiedene Vorteile versprach.

»Du hast recht, Wilcox«, antwortete er; »wenn wir uns auf der Jolle einschiffen, welche Moko führen könnte . . .«

»Vorausgesetzt, daß Moko dem zustimmt«, warf Webb mit etwas zweifelndem Tone ein.

»Warum sollte er das nicht?« erwiderte Doniphan. »Steht mir nicht ganz ebenso wie Briant das Recht zu, ihm Befehle zu erteilen? übrigens würde es sich nur darum handeln, uns über den See zu lotsen . . .«

»Natürlich muß er sich fügen?« rief Croß. »Wären wir gezwungen, unser gesamtes Material über Land hierherzuschaffen, so kämen wir damit nie zu Ende. Es ist auch zu bedenken, daß selbst der Wagen nicht überall durch den Wald fortkäme. Wir benützen also die Jolle . . .«

»Doch wenn man uns die Jolle verweigert?« warf Webb wieder ein.

»Uns verweigern!« versetzte Doniphan. »Wer sollte sie uns denn verweigern?«

»Nun, Briant . . .! Ist er nicht das jetzige Oberhaupt der Kolonie?«

»Briant . . . verweigern!« wiederholte Doniphan. »Gehört die Jolle ihm etwa mehr als uns . . .? Wenn sich Briant erlaubte, sie uns vorzuenthalten . . .«

Doniphan vollendete seine Worte nicht; es war aber herauszuhören, daß sich der Herrschsüchtige in diesem Punkte so wenig wie in irgendeinem anderen der Willensäußerung seines Rivalen zu unterwerfen denke.

Übrigens war es, wie Wilcox bemerkte, unnütz, hierüber viele Worte zu verlieren. Seiner Meinung nach würde Briant es ihnen in jeder Weise erleichtern, sich im Bear-rock anzusiedeln, und darüber brauche man sich nicht den Kopf zu zerbrechen. Es blieb nur noch zu entscheiden, ob man sofort nach French-den zurückkehren solle.

»Das scheint mir unumgänglich«, sagte Croß.

»Also schon morgen . . .?« fragte Webb.

»Nein«, antwortete Doniphan. »Vor unserer Rückkehr möchte ich noch einmal jenseits der Bai hinaufgehen, um den nördlichen Teil der Insel kennenzulernen. Binnen achtundvierzig Stunden können wir bis zur äußersten Nordspitze gelangen und im Bear-rock zurück sein. Wer weiß, ob es dort nicht noch ein Land gibt, das der französische Schiffbrüchige nicht wahrnehmen und folglich auf seine Karte nicht einzeichnen konnte. Es scheint mir unklug, sich hier dauernd einzurichten, ehe wir wissen, woran wir sind.«

Dieser Einwurf erschien so gerechtfertigt, daß alle zustimmten, jenen Ausflug, wenn er ihre jetzige Abwesenheit auch um zwei bis drei Tage verlängerte, unverzüglich anzutreten.

Am nächsten Morgen, dem des 14. Oktober, brachen Doniphan und seine drei Freunde mit dem Frührote auf und schlugen, ohne die Küste zu verlassen, die Richtung nach Norden ein.

Auf eine Strecke von etwa drei Meilen erhoben sich noch die Felsmassen zwischen Wald und Meer, wobei an ihrem Fuße nur ein höchstens hundert Schritte breites, sandiges Vorland liegen blieb.

Es war gegen Mittag, als die Knaben, nachdem sie den letzten Felsblock hinter sich hatten, zum Frühstükken haltmachten.

An dieser Stelle ergoß sich ein zweiter Rio ins Meer; aus seiner Richtung von Südosten nach Nordwesten ließ sich aber schließen, daß derselbe nicht aus dem See herkommen werde. Das Wasser, welches er in einem engen Landeinschnitte abgab, mochte ihm vielmehr auf seinem Laufe durch den oberen Teil der Insel zuströmen. Doniphan taufte ihn »North-creek« (d. i. der nördliche Bach) und in der Tat verdiente er auch nicht den Namen eines Flusses.

Wenige Ruderschläge genügten, das Halkett-boat über ihn weg zu treiben, und die jungen Leute brauchen nun bloß längs des Waldes hinzuziehen, dessen Grenze sein linkes Ufer bildete.

Unterwegs gaben Doniphan und Croß zwei Schüsse ab, und zwar unter folgenden Umständen:

Es war gegen drei Uhr geworden. In Verfolgung des North-creek sah sich Doniphan mehr als wünschenswert nach Nordwesten hin geführt, da die kleine Gesellschaft doch die Nordspitze besuchen wollte. Er wandte sich deshalb eben mehr nach rechts hin, als Croß, ihn aufhaltend, plötzlich rief:

»Sieh, Doniphan, sieh doch!«

Er zeigte dabei nach einer braunrötlichen Masse, welche sich unter dem Gewölbe der Baumkronen lebhaft zwischen dem Schilf und Röhricht des Creeks bewegte.

Doniphan gab Webb und Wilcox ein Zeichen, sich ruhig zu verhalten. Dann glitt er, begleitet von Croß und das Gewehr zum Anschlag fertig, geräuschlos nach der sich bewegenden Masse hin.

Es war das ein mächtiges Tier, das einem Rhinozeros geglichen hätte, wenn sein Kopf mit einem Horne ausgestattet und die Unterlippe übermäßig verlängert gewesen wäre.

Da donnerte ein Flintenschuß durch den Wald, dem

sofort ein zweiter Krach folgte. Doniphan und Croß hatten nahezu zu gleicher Zeit Feuer gegeben.

Bei einer Entfernung von hundertfünfzig Fuß konnten ihre Kugeln der dicken Haut jenes Tieres freilich nichts anhaben, und wirklich drängte sich dieses durch das Rohr, kletterte rasch am Uferrande empor und verschwand im dichten Walde.

Doniphan hatte Zeit genug gehabt, es zu erkennen. Es war ein übrigens ganz ungefährliches Säugetier, ein »Anta«, mit rotbraunem Fell, oder mit anderen Worten, einer jener ungeheuren Tapiere, welche man gewöhnlich in der Nachbarschaft der Flüsse Südamerikas antrifft. Da man mit diesem Tiere (dessen Fleisch übrigens eßbar ist) jetzt doch nichts hätte anfangen können, so war sein Entkommen gewiß nicht zu bedauern, soweit nicht die verletzte Jägereitelkeit in Frage kam.

Nach dieser Seite der Insel Chairman hin bedeckte diese noch immer, so weit das Auge reichte, das dichteste Grün. Die Pflanzenwelt zeigte die üppigste Entwicklung, und da hier Buchen zu Tausenden wuchsen, schlug Doniphan für diese Gegend den Namen »Beechs-forest« (d. i. Buchenwaldung) vor, der nun mit den vorher angenommenen Bezeichnungen Bear-rock und North-creek in der Karte eingetragen wurde.

Als der Abend herankam, waren neun Meilen zurückgelegt. Noch einmal so viel, und die jugendlichen Wanderer mußten den Norden der Insel erreicht haben. Das sollte dem nächsten Tage vorbehalten bleiben.

Mit Sonnenaufgang wurde der Marsch fortgesetzt. Man hatte einigen Grund, sich zu beeilen, da ein Witterungsumschlag drohte. Der Wind, der nach Westen umging, zeigte Neigung aufzufrischen. Schon trieben von der See her Wolken heran, freilich noch in so hohen Zonen, daß eine Auflösung derselben in Regen vorläufig nicht zu befürchten schien. Dem Winde allein zu trotzen, selbst wenn er zum Sturme anwuchs, das konnte die entschlossenen Knaben nicht erschrecken. Sturmböen aber mit deren gewöhnlicher Begleitung von tüchtigen Platzregen hätten sie mehr in Verlegenheit gebracht und vielleicht gar gezwungen, den ganzen Zug aufzugeben, um im Bear-rock schleunigst Schutz zu suchen.

Sie beeilten also ihre Schritte nach Kräften, obwohl sie gegen den sehr heftigen Wind, der sie von der Seite packte, anzukämpfen hatten. Der Tag brachte viele Beschwerden mit sich und die Nacht drohte obendrein schlecht zu werden. In der Tat war es ein richtiges Unwetter, das gegen die Insel heranzog, und um fünf Uhr abends ließ sich schon schweres Donnerrollen inmitten bläulich aufleuchtender Blitze vernehmen.

Doniphan und seine Kameraden wichen deshalb nicht zurück; der Gedanke, sich dem Ziele zu nähern, hielt ihren Mut aufrecht. Übrigens setzte sich in dieser Richtung das dicke Gehölz des Beechs-forest noch weiter fort, und schlimmstenfalls müßten sie unter den Bäumen desselben immer Schutz finden. Der Sturm entfesselte sich mit solcher Gewalt, daß er jeden Regenfall vorläufig verhinderte, und außerdem konnte die Nordküste nicht mehr weit entfernt sein.

Wirklich wurde gegen acht Uhr das dumpfe Brausen der Brandung hörbar, ein Beweis, daß auch hier ein Klippengürtel die Insel Chairman umschließen mußte.

Inzwischen wurde der schon von dichten Dunstmassen verschleierte Himmel immer dunkler. Um einen Blick auf das hohe Meer hinaus werfen zu können, während noch der letzte Tagesschein den Weltraum erhellte, mußten sie ihre Schritte möglichst beeilen. Jenseits der Baumgrenze dehnte sich der etwa eine Viertelmeile breite Strand aus, über den die weißschaumigen Wogen, nachdem sie sich an den Klippen im Norden gebrochen, weit hereinrollten.

Trotz ihrer Erschöpfung gewannen Doniphan, Webb, Croß und Wilcox doch noch die Kraft, im Laufschritt voranzueilen. Sie wollten, so lange es noch etwas Tag, diesen Teil des Stillen Ozeans wenigstens flüchtig überblickt haben, um sich zu überzeugen, ob es ein Meer ohne Grenzen oder nur ein engerer Kanal war, der diese Küste von einem Festland oder einer Insel trennte.

Plötzlich blieb Wilcox, der den anderen ein wenig voraus war, stehen. Mit der Hand wies er nach einer schwärzlichen Masse, welche sich an einem Riffe nahe dem Strande undeutlich zeigte. Auf den ersten Blick ließ sich kaum unterscheiden, ob es sich hier um ein Seetier, um einen jener gewaltigen Cetaceer, einem jungen oder halbausgewachsenen Walfisch, oder um ein größeres Boot handelte, das, nachdem es über den Klippengürtel hinweggerissen, hier bis nahe an den Strand geworfen worden war.

Ja, es war ein auf der Steuerbordseite liegendes Boot, und unfern davon, dicht an der von der Flut angeschwemmten Linie von Barec, wies Wilcox auf zwei, zu beiden Seiten desselben liegende Körper hin.

Doniphan, Webb und Croß hatten zunächst im Laufe angehalten, dann aber eilten sie, ohne weitere Überlegung, quer über den Strand hin und gelangten zu den beiden, auf dem nassen Sande ausgestreckten Körpern – vielleicht zwei Leichen.

Der Anblick erfüllte sie mit Entsetzen, und ohne auch nur auf den Gedanken zu kommen, daß doch wohl noch etwas Leben in den Körpern sein könne und diese der schleunigsten Hilfe bedürfen möchten, liefen sie sofort wieder zurück, um unter den Bäumen Schutz zu suchen.

Die Nacht war schon dunkel oder wurde doch nur durch einen gelegentlich aufleuchtenden Blitzschein erhellt, und mitten in der tiefen Finsternis heulte der gräßliche Sturm um die Wette mit dem Donnern und Rauschen des empörten Meeres.

Und welcher Sturm! Auf allen Seiten knackten und krachten die alten Bäume, so daß es für die, welche darunter Deckung suchten, wirklich gefahrdrohend wurde; es wäre jedoch unmöglich gewesen, auf dem Strande zu lagern, wo der vom Winde aufgewirbelte Sand gleich Schloßenkörnern umherflog.

Die ganze Nacht über verweilten Doniphan, Wilcox, Webb und Croß an derselben Stelle, ohne nur für eine

Minute die Augen schließen zu können. Dazu litten sie recht empfindlich von der Kälte, denn sie hatten auch kein Feuer anzuzünden gewagt, das sich gar zu leicht weiter verbreitet und dann die verstreut liegenden dürren Zweige in Brand gesetzt hätte.

Übrigens hielt die Aufregung allein die Knaben wach. Woher kam dieses Boot ...? Welcher Nation gehörten die Schiffbrüchigen an ...? Lagen doch andere Landmassen in der Nachbarschaft, da ein Boot hatte nach ihrer Insel gelangen können ... wenn jenes nämlich nicht von einem Schiffe herrührte, das bei dem wütenden Sturme in diesem Teil des Ozeans untergegangen war.

Alle solche Vermutungen erschienen ja zulässig, und während der seltenen ruhigen Augenblicke füsterten Doniphan und Wilcox, die so dicht zusammenhielten, sie mit schwacher Stimme einander zu.

Gleichzeitig aber, von Sinnestäuschungen befangen, glaubten sie aus der Ferne Ausrufe zu vernehmen, sobald der rasende Wind sich ein wenig legte, und aufmerksam danach lauschend, fragten sie sich, ob nicht vielleicht noch andere Schiffbrüchige auf dem Strande umherirrten.

Nein, sie waren die Beute leicht erklärlicher Illusionen. Kein verzweifelter Hilferuf ertönte inmitten des tobenden Sturmes. Jetzt sagten sie sich, daß sie unrecht getan, der ersten Empfindung von Schrecken gleich nachgegeben zu haben... Nun wollten sie nach der Brandung hineilen, selbst auf die Gefahr, von der Gewalt des Windes zu Boden geworfen zu werden... Doch, wie hätten sie in pechschwarzer Nacht, quer über ein ganz offenes Vorland hin, das schon zerstäubte Wassermassen von der ansteigenden Flut bedeckten, den Ort wieder auffinden können, wo jenes Boot gestrandet war, und die Stelle, an der die beiden Körper im Sande lagen?

Übrigens fehlte es ihnen hierzu gleichmäßig an geistiger wie an körperlicher Kraft. Seit so langer Zeit des Angewiesenseins auf sich selbst fühlten sie, nachdem sie sich vielleicht für Männer gehalten, jetzt plötzlich, daß sie doch nur Kinder waren, als sie sich den ersten menschlichen Wesen gegenüber sahen, die ihnen nach dem Schiffbruche des »Sloughi« begegnet und die das Meer als Leichen auf ihre Insel geworfen hatte.

Endlich gewann die Kaltblütigkeit doch wieder die Oberhand und sie begriffen, was die Pflicht ihnen zu tun auferlege.

Am nächsten Tage wollten sie, sobald es einigermaßen hell wurde, nach dem Strandriffe zurückkehren, eine Grube im Sand ausheben und, nach einem Gebet für die ewige Seelenruhe derselben, die beiden Schiffbrüchigen begraben.

Wie endlos erschien ihnen aber diese Nacht . . .! So, als sollte das Morgenrot nimmermehr die Schrecken derselben zerstreuen.

Und wenn sie sich nur durch einen Blick auf die Uhr über die verflossene Zeit hätten Rechenschaft geben können! Es war aber ganz unmöglich, auch nur ein Streichhölzchen, selbst unter dem Schutze ihrer Dekken, anzuzünden. Croß versuchte es zwar, mußte aber darauf verzichten.

Da kam Wilcox auf eine andere Idee, annähernd zu erfahren, welche Zeit es sei. Für einen vierundzwanzigstündigen Gang seiner Uhr mußte er den Schlüssel derselben zwölfmal, also einmal für je zwei Stunden, umdrehen. Da er sie nun am letzten Abende um acht Uhr aufgezogen hatte, genügte es, die jetzt möglichen Schlüsselumdrehungen zu zählen und danach die seit jener Zeit verflossenen Stunden zu berechnen. Das geschah denn, und da er nur vier Umdrehungen ausführen konnte, schloß er daraus, daß es gegen vier Uhr morgens sein und nun doch bald Tag werden müsse.

In der Tat erhellte bald darauf ein schwacher Schein die Ostseite des Himmels. Der Sturm hatte noch immer nicht nachgelassen, und da die Wolken jetzt weit tiefer über dem Meere dahinjagten, war schon Regen zu erwarten, ehe Doniphan und seine Genossen den Hafen von Bear-rock erreichen konnten.

Vor allem anderen hatten sie jedoch den verunglückten Schiffbrüchigen den letzten Liebesdienst zu erweisen, und sobald das Morgenrot die über dem Meere lagernden Dunstmassen durchdrang, schleppten sie sich, mit Mühe gegen den Druck der Windstöße ankämpfend, über den Strand hin. Wiederholt mußten sie sich dabei gegenseitig unterstützen, um nicht umgeworfen zu werden.

Das Boot war neben einer schwachen Sandanhäufung fest sitzengeblieben. Aus der Form der Anschwemmungen durch das Meer erkannte man, daß die durch den Wind gesteigerte Flut über dasselbe hinweggerauscht sein müsse.

Die beiden Körper lagen nicht mehr hier ...

Doniphan und Wilcox gingen auf dem Strande einige zwanzig Schritte weiter hinaus ...

Nichts ... nicht einmal Fußstapfen, welche die Ebbeströmung jedenfalls verwaschen hatte.

»Die Unglücklichen«, rief Wilcox, »haben also gelebt, da sie sich zu erheben vermochten ...!«

»Wo sind sie aber ...?« fragte Croß.

»Wo sie sind ...?« antwortete Doniphan, nach dem hochwogenden Meere hinaus zeigend. »Da, wohin die abfallende Ebbe sie getragen hat!«

Doniphan kletterte hierauf bis nach dem äußeren Klippenrande und musterte die ganze vorliegende Meeresfläche mit dem Fernrohr.

Kein Leichnam schwamm da draußen!

Die Körper der Verunglückten waren weit ins hohe Meer hinausgeschwemmt worden.

Doniphan kam zu Wilcox, Croß und Webb zurück, welche nahe bei dem Boot geblieben waren.

Vielleicht fand sich hier ein Überlebender von diesem Unglücksfalle.

Das Boot erwies sich leer.

Es war die am Vorderteil überdeckte Schaluppe eines Kauffahrers, deren Kiel gegen dreißig Fuß messen mochte. Jetzt war sie nicht mehr brauchbar, da die Beplankung der Steuerbordseite durch die Stöße bei der

Strandung in der Schwimmlinie durchgebrochen war. Der an seiner Einsenkung abgebrochene Stumpf des Mastes, einzelne Segelfetzen, welche an den Takelhaken des Dahlbords hingen, und einige Enden von Strikken, das war alles, was sich von seiner Ausrüstung noch vorfand. Von Lebensmitteln, Werkzeugen und Waffen lag nichts weder in den Seitenkästen noch unter dem kleinen Vorderkastell.

Im Hinterteil zeigten nur zwei Namen an, zu welchem Schiff und welchem Heimathafen es gehört hatte:

»Severn – San Franzisko.«

San Franzisko! Einer der Häfen an der Küste Kaliforniens ...! Das Schiff war also von amerikanischer Nationalität.

Den Horizont desjenigen Teiles der Inselküste aber, auf welche die Schiffbrüchigen des »Severn« vom Sturme verschlagen worden waren, umrahmte das grenzenlose Weltmeer.

Siebtes Kapitel

Eine Idee Briants. – Jubel der Kleinen. – Herstellung eines Drachens. – Ein unterbrochener Versuch. – Kate. – Die Überlebenden des »Severn«. – Doniphan und seine Kameraden von Gefahren bedroht. – Briants Ergebenheit. – Alle wieder vereinigt.

Der freundliche Leser weiß, unter welchen Umständen Doniphan, Webb, Croß und Wilcox French-den verlassen hatten. Seit ihrem Fortgang gestaltete sich das Leben der jungen Kolonisten recht traurig. Mit welch tiefem Kummer hatten alle diese Trennung gesehen, welche in Zukunft die schwerwiegendsten Folgen haben konnte! Gewiß hatte sich Briant deshalb keinen Vorwurf zu machen, und doch war er davon mehr ergriffen als die anderen, weil diese Absonderung seiner Person wegen erfolgt war.

Vergebens suchte Gordon ihn zu trösten.

»Sie werden schon wiederkommen, Briant«, sagte er, »und vielleicht eher, als sie selbst es denken. So starrsinnig Doniphan auch sein mag, die Verhältnisse sind doch stärker als er. Ich möchte gleich eine Wette darauf eingehen, daß sie noch vor Eintritt der rauhen Jahreszeit bei uns in French-den wieder eingetroffen sind.«

Briant schüttelte den Kopf, ohne sich weiter auszusprechen. Ja, es war ja möglich, daß die Abwesenden durch den Zwang der Verhältnisse zurückgeführt werden konnten, doch dann mußten diese Verhältnisse wohl schon recht drückende geworden sein.

»Vor Wiedereintritt der rauhen Jahreszeit!« hatte Gordon gesagt. Sollten die jungen Kolonisten demnach gezwungen sein, einen dritten Winter auf der Insel Chairman zuzubringen? Sollte ihnen auch bis dahin noch keine Hilfe werden? Wurden die umliegenden Teile des Stillen Weltmeeres wirklich nicht während des Sommers wenigstens von einzelnen Handelsschiffen besucht, und sollte das auf dem Gipfel des Auckland-hill errichtete Ballonsignal nicht endlich einmal bemerkt werden?

Dieser nur gegen zweihundert Fuß über der mittleren Höhe der Insel angebrachte Ballon konnte freilich nur in ziemlich beschränktem Umkreise wahrgenommen werden. Nachdem er mit Baxter vergeblich versucht, die Aufrisse zu einem neuen Fahrzeuge zu entwerfen, welches imstande gewesen wäre, das offene Meer zu halten, mußte sich Briant schon um ein Mittel bemühen, irgendein Signal in bedeutenderer Höhe anzubringen. Er sprach ziemlich häufig davon, und eines Tages äußerte er gegen Baxter, daß er an die Verwendbarkeit eines Drachens (das bekannte, gegen Sommersende und Herbstanfang beliebte Spielzeug der Kinder) zu diesem Zwecke glaube.

»Es fehlt uns dazu weder an Leinwand noch an Hanfschnur«, setzte er hinzu, »und wenn wir diesem Flugapparate eine hinreichende Größe geben, muß er in sehr hoher Zone – vielleicht tausend Fuß hoch –

schweben können.«

»Mit Ausnahme der Tage, wo sich überhaupt kein Lüftchen regt«, wandte Baxter ein.

»Solche Tage sind sehr selten«, antwortete Briant, »und bei gänzlicher Luftruhe steht es uns ja frei, den Drachen zur Erde herabzuziehen. Abgesehen von diesem Falle aber würde derselbe, nachdem er mit dem Ende der Schnur einmal am Erdboden befestigt war, von selbst der wechselnden Windrichtung folgen, und wir hätten uns gar nicht weiter um ihn zu bekümmern.«

»Einen Versuch ist die Sache wert«, meinte Baxter.

»Wenn der Drache übrigens«, fuhr Briant fort, »tagsüber auf große Entfernung – vielleicht auf sechzig Meilen – hin sichtbar wäre, so würde er es auch in der Nacht sein können, wenn wir am Schwanze oder am Rumpfe desselben eine unserer Signallaternen anbrächten.«

Alles in allem erschien diese neue Idee Briants nicht unpraktisch. Was ihre Ausführung anging, so konnte sie diese Knaben nicht in Verlegenheit bringen, welche schon viele Male hatten derartige Drachen in Neuseeland aufsteigen lassen.

Als das Vorhaben Briants mehr bekannt wurde, erregte es auch eine allgemeine Freude. Die Kleinen vorzüglich, wie Jenkins, Iverson, Dole und Costar, faßten die Sache von der unterhaltenden Seite auf und jubelten schon bei dem Gedanken an einen Drachen, der an Größe alle, die sie bisher gesehen, weit übertreffen sollte. Welche Lust, dann an dessen Schnur zu ziehen, wenn er stolz hoch oben in den Lüften schwebte!

»Dem werden wir aber einen gewaltig langen Schwanz anhängen«, sagte der eine.

»Und ein Paar ganz große Ohren«, bemerkte der andere.

»Auch einen prächtigen Hanswurst muß er obenauf bekommen, der dann lustig mit den Beinen zappelt.«

»Und wir schicken ihm auch kleine Postillione nach!«

Es war ein reiner Jubel. In der Tat lag aber doch dem

Vorhaben, in welchem diese Kinder nur eine erwünschte Zerstreuung erblickten, ein recht ernster Gedanke zugrunde, und gewiß war die Hoffnung erlaubt, daß dasselbe günstige Folgen habe.

Schon am zweitnächsten Tag, nachdem Doniphan und seine drei Begleiter French-den verlassen hatten, gingen Briant und Baxter also ans Werk.

»Ei, sapperlot!« rief Service; »die werden einmal große Augen machen, wenn sie den großen Burschen in der Luft schweben sehen! Wie ewig schade, daß meine Robinsons auch niemal auf den herrlichen Gedanken gekommen sind, so einen Drachen aufsteigen zu lassen!«

»Wird man denselben von allen Punkten unserer Insel aus wahrnehmen können?« fragte Garnett.

»Nicht allein von unserer Insel aus«, antwortete Briant, »sondern auch in großem Umfange von dem umgebenden Meere.«

»Kann man ihn auch von Auckland aus sehen . . .?« rief Dole.

»Das leider nicht«, antwortete Briant, über jenen Gedanken lächelnd. »Wenn aber Doniphan und die anderen ihn erblicken, so veranlaßt sie das vielleicht, doch wieder hierher zu uns zurückzukehren!«

Man sieht, der wackere Knabe dachte auch jetzt nur an die Abwesenden und wünschte nur eines: daß diese verderbliche Trennung baldigst ihr Ende finden möchte.

Dieser und die folgenden Tage wurden nun in der Hauptsache der Herstellung des Drachens gewidmet, dem Baxter eine achteckige Form zu geben vorschlug. Das sehr leichte und doch sehr widerstandsfähige Gerippe des Apparates wurde aus einer Art ganz zähen Rohres hergestellt, daß an den Ufern des Family-lake in großer Menge vorkam. Die Stengel desselben waren dabei auch stark genug, um selbst einen ziemlich steifen Wind bequem auszuhalten. Auf dieses Rohrgestell ließ Briant nun leichte, mit Kautschuk getränkte Segel spannen, welche zur Bedeckung der Oberlichtfenster des

Schoners gedient hatten. Diese Segel waren so undurchlässig, daß nicht einmal der Wind durch das Gewebe derselben zu dringen vermochte. Als Schnur sollte eine gegen zweitausend Fuß lange, ganz dünne, aber scharfgedrehte Leine verwendet werden, welche sonst verwendet wurde, um das Log nachzuschleppen, und die wohl geeignet schien, auch eine sehr starke Anspannung auszuhalten.

Es versteht sich ganz von selbst, daß der Apparat mit einem prächtigen Schwanze geschmückt werden sollte, der ja an sich notwendig ist, um einen solchen Apparat im Gleichgewicht oder wenigstens stillstehend zu erhalten, wenn er schräg nach vorne gerichtet in den Lüften schwebt. Er war übrigens so fest gebaut, daß er ohne zu große Gefahr jeden beliebigen von den jungen Kolonisten hätte mit emporheben können. Doch davon war ja nicht die Rede; es handelte sich vielmehr nur darum, daß er fest genug war, auch einer ziemlich frischen Brise zu widerstehen, und groß genug, um auf eine solche Höhe emporzusteigen, in der er von einem fünfzig- bis sechzigmeiligen Umkreise aus gesehen werden konnte.

Natürlich war es nicht beabsichtigt, den Drachen mit der Hand zu halten. Unter dem Drucke des Windes hätte er das gesamte Personal der Kolonie, und vielleicht schneller als es erwünscht sein mochte, mit fortgezogen. Die Schnur sollte deshalb über eines der sogenannten Bratspille des Schoners gewickelt werden. Dieser kleine horizontale Wellbaum wurde also nach der Mitte des Sportfeldes geschafft und sein Gestell fest im Boden eingerammt, um dem Zuge jenes »Riesen der Lüfte« widerstehen zu können – wie die Kleinen den Drachen einstimmig getauft hatten.

Nachdem diese Arbeit am 15. des Abends glücklich beendet war, bestimmte Briant für den nächstfolgenden Nachmittag den feierlichen Aufstieg, dem alle seine Kameraden beiwohnen sollten.

Am folgenden Tag erwies es sich jedoch unmöglich, dieses Experiment auszuführen, da ein so heftiger

Sturm losgebrochen war, daß er den Apparat sofort in Stücke zerrissen hätte, wenn er, an der Schnur gehalten, in die Luft aufgelassen worden wäre.

Es war das derselbe Sturm, der Doniphan und dessen Begleiter im nördlichen Teil der Insel überfallen hatte und der gleichzeitig jene Schaluppe und die amerikanischen Schiffbrüchigen auf die nach Norden zu gelegenen Klippen schleuderte, welche infolgedessen den Namen »Severn-shores« (d.i. Severn-Riffe) erhielten.

Am übernächsten Tage, dem 16. Oktober, wehte doch, wenn auch etwas mehr Ruhe eingetreten war, noch eine so steife Brise, daß Briant seinen Steigapparat noch nicht erproben wollte. Da die Witterung sich jedoch, Dank der Richtung des Windes, welcher weit schwächer wurde, bedeutend besserte, sollte das Experiment am folgenden Tage ausgeführt werden.

Es war am 17. Oktober – ein Datum, dem eine hervorragende Stelle in den Annalen der Insel Chairman bestimmt sein sollte.

Obwohl dieser Tag ein Freitag war, glaubte Briant dennoch nicht – aus Aberglauben –, noch weitere vierundzwanzig Stunden warten zu sollen. Übrigens hatte sich die Witterung günstig verändert und es wehte jetzt eine leichte, gleichmäßige Brise, ganz geeignet, einen Drachen in der Luft zu erhalten. Infolge der Neigung, welche seine sogenannte Waage sicherte, mußte er sich zu großer Höhe erheben, und am Abend wollte man ihn dann herunterziehen und eine Signallaterne an ihm befestigen, welche die ganze Nacht sichtbar bleiben würde.

Der Vormittag wurde den letzten Vorbereitungen gewidmet, welche nach dem Frühstück mehr als eine Stunde in Anspruch nahmen. Dann begaben sich alle nach dem Sportfeld zurück.

»Welch vortreffliche Idee hat Briant gehabt, diesen Flugapparat zu bauen!« wiederholte Iverson und die anderen, in die Hände klatschend.

Es war jetzt eineinhalb Uhr. Der mit ausgestrecktem Schwanze auf der Erde liegende Drache sollte schon dem Druck der Brise preisgegeben werden, und man erwartete nur das letzte Zeichen Briants, als dieser die Ausführung des Vorhabens selbst unterbrach.

In diesem Augenblick wurde seine Aufmerksamkeit nämlich durch Phann abgeleitet, der plötzlich nach der Seite des Waldes hinsprang und ein so klägliches, so seltsames Gebell ertönen ließ, daß man sich mit Recht darüber verwunderte.

»Was mag Phann nur haben?« fragte Briant.

»Hätte er vielleicht ein Tier unter den Bäumen aufgespürt?« antwortete Gordon.

»Nein, das würde er ganz anders anschlagen.«

»Wir wollen doch nachsehen . . .!« rief Service.

»Doch nicht unbewaffnet!« setzte Briant hinzu.

Service und Jacques liefen nach French-den zurück, von wo sie bald jeder mit einem geladenen Gewehre zurückkamen.

»So kommt!« sagte Briant.

Alle drei begaben sich nun, begleitet von Gordon, nach dem Saume der Traps-woods. Phann war ihnen dahin schon voraus, und wenn man ihn nicht meh sah, so hörte man ihn doch immer.

Briant und seine Kameraden hatten kaum fünfzig Schritte zurückgelegt, als sie den Hund vor einem Baume stehen sahen, an dessen Fuße eine menschliche Gestalt lag.

Unbeweglich wie eine Tote lag eine Frau da ausgestreckt, deren Kleidungsstücke – ein Rock aus dickem Stoffe, ein ähnliches Leibchen und ein baumwollenes, um die Taille gebundenes Tuch – noch in ganz gutem Zustande zu sein schienen. Ihr Gesicht ließ die Spuren entsetzlicher Leiden erkennen, obwohl sie von kräftiger Konstitution und höchstens vierzig bis fünfundvierzig Jahre alt war. Erschöpft von Strapazen, vielleicht auch vom Hunger, hatte sie das Bewußtsein verloren, doch bewegten noch schwache Atemzüge ihre Lippen.

Die Erregung der jungen Kolonisten angesichts des ersten menschlichen Wesens, das sie seit ihrer Anwesenheit auf der Insel Chairman getroffen, wird man sich leicht vorstellen können.

»Sie atmet . . .! Sie atmet noch!« rief Gordon. »Ohne Zweifel ist es nur der Hunger, der Durst . . .«

Jacques flog bei diesen Worten schon nach Frenchden, von wo er etwas Schiffszwieback und eine Flasche mit Brandy herbeibrachte.

Über die Frau niedergebeubt, öffnete Briant deren festgeschlossene Lippen, und es gelang ihm, ihr einige Tropfen des belebenden Getränkes einzuflößen.

Die Frau machte eine leichte Bewegung und erhob dann die Augenlider. Ihr Blick wurde freier, als sie die im Umkreise versammelten Kinder sah . . . Dann führte sie das ihr von Jacques dargebotene Stück Zwieback begierig nach dem Mund.

Man erkannte, daß die Unglückliche mehr aus Nahrungsmangel als aus Ermüdung dem Tode nahe gewesen war.

Doch wer war diese Frau? Würde es möglich sein, mit ihr einige Worte zu wechseln, sich mit ihr zu verständigen?

Briant sollte sofort hierüber klarwerden.

Die Unbekannte hatte sich aufgerichtet und sprach eben in reinem Englisch die Worte aus:

»Ich danke euch . . . liebe Kinder . . . ich danke?«

Eine halbe Stunde später hatten Briant und Baxter sie in der Halle niedergelegt, dort unterstützten Gordon und Briant sie noch, ihr alle Pflege, welcher ihr trauriger Zustand erforderte, angedeihen zu lassen.

Sobald sie sich etwas erholt, beeilte sie sich, ihre Geschichte zu erzählen.

Wir lassen hier die Worte der Fremden folgen, aus denen zu ersehen ist, daß sie die jungen Kolonisten lebhaft interessieren mußten.

Sie war von amerikanischer Herkunft und hatte lange Zeit in den Gebieten des Far-West der Vereinigten Staaten gelebt. Sie nannte sich Katherine Ready oder einfach Kate. Seit zwanzig Jahren schon stand sie als Aufwärterin in Diensten der Familie William R. Penfield, die in Albany, der Hauptstadt des Staates New York, wohnte.

Vor nur einem Monat waren Mr. und Mrs. Penfield, um sich nach Chile zu begeben, wo deren Eltern wohnten, nach San Franzisko, dem Haupthafen Kaliforniens, gekommen, um auf dem Kauffahrteischiffe der »Severn«, geführt vom Kapitän John F. Turner, an Bord zu gehen. Dieses Schiff war nach Valparaiso bestimmt. Mr. und Mrs. Penfield nahmen auf demselben mit Kate, die sozusagen zur Familie gehörte, Überfahrt.

Der »Severn« war ein tüchtiges Fahrzeug und hätte ohne Zweifel eine ganz glückliche Fahrt gemacht, wenn nicht die seine Besatzung bildenden, erst neuerdings angeworbenen acht Mann Schurken der schlimmsten Art gewesen wären. Neun Tage nach der Abfahrt erregte einer derselben, Walston, unterstützt von seinen Spießgesellen Brandt, Rock, Henley, Cork, Forbes, Cope und Pike eine Meuterei, bei der der Kapitän Turner nebst dem Obersteuermanne und gleichzeitig Herr und Frau Penfield getötet wurden.

Die Absicht der Meuterer war dahin gegangen, das Schiff, nachdem sie es in ihre Gewalt bekommen, zum Sklavenhandel zu verwenden, der damals noch in einigen Ländern Südamerikas in Blüte stand.

Nur zwei Personen an Bord waren verschont geblieben, Kate, zu deren Gunsten sich der Matrose Forbes – ein weniger grausamer Geselle als die übrigen – verwendet hatte, und noch ein Steuermann des »Severn«, ein Mann von dreißig Jahren, Namens Evans, den sie wegen der Führung des Schiffes nicht entbehren konnten.

Jene schrecklichen Szenen hatten sich vom 7. zum 8. Oktober abgespielt, als der »Severn« sich gegen zweihundert Meilen von der chilenischen Küste entfernt befand.

Unter Androhung des Todes wurde Evans nun gezwungen, einen Kurs zur Umschiffung des Kap Hoorn einzuhalten, von wo aus das Schiff nach der Westküste Afrikas segeln sollte.

Einige Tage später entstand jedoch aus irgendeinem

niemals bekanntgewordenen Grunde eine Feuersbrunst an Bord. In kürzester Zeit gewann dieselbe eine solche Ausbreitung, daß Walston und seine Genossen den »Severn« vergeblich vor gänzlicher Zerstörung zu bewahren sich bemühten. Einer derselben, Henley, fand sogar dabei den Tod, indem er sich, um dem Feuer zu entgehen, ins Meer stürzte. Alle mußten das Schiff verlassen, in größter Eile einigen Proviant, etwas Munition nebst Waffen in die große Schaluppe werfen und sich schleunigst entfernen, weil der »Severn« zuletzt in die Tiefe versank.

Die Lager der Schiffbrüchigen war eine äußerst kritische, da sie noch zweihundert Meilen von dem nächsten Lande trennten. Es wäre nur gerecht gewesen, wenn die Schaluppe mit den Verbrechern, die sie trug, gleichfalls den Untergang fand, wären nicht Kate und der Steuermann Evans mit diesen an Bord derselben gewesen.

Am zweitfolgenden Tage erhob sich ein wütender Sturm – was die Lage der Leute noch mehr verschlimmerte. Da der Wind jedoch von der hohen See her wehte, wurde das Boot – mit gebrochenem Maste und zerrissenem Segel – nach der Insel Chairman zu getrieben. Wir wissen schon, wie es in der Nacht vom 15. zum 16., nachdem es durch den Klippensaum geschleudert, zuletzt mit teilweise zerbrochenen Rippen und geborstener Beplankung auf dem Vorlande scheiterte.

Erschöpft von dem langen Kampfe gegen den Sturm, konnten Walston und seine Genossen, deren Proviant auch fast zu Ende gegangen war, gegen die Kälte und die Abspannung sich nicht mehr schützen. Sie waren auch fast leblos, als die Schaluppe in die Klippen geriet. Durch eine ungeheure Welle wurden noch fünf derselben kurz vor der Strandung über Bord geschleudert und die beiden letzten wenige Augenblicke später auf den Sand geworfen, während Kate über die andere Seite des Bootes hinausfiel.

Lange Zeit blieben die beiden Männer, ebenso wie Kate zuerst auch, ohne Bewußtsein. Nachdem letztere bald wieder zu sich gekommen, bestrebte sie sich, unbeweglich liegenzubleiben, obwohl sie annehmen konnte, daß Walston und die übrigen umgekommen seien. Sie wollte den Tag abwarten, um erst dann in diesem unbekannten Lande Hilfe zu suchen, als sie gegen drei Uhr morgens im Sande neben der Schaluppe Schritte knirschen hörte.

Es waren Walston, Brandt und Rock, die sich nach der Strandung des Bootes nicht ohne Mühe hatten aus den Wellen retten können. Nachdem sie durch die Klippen mehr geklettert als gegangen und nach der Stelle kamen, wo ihre beiden Genossen Forbes und Pike lagen, beeilten sie sich, diese mit allen Mitteln ins Leben zurückzurufen. Dann verhandelten sie hin und her, was nun zu beginnen sei, während der Steuermann Evans einige hundert Schritte weiterhin, bewacht von Cope und Rock, sie erwartete.

Kate hörte dabei deutlich, wie unter ihnen folgende Worte gewechselt wurden:

»Wo sind wir?« fragte Rock.

»Ich weiß es nicht«, antwortete Walston. »Doch das tut nichts; bleiben wir nicht hier, sondern wenden wir uns nach Osten hin. Wenn es wieder Tag wird, werden wir ja sehen, wie wir uns aus der Schlinge ziehen.«

»Und unsere Waffen?« sagte Forbes.

»Die sind hier samt der unbeschädigten Munition«, erwiderte Walston.

Damit entnahm er dem Kasten der Schaluppe fünf Gewehre und mehrere Päckchen mit Patronen.

»Das ist freilich wenig«, meinte Rock, »um sich in diesen von Wilden bewohnten Ländern seiner Haut zu wehren.«

»Wo ist Evans ...?« fragte da Brandt.

»Evans steht dort und wird von Cope und Rock überwacht. Er muß uns wohl oder übel begleiten, und wenn er sich dessen weigert, werd ich ihm schon Vernunft beizubringen wissen.«

»Was ist denn aus der Kate geworden?« fragte Rock. »Sollt' es ihr gelungen sein, sich zu retten?«

»Kate ...?« antwortete Walston, »oh, von der ist nichts zu fürchten. Ich habe sie über Bord gehen sehen, noch ehe die Schaluppe richtig auf Grund geriet, und sie liegt also jedenfalls da unten.«

»Das nimmt uns einen Stein vom Herzen ...!« ließ Rock sich vernehmen. »Sie wußte von uns doch ein bißchen zuviel!«

»Aber lange wäre das auch nicht der Fall gewesen!« setzte Walston hinzu, und über den Sinn seiner Worte hätte sich niemand täuschen können.

Kate, die alles mit angehört, war entschlossen, zu entfliehen, sobald die Matrosen vom »Severn« weggegangen wären.

Schon nach wenigen Minuten trugen Walston und seine Spießgesellen, während sie Forbes und Pike, deren Beine sich noch nicht recht halten wollten, unterstützten, ihre Waffen und Munition, ferner was vom Proviant in den Kästen der Schaluppe übriggeblieben war, nämlich fünf bis sechs Pfund gepökeltes Fleisch, etwas Tabak und zwei oder drei Kürbisflaschen mit Gin, von der Unglücksstelle weg. Sie entfernten sich, als der Sturm mit größter Heftigkeit wütete.

Sobald sie hinreichend entfernt waren, erhob sich Kate. Es war auch Zeit, denn die anschwellende Flut erreichte schon den Strand, und bald wäre sie von den Wellen mit fortgespült worden.

Das Vorhergehende erklärt, warum Doniphan, Wilcox, Webb und Croß, als sie wieder erschienen, um den Schiffbrüchigen die letzte Ehre zu erweisen, die Stelle leer fanden. Schon waren Walston und seine Bande nach Osten hingewandert, während Kate, die entgegengesetzte Richtung einhaltend, sich, ohne es zu wissen, der Nordspitze des Family-lake näherte.

Hier kam sie im Laufe des Nachmittags des 16., erschöpft von Hunger und Anstrengung, an. Einige wilde Beeren, das war alles, womit sie sich stärken konnte.

Sie folgte dann dem linken Ufer, ging die ganze Nacht, ebenso den Vormittag des 17., immer weiter und sank endlich an der Stelle zusammen, wo Briant sie halbtot gefunden hatte.

Das waren die gewiß sehr ernstzunehmenden Vorfälle, welche Kate schilderte.

Auf der Insel Chairman, wo die jungen Kolonisten bisher in völliger Sicherheit gewohnt hatten, waren sieben, der schlimmsten Verbrechen fähige Männer ans Land gekommen. Würden diese zaudern, French-den, wenn sie es entdeckten, anzugreifen? Gewiß nicht; sie hatten ein zu großes Interesse, sich der hiesigen Vorräte zu bemächtigen, den Proviant wegzuführen, die Waffen und vor allem die Werkzeuge zu rauben, ohne welches es ihnen unmöglich sein mußte, die Schaluppe des »Severn« wieder in seetüchtigen Zustand zu setzen. Und welchen Widerstand vermochten dann Briant und seine Kameraden, von denen die Größten fünfzehn, die Kleinsten kaum zehn Jahre zählten, ihnen wohl zu leisten? Waren das nicht erschreckende Aussichten? Wenn jener Walston auf der Insel blieb, war es ganz unzweifelhaft, daß man einen gewaltsamen Angriff seitens desselben zu erwarten hatte.

Mit welchem Empfinden alle den Berichts Kates anhörten, kann man sich wohl leicht vorstellen.

Briants Gedanken beschäftigten sich dabei zuerst aber damit, daß Doniphan, Wilcox, Webb und Croß jetzt zuerst bedroht sein mußten. Wie sollten diese überhaupt auf ihrer Hut sein, da sie von der Anwesenheit der Schiffbrüchigen des »Severn« auf der Insel Chairman ja nichts wußten, von den Verbrechern, welche gerade dort sein mußten, wo die vier Kameraden sich für später eine Wohnung suchten. Genügte von ihrer Seite nicht ein einziger Flintenschuß, um Walston ihre Gegenwart zu verraten? Und dann fielen wahrscheinlich alle vier unter den Händen jener Schurken, von denen gewiß kein Mitleid zu erwarten war.

»Wir müssen ihnen zu Hilfe eilen«, sagte Briant, »und schon vor morgen müssen sie unterrichtet . . .«

»Und nach French-den zurückgeführt sein«, setzte Gordon hinzu. »Mehr als je gilt es jetzt, vereinigt zu bleiben, um kräftige Maßregeln gegen einen Angriff jener Übeltäter zu ergreifen.«

»Ja«, erklärte Briant, »und da es notwendig ist, daß unsere Kameraden zurückkommen, so werden sie auch nicht widerstreben ... Ich werde sie holen ...«

»Du, Briant?«

»Ich, Gordon.«

»Und wie?«

»Ich werde mich mit Moko auf der Jolle einschiffen. Binnen wenigen Stunden können wir über den See und den East-river hinunter gesegelt sein, wie wir es schon getan haben. Es spricht ja alles dafür, daß Doniphan an der Mündung anzutreffen sein wird.«

»Wann denkst du abzufahren?«

»Noch diesen Abend«, antwortete Briant, »wenn die Dunkelheit uns gestattet, unbemerkt den See zu überschreiten.«

»Soll ich dich begleiten, Bruder ...« fragte Jacques.

»Nein«, antwortete Briant, »es ist unbedingt nötig, daß wir alle in der Jolle zurückkehren können, und es wird schon Mühe haben, darin für sechs Platz zu finden.«

»Es ist also abgemacht?« fragte Gordon.

»Abgemacht!« erklärte Briant.

In Wahrheit war das wohl der beste Ausweg, nicht allein im Interesse Doniphans, Wilcox', Croß' und Webbs, sondern auch im Interesse der kleinen Kolonie. Vier Knaben mehr und nicht die vier minder kräftigsten – diese Unterstützung war im Falle eines Angriffes nicht zu verachten. Andererseits war keine Stunde zu verlieren, wenn man alle vor Ablauf von vierundzwanzig Stunden in French-den vereinigt sehen wollte.

Wie man leicht denken kann, konnte vom Aufsteigen des Drachens nun nicht mehr die Rede sein. Das wäre die größte Unklugheit gewesen, denn damit hätte man nicht draußen auf offener See vorübersegelnden Schiffen, sondern Walston und seinen Spießgesellen die Anwesenheit der jugendlichen Kolonisten verraten. Aus demselben Grund ließ Briant auch den Signalmast, der sich auf dem Gipfel des Auckland-hill erhob, niederlegen.

Bis zum Abend blieben alle in der Halle eingeschlossen. Kate hatte die Erzählung ihrer Abenteuer angehört. Die vortreffliche Frau dachte schon gar nicht mehr an sich, sondern nur an die jungen Leute. Mußten sie auf der Insel Chairman zusammenbleiben, so wollte sie ihnen eine treu ergebene Dienerin sein, wollte sie pflegen und lieben gleich einer Mutter. Schon gab sie den Kleinsten den Schmeichelnamen »Papooses«, mit dem man die englischen Babys in den Gebieten des Far-West bezeichnet.

Schon hatte Service, in Erinnerung an seinen Lieblingsroman, vorgeschlagen, sie »Freitagine« zu nennen, wie es Crusoë mit seinem Gefährten unvergänglichen Andenkens getan, weil es gerade an einem Freitag gewesen war, wo Kate nach der Insel Chairman kam.

Dann fügte er noch hinzu:

»Jene Übeltäter ... Nun, die entsprechen ganz den Wilden der Robinsone! In diesen kommt allemal eine Zeit, wo sich Wilde einstellen, und immer auch ein Zeitpunkt, wo man sich der Burschen entledigt.«

Um acht Uhr waren die Vorbereitungen zur Abfahrt beendigt. Moko, dessen Ergebenheit ihn vor keiner Gefahr zurückschrecken ließ, freute sich, Briant bei diesem Zuge begleiten zu dürfen.

Beide schifften sich also ein und nahmen etwas Munition und von Waffen jeder einen Revolver und ein langes Jagdmesser mit. Nachdem sie ihren Kameraden, welche sie nicht ohne ein recht bedrücktes Gefühl sich entfernen sahen, Lebewohl gesagt, waren sie bald inmitten der Schatten des Family-lake verschwunden. Mit Sonnenuntergang hatte sich eine mäßige Brise erhoben, welche von Norden her wehte, und wenn diese anhielt, mußte sie ebenso die Hin- wie die Rückfahrt der Jolle erleichtern.

Jedenfalls blieb die Brise günstig für die Überfahrt von Westen nach Osten. Die Nacht war sehr dunkel – ein glücklicher Umstand für Briant, der ja unbemerkt bleiben wollte. Mittels des Kompasses seinen Weg suchend, konnte er darauf rechnen, nach dem entgegengesetzten Ufer zu gelangen, dem sie dann nur noch auf- oder abwärts ein Stück zu folgen hatten, je nachdem das leichte Boot ober- oder unterhalb des Wasserlaufs ans Land stoßen würde. Briants und Mokos Aufmerksamkeit war nur nach jener Gegend hin gerichtet, wo sie immer ein Feuer wahrzunehmen fürchteten – was aller Wahrscheinlichkeit nach auf die Anwesenheit Walstons und seiner Begleiter hindeuten mußte, da Doniphan sich doch wohl auf dem Küstengebiete, an der Mündung des East-river, aufhielt.

Sechs Meilen wurden in zwei Stunden zurückgelegt. Die Jolle segelte vortrefflich, obwohl die Brise ziemlich stark auffrischte, und landete nahezu an derselben Stelle, wie bei der ersten Fahrt hierher, hatte also noch etwa eine halbe Meile dem Uferlande zu folgen, um die enge Einbuchtung zu erreichen, von welcher aus das Gewässer des Sees durch den Rio ablief. Das erforderte eine gewisse Zeit, denn da der Wind jetzt von vorn her wehte, mußte diese Strecke unter Anwendung der Ruder zurückgelegt werden. Unter den Baumkronen, welche sich zum Teil über den Wasserspiegel hinabneigten, erschien alles ruhig. Weder Gebell noch Geheul war aus der Tiefe des Waldes hörbar und kein Feuer verbreitete seinen Schein unter den dunkelgrünen Massen.

Gegen zehneinhalb Uhr ergriff jedoch der im Hintergrund der Jolle sitzende Briant plötzlich den Arm Mokos. Wenige hundert Schritte vom rechten Ufer des East-river schimmerte ein halb erloschenes Feuer durch die Finsternis. Wer mochte dort lagern . . .? Walston oder Doniphan . . .? Diese Frage mußte entschieden sein, ehe sie sich weiter auf den Rio hineinwagen konnten.

»Setze mich aus, Moko«, sagte Briant.

»Sie wünschen nicht, daß ich Sie begleite, Herr Briant?« antwortete der Schiffsjunge gedämpften Tones.

»Nein, es ist besser, ich bin allein! Ich laufe dabei weniger Gefahr, beim Anschleichen bemerkt zu werden.«

Die Jolle legte sich ans Ufer und Briant sprang ans Land, nachdem er Moko empfohlen, hier zu warten. In der Hand hatte er das Jagdmesser und im Gürtel einen Revolver, von dem er nur im Falle der höchsten Not Gebrauch machen wollte, um kein Geräusch zu verursachen.

Nachdem er das etwas ansteigende Ufergelände erklommen, schlich der mutige Knabe unter den Bäumen hin.

Plötzlich blieb er stehen. In der Entfernung von etwa zwanzig Schritten schien es ihm bei dem Halblicht, welches das Feuer noch verbreitete, als bemerkte er einen Schatten, der ebenso durch das Unterholz hinschlich, wie er es eben getan.

In diesem Augenblick ertönte ein entsetzliches Gebrüll – dann kam irgend etwas vorgesprungen.

Es war ein großer Jaguar. Sofort erklangen laute Rufe:

»Hierher . . .! Zu Hilfe!«

Briant erkannte die Stimme Doniphans. Dieser war es wirklich. Seine Kameraden waren in dem nahe dem Ufer des Rios errichteten Lager zurückgeblieben.

Von dem Jaguar über den Haufen geworfen, wehrte sich Doniphan aus Leibeskräften, ohne doch von seinen Waffen Gebrauch machen zu können.

Durch seine Rufe erwacht, lief jetzt Wilcox mit dem Gewehre in Anschlag und bereit Feuer zu geben, hinzu . . .

»Schieße nicht . . .! Schieße nicht . . .!« rief Briant.

Und noch ehe Wilcox ihn hatte ordentlich erkennen können, stürzte sich Briant auf die Bestie, die sich jetzt gegen ihn wendete, während Doniphan mit Mühe wieder aufstand.

Zum Glück konnte Briant noch zur Seite springen, nachdem er dem Jaguar mit seinem Messer eine tiefe Wunde beigebracht.

Das alles ging so schnell vonstatten, daß weder Wilcox noch Doniphan das Geringste dabei tun konnten. Zu Tode getroffen, sank das Tier zusammen, als jetzt auch Webb und Croß Doniphan zu Hilfe geeilt kamen.

Der Sieg war Briant aber immerhin teuer zu stehen gekommen, denn von einem Tatzenschlag zerrissen, blutete seine Schulter ziemlich heftig.

»Wie kommst du hierher?« fragte Wilcox.

»Das werdet ihr später erfahren«, antwortete Briant. »Kommt nur ... Kommt!«

»Nicht eher, als bis ich dir meinen Dank ausgesprochen habe, Briant!« sagte Doniphan. »Du hast mir das Leben gerettet ...«

»Ich habe nur getan, was du an meiner Stelle auch getan hättest«, erwiderte Briant. »Sprechen wir davon jetzt nicht, folgt mir nur ...!«

Obwohl die Verletzung Briants keine eigentlich gefährliche war, mußte man sie doch mit einem Taschentuch verbinden, und während Wilcox das so gut wie möglich besorgte, konnte der brave Knabe seine Kameraden über alles Vorgefallene unterrichten.

Die Männer also, welche Doniphan als Leichen von den Wellen weggerissen glaubte, waren noch am Leben und irrten jetzt auf der Insel umher. Es waren mit Blut besudelte Verbrecher! Eine Frau hatte mit ihnen in der Schaluppe des »Severn« Schiffbruch erlitten, und diese Frau befand sich in French-den. Jetzt gab es keine Sicherheit mehr auf der Insel Chairman ... Deshalb also, aus Furcht, daß der Knall vernommen werden konnte, hatte Briant Wilcox zugerufen, nicht auf den Jaguar Feuer zu geben, deshalb hatte Briant nur das Jagdmesser benutzt, um das gefährliche Raubtier abzutun.

»Ach, Briant, du bist doch besser als ich!« rief Doniphan tief erregt und mit einer überquellenden Dankbarkeit, welcher selbst sein sonst so hochmütiger Charakter unterlag.

»Nein, Doniphan, nein, Kamerad«, antwortete Briant; »doch da ich einmal deine Hand in der meinen halte, so werd' ich sie nicht eher wieder loslassen, als bis du einwilligst, wieder mit da hinunterzukommen ...«

»Ja, Briant, gern«, versicherte Doniphan. »Rechne auf mich! In Zukunft werd' ich der erste sein, dir zu gehorchen ...! Morgen ... mit Tagesanbruch ... ziehen wir davon ...«

»Nein, sogleich«, drängte Briant, »damit wir noch ungesehen ankommen können!«

»Aber wie denn?« fragte Croß?

»Moko ist mit hier, er erwartet uns mit der Jolle. Wir wollten eben in den East-river einfahren, als ich den schwachen Schein eines Feuers bemerkte, das glücklicherweise von euch herrührte.«

»Und du kamst gerade zur rechten Zeit, um mich zu retten!« wiederholte Doniphan.

»Und auch dich nach French-den heimzuführen!«

Mit wenigen kurzen Worten erfolgte nun auch eine Erklärung darüber, warum Doniphan, Wilcox, Webb und Croß an dieser Stelle und nicht an der Mündung des East-river gelagert hatten.

Nachdem sie die Küste der Severn-shores verlassen, waren alle nach dem Hafen des Bear-rock noch am Abend des 16. zurückgekehrt. Am nächsten Morgen wandten sie sich, ihrer Abmachung entsprechend, am linken Ufer des East-river bis zum See hinauf, wo sie Rast machten, um am folgenden Tage nach French-den zu gelangen.

Vor dem ersten Tagesgrauen hatten jetzt Briant und seine Kameraden in der Jolle Platz genommen, und da diese für sechs ziemlich klein war, mußte bei der Führung derselben alle mögliche Vorsicht angewendet werden.

Der Wind war jedoch günstig, und Moko leitete das Boot mit solcher Geschicklichkeit, daß die Überfahrt ohne Unfall vonstatten ging.

Mit welcher Freude empfingen Gordon und die anderen aber die Ankommenden, als diese gegen vier Uhr morgens am Damme des Rio Sealand landeten!

Wenn ihnen jetzt schlimme Gefahren drohten, so waren wenigstens alle wieder in French-den vereinigt.

Achtes Kapitel

Die dermalige Lage. – Vorsichtsmaßregeln. – Verändertes Verhalten. – Der Kuhbaum. – Was zu wissen nötig war. – Ein Vorschlag Kates. – Briant von einer Idee eingenommen. – Sein Plan. – Unterredung. – Für morgen.

Die Kolonie war also wieder vollzählig – ja sogar um ein Mitglied gewachsen, die gute Kate, welche infolge eines schrecklichen Trauerspiels auf dem Meere an den Strand der Insel Chairman verschlagen worden war. Von jetzt an sollte auch wieder Einigkeit in French-den herrschen – eine Einigkeit, welche in Zukunft nichts mehr stören sollte. Wenn Doniphan noch einiges Bedauern darüber empfand, nicht das Oberhaupt der kleinen Kolonie zu sein, so war er doch zu derselben ganz zurückgekehrt. Ja, die Trennung von zwei bis drei Tagen hatte ihre Früchte getragen. Mehr als einmal schon hatte er, ohne seinen Kameraden etwas davon zu sagen und ohne sein Unrecht eingestehen zu wollen, daß in ihm die Eigenliebe stärker sprach als das wirkliche Interesse, doch eingesehen, zu welcher Torheit ihn seine Starrsinnigkeit verleitet hatte. Andererseits konnten auch Wilcox, Croß und Webb sich dieser Empfindung nicht entziehen. Nach der Opferwilligkeit, welche Briant jetzt gezeigt hatte, gab Doniphan jedoch seinen besseren Gefühlen nach, welche er auch niemals wieder verlöschen lassen wollte.

Übrigens drohten French-den, das dem Angriffe von sieben kräftigen und bewaffneten Übeltätern ausgesetzt war, recht ernstliche Gefahren. Ohne Zweifel lag es zwar in Walstons Interesse, die Insel Chairman so schnell als möglich wieder zu verlassen, hätte er dagegen das Vorhandensein einer kleinen, mit allem, was ihm fehlte, reichlich ausgestatteten Kolonie gemutmaßt, so würde er vor einem Angriffe gewiß nicht zurückgeschreckt sein, bei dem die Aussicht auf Erfolg ja ganz auf seiner Seite war. Die jungen Kolonisten mußten sich also wohl oder übel sehr beschränkenden Vorsichtsmaßregeln fügen, durften sich nicht mehr vom Rio Sealand entfernen und sich nicht ferner in die Umgebung des Family-lake hinauswagen, so lange Walston und seine Bande die Insel nicht verlassen hatten.

Zunächst erschien es von Wichtigkeit zu erfahren, ob Doniphan, Croß, Webb und Wilcox bei ihrer Rückkehr von den Severn-shores nach dem Bear-rock nichts bemerkt hätten, was sie auf die Vermutung der Anwesenheit der Matrosen des »Severn« geleitet hätte.

»Nichts«, antwortete Doniphan auf eine dahinzielende Frage; »freilich haben wir, um nach der Mündung des East-river zurückzugelangen, nicht denselben Weg wie bei unserer Wanderung nach Norden hin eingeschlagen.«

»Danach erscheint es so gut wie gewiß, daß Walstone in der Richtung nach Osten gezogen ist«, bemerkte Gordon.

»Wohl möglich«, stimmte ihm Doniphan zu; »doch er hat an der Küste hinwandern müssen, während wir geraden Weges durch den Beechs-forest gekommen sind. Nehmt die Karte zur Hand und ihr werdet sehen, daß die Insel oberhalb der Deception-Bai einen so starken Bogen macht. Dort liegt ein ausgedehntes Gebiet, in dem die Verbrecher haben Obdach suchen können, ohne sich zu weit von der Stelle, wo ihre Schaluppe gestrandet war, zu entfernen. Doch da fällt mir ein, vielleicht wüßte Kate uns annähernd zu sagen, in welcher Gegend die Insel Chairman überhaupt liegt.«

Auf eine hierüber von Gordon an sie gestellte Frage hatte Kate keine Antwort geben können. Nach dem Brande des »Severn« und nachdem der Steuermann Evans die Schaluppenführung übernommen, war er bestrebt gewesen, das Festland Amerikas, von dem die Insel also nicht gar zu weit entfernt sein konnte, anzulaufen. Übrigens hatte er niemals den Namen der Insel verlauten lassen, nach welcher der Sturm ihn verschlagen. Da jedoch die zahlreichen Inselgruppen der Küste in einer verhältnismäßig geringen Entfernung voneinander liegen, hatte es einige Wahrscheinlichkeit für sich, daß

Walston versuchen würde, diese zu erreichen, und daß er deshalb ein Interesse daran hatte, inzwischen auf dem östlichen Ufer zu verbleiben. Gelang es ihm nämlich, sein Boot wieder in seetüchtigen Zustand zu bringen, so konnte es keine zu große Mühe kosten, es nach irgend einem Lande Südamerikas überzuführen.

»Mindestens«, bemerkte hierzu Briant, »wenn Walston, als er, nach der Mündung des East-river gelangt, nicht Spuren deines Vorüberkommens, Doniphan, entdeckt und daraufhin beschlossen hat, seine Nachforschungen hier weiter fortzusetzen.«

»Welche Spuren?« antwortete Doniphan. »Ein Häufchen verglommener Asche . . .? Und was könnte er daraus schließen? Etwa, daß die Insel bewohnt sei? Nun, in diesem Falle denk' ich, würden die Schurken nur daran denken, sich zu verbergen . . .«

»Ganz richtig«, erwiderte Briant, »außer wenn sie sich zufällig überzeugen könnten, daß die Bevölkerung der Insel auf eine Handvoll Kinder hinauskommt. Tun wir also ja nichts, was sie davon unterrichten könnte, wer wir sind! Das veranlaßt mich auch, dich zu fragen, Doniphan, ob du bei deiner Rückkehr nach der Deception-Bai etwa einzelne Flintenschüsse abgegeben hast?«

»Nein, ganz ausnahmsweise nicht«, versicherte Doniphan lächelnd, »denn ich verpaffe gern ein wenig Pulver! Seit wir die Küste verließen, waren wir jedoch hinreichend mit eßbarem Wild versehen und kein Knall hat unsere Gegenwart verraten, kein Krachen eines Schusses hat unsere Anwesenheit kundgeben können. Gestern nacht hätte zwar Wilcox beinahe auf den Jaguar gefeuert; glücklicherweise kamst du aber noch zur rechten Zeit, es zu verhindern, Briant, und – mir das Leben zu retten, indem du das deinige aufs Spiel setztest.«

»Ich wiederhole dir, Doniphan, daß ich nur getan habe, was du an meiner Stelle nicht unterlassen hättest. – Und nun in nächster Zukunft keinen Flintenschuß mehr! – Verzichten wir auch auf den Besuch der Trapswoods und leben wir von unseren Vorräten.«

Selbstverständlich war Briant seit seiner Heimkehr nach French-den jede Pflege zuteil geworden, welche seine Verwundung, deren Vernarbung übrigens bald vollendet war, erforderte. Er behielt davon nur eine gewisse Behinderung der Beweglichkeit des Armes – doch auch diese verschwand schon nach kurzer Zeit gänzlich.

Inzwischen neigte sich der Monat Oktober seinem Ende zu, ohne daß von Walston in der Umgebung des Rio Sealand etwas zu entdecken gewesen wäre. War er also nach Ausbesserung der Schaluppe wieder abgefahren? Das schien nicht unmöglich, denn, wie Kate sich erinnerte, war er in Besitz einer Axt und konnte sich auch jener starkklingigen Messer bedienen, wie sie die Matrosen stets bei sich führen; an Holz fehlte es in der Nähe der Severn-shores außerdem ja auch nicht.

Bei der Unsicherheit in dieser Beziehung, mußte immer die gewohnte Lebensweise eine Änderung erfahren und vorzüglich konnten keine weiteren Ausflüge mehr unternommen werden, bis auf den einen, als Doniphan und Baxter auszogen, um den Signalmast niederzulegen, der doch bisher auf dem Gipfel des Auckland-hill sich erhob.

Von diesem Punkte aus betrachtete Doniphan mit dem Fernrohr die grünen Flächen, welche sich nach Osten hin erstreckten. Obwohl sein Blick nicht bis zum jenseitigen Ufer reichte, das ja durch den ganzen Beechs-forest verdeckt wurde, so hätte er es doch wahrnehmen müssen, wenn sich eine Rauchsäule in der Luft erhoben hätte – was dann darauf hinwies, daß Walston und seine Spießgesellen noch auf der Insel verweilten. Nach jener Richtung hin sah Doniphan aber nichts, ebensowenig freilich nach der der Sloughi-Bai, deren Gewässer auch weiter hinaus vollständig verlassen war.

Seit jeder Ausflug nun verboten war und seitdem die Gewehre in Ruhe gelassen werden mußten, hatten sich die Jäger der Kolonie genötigt gesehen, ihre mit Vorliebe gepflegte Tätigkeit einzustellen.

Zum Glück lieferten die in der Nähe von French-den

errichteten Fallen und Schlingen eßbares Wild in ausreichender Menge, und außerdem hatten sich die Tinamus und die Trappen im Hühnerhofe so stark vermehrt, daß Service und Garnett sich gezwungen sahen, einen Teil derselben zu opfern. Da man sich ferner einen bedeutenden Vorrat an Blättern des Teebaumes gesichert und große Mengen jenes Ahornsaftes eingesammelt hatte, der sich so leicht in Zucker verwandelt, wurde es nicht nötig, erst bis zum Dike-creek hinauszugehen, um diese Vorräte zu erneuern. Und selbst wenn der Winter eintrat, bevor die jungen Kolonisten ihre Freiheit wiedererlangt hatten, waren sie hinreichend mit Öl für ihre Laternen und mit Fleischspeisen für die Küche versehen. Nur Brennmaterial allein mußte hereingeholt werden, das fand sich aber in den umgestürzten Stämmen der Bog-woods, welche auf kurzem Wege längs des Rio Sealand ohne besondere Gefahr zu erreichen waren.

In jener Zeit trug sogar eine neue Entdeckung zu dem Wohlbefinden in French-den noch weiter bei.

Diese Entdeckung verdankte man nicht Gordon, der übrigens recht umfassende Kenntnisse in der Botanik besaß, sondern Kate war es, welcher das Verdienst für dieselbe zufiel.

Am Rande der Bog-woods stand nämlich eine gewisse Anzahl Bäume, die fünfzig bis sechzig Fuß in der Höhe messen mochten. Wenn diese bisher von der Axt verschont geblieben waren, rührte das daher, daß ihr sehr faseriges Holz die Koch- und Heizöfen der Halle und der Einfriedigung nur sehr unzulänglich erhitzt hätten. Sie trugen längliche, an den Knoten der Zweige wechselständig sitzende Blätter, deren Ende in eine scharfe Spitze auslief.

Gleich das erste Mal – am 25. Oktober –, als Kate diese Bäume erblickte, rief sie:

»Ah . . .! Da sind ja Kuhbäume!«

Dole und Costar, welche sie begleiteten, schlugen darüber in helles Gelächter auf.

»Was, Kuhbäume?« fragte der eine.

»Fressen die Kühe diese Bäume?« fragte der andere.

»Nein, ihr kleinen Papooses, nein«, antwortete Kate, »daß man sie so nennt, kommt daher, weil sie Milch geben, und sogar bessere Milch als eure Vigogne-Schafe.«

Nach French-den zurückgekehrt, machte Kate Gordon von ihrer Entdeckung Meldung. Gordon rief sofort Service herzu und beide begaben sich mit Kate noch einmal nach dem Saume der Bog-woods. Nachdem er den Baum aufmerksam betrachtet, meinte Gordon, er müsse zu den »Galactodendrons« gehören, welche in den Wäldern Nordamerikas in großer Menge vorkommen, und er täuschte sich hierin auch nicht.

Eine kostbare Entdeckung! In der Tat genügte es, einen Einschnitt in die Rinde dieser Galactodendrons zu machen, um einen milchähnlichen Saft ausfließen zu lassen, der den Geschmack und die ernährenden Eigenschaften der Kuhmilch hat. Außerdem bildet dieser Saft, wenn man ihn gerinnen läßt, eine vorzügliche Art Käse und liefert daneben ein sehr reines Wachs, das dem Bienenwachs vergleichbar und zur Anfertigung von sehr schönen Kerzen verwendbar ist.

»Ei nun«, rief Service, »wenn das ein Kuhbaum oder vielmehr eine Baumkuh ist, dann müssen wir sie auch melken!«

Ohne eine Ahnung davon zu haben, gebrauchte der übermütige Knabe hiermit denselben Ausdruck, dessen sich die Indianer stets bedienen, indem diese gewöhnlich sagen: »Ans Werk, wir wollen den Baum melken!«

Gordon machte also einen Schnitt in die Rinde des Galactodendrons und aus diesem floß ein Saft hervor, von dem Kate reichlich zwei Pinten in einem mitgebrachten Gefäße auffing.

Es war das eine schön weiße, appetitlich aussehende Flüssigkeit, welche die nämlichen Bestandteile wie die Kuhmilch enthält. Dieselbe ist aber noch nahrhafter, konsistenter und von viel angenehmerem Geruche. Das Gefäß wurde in French-den sehr schnell geleert und Costar befleckte sich damit den Mund wie eine junge Katze. Bei dem Gedanken, was er daraus alles herzustellen vermochte, verhehlte auch Moko seine ganz besondere Befriedigung nicht. Zu sparen brauchte er hiermit auch nicht, denn jene »Herde« von Galactodendrons, welche in großer Menge so vorzügliche Pflanzenmilch lieferte, stand ganz in der Nähe.

In der Tat, und das kann nicht oft genug wiederholt werden, hätte die Insel Chairman auch die Bedürfnisse einer weit größeren Kolonie decken können, und jedenfalls war das Leben der Knaben hier auf lange Zeit hinaus völlig gesichert. Außerdem machte das Erscheinen Kates unter ihnen, die Pflege, welche sie von dieser wohlwollenden Frau erwarten konnten, der sie eine wirklich mütterliche Liebe einflößten, dasselbe nur um so leichter und angenehmer.

Warum mußte nun aber die frühere Sicherheit auf der Insel Chairman so traurig gestört werden! Welch wichtige Entdeckungen hätten Briant und seine Kameraden ohne Zweifel noch gemacht, wenn sie auch die fast ganz unbekannten östlichen Gebietsteile hätten genauer untersuchen können, ein Vorhaben, auf das sie gegenwärtig natürlich verzichten mußten, und würde es ihnen gestattet sein, ihre Ausflüge wiederaufzunehmen, bei denen sie sich nur gegen die Begegnung mit Raubtieren zu schützen hatten, mit minder gefährlichen Raubtieren, als jene Bestien in Menschengestalt, gegen die sie jetzt Tag und Nacht auf der Hut sein mußten?

Bis zu den ersten Tagen des Novembers wurden indes keine verdächtigen Spuren in den Umgebungen von French-den aufgefunden. Briant legte sich schon die Frage vor, ob die Matrosen vom »Severn« wirklich noch auf der Insel wären. Doniphan hatte jedoch mit eigenen Augen gesehen, in welch traurigem Zustand deren Boot sich befand, daß dessen Mast abgebrochen, sein Segel zerrissen und seine Planken durch die Spitzen der Riffe durchlöchert waren. Freilich, und dem Steuermanne Evans konnte das nicht unbekannt sein, wenn die Insel Chairman in der Nähe eines Festlandes oder einer Inselgruppe lag, so konnte die notdürftig ausgebesserte Schaluppe wohl benützt werden, um eine verhältnismäßig kurze Überfahrt damit zu wagen. Es war also glaublich, daß Walston alles darangesetzt haben könne, die Insel zu verlassen ... Darüber mußte man sich jedoch erst Gewißheit verschaffen, ehe die gewohnte Lebensweise wiederaufgenommen werden konnte.

Mehrmals hatte Briant schon die Absicht gehabt, nach der Gegend im Osten des Family-lake auf Erkundigung auszuziehen. Doniphan, Baxter, Wilcox verlangten nun danach, ihn begleiten zu können. Sich aber der Gefahr auszusetzen, Walston in die Hände zu fallen und diesem damit Aufklärung zu geben, mit wie wenig zu fürchtenden Gegnern er es hier zu tun habe, das hätte leicht die bedauerlichsten Folgen nach sich ziehen können. Deshalb redete es denn Gordon, dessen Rat noch immer williges Gehör fand, Briant aus, sich in die Tiefen des Beechs-forest zu wagen.

Da machte Kate einen Vorschlag, der nichts von diesen Gefahren fürchten ließ.

»Herr Briant«, begann sie eines abends, als die jungen Kolonisten alle in der Halle versammelt waren, wollen Sie mir gestatten, Sie morgen mit Tagesanbruch zu verlassen?«

»Uns verlassen, Kate?« fragte Briant.

»Ja, Sie können nicht immer in dieser Ungewißheit bleiben, und um zu erfahren, ob Walston noch auf der Insel ist, erbiete ich mich nach der Stelle zu gehen, nach welcher wir durch den Sturm verschlagen wurden. Ist die Schaluppe noch daselbst, so hat Walston nicht wegfahren können ... Ist sie nicht mehr zur Stelle, so haben Sie nichts mehr von ihm zu fürchten.«

»Was Sie da tun wollen, Kate«, erklärte Doniphan, »ist genau dasselbe, was wir, Briant, Baxter, Wilcox und ich, uns schon selbst vorgenommen hatten.«

»Zugegeben, Herr Doniphan«, erwiderte Kate. »Doch was für Sie sehr gefährlich war, kann es ja für mich nicht sein.«

»Doch, Kate«, ließ Gordon sich vernehmen, »wenn Sie nun Walston wieder in die Hände fallen ...«

»Nun«, antwortete Kate, »dann befinde ich mich nur

in derselben Lage wie vorher, als ich entfloh, das ist alles.«

»Und wenn der Elende Sie gar umbringt, was ja gar nicht unwahrscheinlich ist . . .?« meinte Briant.

»Oh, wenn ich ihm das erste Mal entgangen bin«, gab Kate zuversichtlich zur Antwort, »warum sollte mir das nicht ein zweites Mal gelingen, zumal wo ich jetzt den Weg nach French-den kenne? Und wenn es sich nun gar fügte, daß ich mit Evans entfliehen könnte, dem ich alles, was Sie betrifft, gleich mitteilen würde, wie hilfreich, wie nützlich müßte der wackere Master für Sie alle werden!«

»Wenn Evans die Möglichkeit zur Flucht geboten wäre«, wandte Doniphan ein, »warum sollte er sie noch nicht benützt haben . . .? Treibt ihn nicht das nämliche Interesse, sich zu retten . . .?«

»Doniphan hat recht«, sagte Gordon. »Evans kennt das Geheimis Walstons und seiner Spießgesellen, die sich gar nicht besinnen würden, ihn zu töten, wenn sie seiner nicht zur Führung der Schaluppe nach dem Festlande Amerikas bedürften. Wenn er sich ihrer Gesellschaft also noch nicht entzogen hat, kann es nur daran liegen, daß er jeden Augenblick scharf überwacht wird . . .«

»Oder daß er einen Fluchtversuch schon mit dem Leben bezahlt hat!« setzte Doniphan hinzu. »Und auch Sie, Kate, wenn Sie wieder gefangen würden . . .«

»Glauben Sie mir«, versicherte Kate, »daß ich alles mögliche tun werde, mich nicht wieder ergreifen zu lassen.«

»Daran zweifle ich nicht«, antwortete Briant, »wir werden aber nie zugeben, daß Sie sich dieser Gefahr aussetzen. Nein, es ist doch besser, ein minder gefährliches Mittel zu ersinnen, um zu erfahren, ob Walston sich noch auf der Insel Chairman befindet.«

Da Kates Vorschlag entschieden zurückgewiesen worden war, galt es nun bloß, ohne Begehung einer Unklugheit, auf der Wacht zu sein. War Walston überhaupt in der Lage, die Insel zu verlassen, so tat er das gewiß vor Eintritt der schlechten Jahreszeit, um nach einem Lande zu kommen, wo er und die seinigen einen Empfang fanden, wie man ihn Schiffbrüchigen, diese mögen kommen, woher sie wollen, gewöhnlich zuteil werden läßt.

Angenommen übrigens, daß Walston noch hier war, so schien er doch kaum die Absicht zu haben, das Innere weiter zu untersuchen. Wiederholt fuhren Doniphan, Briant und Moko in dunklen Nächten mit der Jolle über den Family-lake hin, beobachteten dabei aber niemals, weder am entgegengesetzten Ufer noch unter den den East-river umgebenden Bäumen den Schein eines verdächtigen Feuers.

Immerhin blieb es sehr peinlich, unter diesen Verhältnissen zu leben, ohne den zwischen dem Rio Sealand, dem See, dem Walde und dem Steilufer gelegenen Raum überschreiten zu dürfen. Briant sann deshalb auch unausgesetzt auf ein Mittel, sich wegen der Anwesenheit Walstons Gewißheit zu verschaffen und gleichzeitig auszukundschaften, wo er etwa sein Lager aufgeschlagen habe. Um das zu erreichen, genügte es vielleicht, sich während der Nacht einmal zu einer gewissen Höhe zu erheben.

Daran dachte auch Briant und dieser Gedanke verwandelte sich in ihm allmählich zur fixen Idee. Leider enthielt die Insel Chairman, abgesehen von dem Steilufer, dessen Kamm eine Höhe von zweihundert Fuß auch nirgends überschritt, keine einzige bedeutendere Bodenerhebung. Viele Male hatten sich Doniphan und zwei oder drei andere nach dem Gipfel des Auckland-hill begeben, konnten von dieser Stelle aus aber nicht einmal das jenseitige Ufer des Family-lake erblicken, also hätte ihnen auch kein Rauch, kein Feuerschein über dem östlichen Horizont wahrnehmbar werden können. Es war vielmehr notwendig, sich um einige hundert Fuß höher zu erheben, um einen Gesichtskreis zu gewinnen, der sich bis zu den ersten Felsen der Deception-Bai hinaus erstreckte.

Da erwachte in Briant eine so kühne – man könnte

sagen »tollhäuslerische« – Idee, daß er sie anfänglich selbst zurückwies. Sie bemächtigte sich seiner nach und nach aber mit solcher Hartnäckigkeit, daß sie endlich in seinem Gehirne tiefe Wurzeln schlug.

Wie wir wissen, war das Vorhaben mit dem Drachen seinerzeit unterbrochen worden. Nach der Auffindung Kates und nach deren Meldung, daß die Schiffbrüchigen vom »Severn« noch auf der östlichen Küste weilten, hatte man auf das Projekt verzichten müssen, einen Apparat in die Luft aufzulassen, der von allen Punkten der Insel sichtbar gewesen wäre.

Doch, wenn dieser Drache nicht mehr als Signal verwendet werden konnte, war es da nicht möglich, ihn zum Zwecke der wegen der Sicherheit der Insel so dringend nötigen Auskundschaftung zu verwerten?

Gewiß, und an diesen Gedanken eben klammerte sich Briant. Er erinnerte sich, in einer englischen Zeitschrift gelesen zu haben, daß eine Frau gegen Ende des letzten Jahrhunderts so kühn gewesen sei, an einem eigens für diesen gefährlichen Aufstieg hergestellten Drachen hängend, sich in die Lüfte zu erheben.*

Was aber eine Frau ausgeführt hatte, sollte das ein kräftiger Knabe nicht auch wagen können? Daß sein Vorhaben mit einiger Gefahr verknüpft war, kümmerte ihn sehr wenig. Das Risiko dabei erschien ihm verschwindend gegenüber den Erfolgen, die er zu erzielen hoffte, und wenn alle von der Vorsicht gebotenen Maßregeln ergriffen wurden, war ja nicht wenig Aussicht vorhanden, daß der kühne Versuch vollständig glückte. Deshalb wiederholte sich Briant auch immer, obwohl er nicht imstande war, mathematisch die Steigkraft, welche ein Apparat dieser Art haben mußte, zu berechnen, daß dieser Apparat doch vorhanden war und es schon

*Was Briant plante, sollte später in Frankreich ausgeführt werden. Wenige Jahre darauf hat wirklich ein solcher Drache von siebenundzwanzig Fuß Länge bei vierundzwanzig Fuß Breite und von achteckiger Gestalt einen Sack mit Erde im Gewichte von siebzig Kilogramm bequem mit in die Höhe gehoben. Das Gewicht des Apparates betrug übrigens selbst hundertdreizehn Kilogramm, wovon achtundsechzig Kilogramm auf das Gestell und fünfundvierzig Kilogramm auf die Leinwand und das Halteseil kamen.

hinreichen würde, ihm größere Ausdehnung und mehr Festigkeit zu verleihen. Erhob er sich dann mittels desselben in der Nacht einige hundert Fuß hoch in die Luft, so gelang es ihm vielleicht, den Schein eines Lagerfeuers auf der Insel, und zwar allen Voraussetzungen nach in dem Teile derselben zwischen dem Binnensee und der Deception-Bai, zu entdecken.

Es wäre ein Unrecht, über die Idee des wackeren und zu jedem Wagestücke entschlossenen Knaben die Achseln zu zucken. Unter dem Drucke der ihn beherrschenden Vorstellung war er dahin gelangt, sein Vorhaben nicht allein für ausführbar zu halten – nach dieser Seite konnte eigentlich kein Zweifel aufkommen –, sondern es auch für gefahrloser anzusehen, als es ihm anfangs selbst vorkam.

Jetzt handelte es sich für ihn also nur noch um die Zustimmung seiner Kameraden, und am Abend des 4., nachdem er Gordon, Doniphan, Wilcox, Webb und Baxter um eine vertrauliche Unterredung ersucht, setzte er diese in Kenntnis, daß er den Drachen zu benützen gedenke.

»Benützen . . .?« fragte Wilcox. »Und wie verstehst du das . . .? Willst du ihn jetzt noch aufsteigen lassen?«

»Gewiß«, antwortete Briant, »weil ich voraussetze, wir hätten ihn doch zu diesem Zwecke angefertigt.«

»Während des hellen Tages?« erkundigte sich Baxter weiter.

»Nein, Baxter; da würde er der Wahrnehmung Walstons schwerlich entgehen, während der Nacht dagegen . . .«

»Wenn du dann eine Laterne daran hängst«, fiel ihm Doniphan ins Wort, »wird er ebenfalls dessen Aufmerksamkeit erregen.«

»So hänge ich eben keine Laterne daran.«

»Wozu soll er dann aber nützen . . .?« fragte Gordon.

»Zur Aufklärung darüber, ob die Mannschaft vom ›Severn‹ noch auf der Insel ist.«

Briant setzte nun sein Vorhaben nicht ohne die Befürchtung, es nur mit wenig ermutigendem Kopfschütteln aufgenommen zu sehen, in wenigen Worten näher auseinander.

Seinen Kameraden fiel es gar nicht ein, darüber zu lachen. Sie spürten nicht die geringste Veranlassung dazu, und bis auf Gordon, der sich fragte, ob Briant wirklich im Ernste spreche, schienen die anderen sehr geneigt, ihm völlig beizustimmen. Die jungen Leute hatten sich jetzt tatsächlich so sehr an Gefahren jeder Art gewöhnt, daß eine unter diesen Verhältnissen unternommene nächtliche Auffahrt ihnen ganz ausführbar erschien. Übrigens galt es ihnen als selbstverständlich, daß dabei jede denkbare Maßregel zur Sicherstellung des Erfolges getroffen werde.

»Wäre aber«, bemerkte Doniphan, »das Gewicht eines Beliebigen von uns nicht zu groß für den Drachen, wie wir diesen hergestellt haben?«

»Gewiß«, antwortete Briant. »Natürlich werden wir ihn vergrößern und sein Gestell verstärken müssen.«

»Ich möchte überhaupt wissen«, sagte Wilcox, »ob der Widerstand eines solchen Drachens je so groß sein könne . . .«

»Das ist wohl nicht zweifelhaft«, fiel ihm Baxter ins Wort.

»Und obendrein durch den Versuch schon bewiesen«, setzte Briant hinzu.

Er berichtete darauf von der obenerwähnten Frau, welche vor wenigen Jahren eine solche Auffahrt mit Erfolg ausgeführt hatte.

Dann fuhr er fort:

»Alles hängt aber dabei von den Größenverhältnissen des Apparates und von der Stärke des Windes beim Aufsteigen ab.«

»Welche Höhe, Briant«, fragte Baxter, »glaubst du mit Rücksicht auf deinen Zweck erreichen zu müssen?«

»Wenn man sechs- bis siebenhundert Fuß hinaufkäme«, antwortete Briant, »so müßte wohl von jedem beliebigen Teile der Insel her ein Feuer wahrzunehmen sein.«

»Gut, das ist also auszuführen«, rief Service, der dem

Gespräche auch mit gelauscht hatte, »und zwar ohne jedes Zögern! Ich für meinen Teil hab' es herzlich satt, an jeder freien Bewegung gehindert zu sein.«

»Und wir ebenso, jetzt schon so lange unsere Fallen nicht mehr nachsehen zu können«, schloß Wilcox sich diesem an.

»Und ich nicht minder, meine Flinte gar nicht mehr abfeuern zu dürfen«, setzte Doniphan hinzu.

»Auf morgen also!« sagte Briant.

Als er sich dann mit Gordon allein befand, fragte dieser:

»Sage mir, Briant, ist es wirklich dein Ernst, ein solch halsbrecherisches Unternehmen zu wagen . . .?«

»Ich will es mindestens versuchen, Gordon.«

»Es ist aber höchst gefährlich!«

»Vielleicht weniger, als wir uns vorstellen.«

»Und wer von uns wird erbötig sein, bei diesem Versuche sein Leben aufs Spiel zu setzen?«

»Du, Gordon, du selbst wärst sicherlich der erste, wenn das Los dich dazu bestimmte!«

»Soll denn darüber eine Losung entscheiden, Briant . . .?«

»Nein, Gordon; wer von uns sich dieser Aufopferung unterzieht, der soll es aus freiem Entschlusse tun.«

»Deine Wahl ist wohl schon getroffen, Briant . . .?«

»Vielleicht!«

Und Briant drückte warm die Hände Gordons.

Neuntes Kapitel

Erster Versuch. – Vergrößerung des Apparates. – Zweiter Versuch. – Auf den folgenden Tag verschoben. – Ein Vorschlag Briants. – Jacques' Vorschlag. – Das Geständnis. – Briants Gedanken. – In der Luft bei dunkler Nacht. – Was sich da zeigt. – Der Wind frischt auf. – Ausgang des Versuches.

Am Morgen des 25. Novembers gingen Briant und Baxter ans Werk. Ehe sie dem Apparate aber größere Dimensionen gaben, schien es ratsam, zu wissen, welches Gewicht er in seinem jetzigen Zustande wohl zu tragen vermöge. Das gestattete dann, bei dem Mangel wissenschaftlicher Formeln, durch Versuche die ausreichende Fläche zu bestimmen, welche er erhalten mußte, um – abgesehen von seinem Eigengewichte – eine Last von mindestens hundertzwanzig oder hundertdreißig Pfund mitzunehmen.

Es war nicht nötig, zu diesem ersten Versuche die Nacht abzuwarten. Augenblicklich wehte der Wind von Südwesten her, und Briant glaubte keine Ursache zu haben, diesen unbenützt zu lassen, wenn der Drache nur in so geringer Höhe festgehalten würde, daß man ihn vom östlichen Seeufer aus nicht wahrnehmen konnte.

Der Versuch gelang nach Wunsch und lieferte das Ergebnis, daß der Apparat bei mäßigem Winddruck einen zwanzigpfündigen Sack aufhob. Eine vom »Sloughi« herrührende Schnellwaage hatte gestattet, dieses Gewicht sehr genau zu bestimmen.

Der Drache wurde nun wieder herunter gezogen und auf den Boden des Sportfeldes niedergelegt.

In erster Linie verstärkte nun Baxter dessen Gestalt mit Hilfe von dünnen Stricken, die in einem Mittelknoten so zusammenliefen, wie die Fischbeinstäbe eines Regenschirmes in dem auf dem Stocke gleitenden Ringe. Dann wurde seine Oberfläche durch allseitige Verlängerung des Gestells und einen weiteren Leinenbezug vergrößert, bei welcher Arbeit sich Kate ganz besonders nützlich erwies. An Nadeln und Nähfaden fehlte es in French-den ja nicht, und die geschickte Aufwärterin verstand sich vortrefflich auf Näharbeiten.

Wären Briant und Baxter in der Mechanik »stärker« gewesen, so hätten sie bei der Herstellung ihres Apparates gewiß die in Betracht kommenden Grundprinzipien, das Gewicht, die ebene Oberfläche, den Mittelpunkt der Schwere, den des Winddrucks – welcher mit dem Mittelpunkt der Gestalt des Apparates zusammenfällt – und endlich den Anheftungspunkt der Schnur genauer beachtet. Aus solchen Berechnungen hätten sie dann den Schluß gezogen, wie groß die Steigkraft des Drachens sein und welche Höhe er dabei erreichen konnte. Außerdem hätten sie auch durch Rechnung die Stärke der Schnur ermitteln können, welche der dann auf sie wirkenden Spannung genügend widerstehen konnte – eine der wichtigsten Bedingungen für die persönliche Sicherheit des Beobachters.

Glücklicherweise paßte die Schnur, welche früher für das Log des Schoners gedient hatte und gegen zweitausend Fuß lang war, hierzu vollkommen. Übrigens »zieht« ein Drache, selbst bei frischer Brise, nicht allzustark, wenn nur der Haltepunkt an der »Waage« richtig gewählt ist. Es galt also, diesen Punkt, von dem die Neigung des Apparates gegen den Wind und hiervon dessen Stabilität abhängt, sorgsam zu bestimmen.

Zu dem jetzt vorliegenden Zwecke bedurfte der Drache keines Schwanzes am unteren Ende, worüber sich Dole und Costar nicht wenig härmten. Ein solcher war jedoch unnötig; das mit in die Höhe genommene Gewicht mußte schon hinreichen, einen »Kopfsturz« desselben zu verhindern.

Nach mehrfachen Versuchen fanden Briant und Baxter heraus, daß die Last am unteren Drittel des Gestelles und zwar an einer der Querlatten befestigt werden mußte, welche die Leinwand der Breite nach ausgespannt erhielten. Zwei an dieses Querstück geknüpfte Stricke sollten diese dann etwa zwanzig Fuß weiter unten schwebend erhalten.

Die Halteschnur richtete man in einer Länge von etwa zwölfhundert Fuß vor, was, die Ausbiegung eingerechnet, die Erreichung einer Höhe von sieben- bis achthundert Fuß gestatten mußte.

Um endlich den Gefahren eines Absturzes so viel wie möglich vorzubeugen, wenn etwa die Schnur doch zerreißen oder ein Bruch des Gestells eintreten sollte, wurde beschlossen, den Aufstieg über den See vorzunehmen. Die horizontale Entfernung, in welcher ein solcher Sturz erfolgen mußte, konnte übrigens in keinem Falle so groß sein, daß ein geübter Schwimmer das westliche Ufer nicht hätte erreichen können.

Nach Vollendung des Apparates zeigte dieser eine Oberfläche von siebzig Quadratmetern bei achteckiger Gestalt, deren Radius fünfzehn Fuß und von der jede Seitenlinie vier Fuß maß. Mit seinem sehr haltbaren Gestell und der für den Wind undurchlässigen Leinwand mußte er ein Gewicht von hundert bis hundertzwanzig Pfund leicht mitnehmen.

Betreffs der »Gondel«, in welcher der Beobachter Platz nehmen sollte, so bestand diese einfach aus einem jener Körbe aus Rohrgeflecht, wie sie auf Schiffen zu mancherlei Zwecken dienen. Dieser war tief genug, um einen Knaben von mittlerer Größe bis an die Achselhöhlen aufzunehmen, und weit genug, um ihm sowohl freie Bewegung zu gestatten, als auch leicht aus demselben herausspringen zu können, wenn das die Not erforderte.

Wie man sich leicht denken kann, war diese Arbeit nicht in einem und auch nicht in zwei Tagen abgetan. Am Morgen des 5. begonnen, wurde sie erst am Nachmittage des 7. vollendet. Man verlegte also auf diesen Abend einen Probeaufstieg, der die Steigkraft des Apparates und seine Stabilität in der Luft erkennen lassen sollte.

Während der letzten Tage hatte sich die allgemeine Lage in keiner Hinsicht verändert. Wiederholt waren die einen oder die anderen stundenlang zum Auslugen auf dem Steilufer geblieben. Sie sahen dabei aber nichts

Verdächtiges, weder im Norden zwischen French-den und dem Saume der Traps-woods, noch im Süden, jenseits des Rios, oder im Westen, nach der Sloughi-Bai zu; ebensowenig auch auf dem Family-lake, zu dem Walston vor dem Verlassen der Insel doch hätte leicht genug vordringen können. Kein Knall ließ sich in der Umgebung des Auckland-hill hören; keine Rauchsäule wirbelte am Horizonte auf.

Konnten Briant und seine Kameraden also wohl hoffen, daß jene Übeltäter die Insel Chairman endgültig wieder verlassen hätten? Sollte es ihnen endlich vergönnt sein, ihre gewohnte Lebensweise in aller Sicherheit wiederaufzunehmen?

Darüber sollte jenes bald auszuführende Vorhaben jedenfalls Aufklärung verschaffen.

Jetzt blieb nur noch eine »technische Frage« zu lösen übrig: Wie sollte derjenige, welcher in dem Nachen oder vielmehr der »Küpe« Platz nahm, in die Lage gesetzt werden, ein Signal zu geben, wenn er es für angezeigt hielt, wieder nach der Erde herabgezogen zu werden?

Darüber sprach sich Briant aus, als ihn Doniphan und Gordon deshalb befragten.

»An ein Lichtsignal ist nicht zu denken«, erklärte Briant, »denn das könnte von Walston ebensogut bemerkt werden. Baxter und ich, wir haben folgendes verabredet. Ein Bindfaden, ebenso lang wie die Schnur des Drachen, soll, nachdem er erst durch eine in der Mitte durchbohrte kleine Bleikugel gezogen ist, mit dem einen Ende am Rachen befestigt werden, während das andere unten auf der Erde in den Händen eines von uns bleibt. Es wird dann genügen, die Kugel am Bindfaden hinabgleiten zu lassen, um das Zeichen zum Herunterziehen des Drachen zu geben.«

»Gut ausgeklügelt!« meinte Doniphan.

Nachdem man sich also über alles verständigt, war nur noch der Probeaufstieg des Apparates allein, nebst einer entsprechenden Last, vorzunehmen. Der Mond konnte vor zwei Uhr Nachts nicht aufgehen, und es wehte überdies eine geeignete, von Südwesten kommende Brise. Die Bedingungen erschienen also ganz günstig, um noch denselben Abend zu diesem Versuche vorzuschreiten.

Um neun Uhr war es schon tief dunkel. Einige ziemlich dichte Wolken zogen durch die Luft über einen fast sternenlosen Himmel hin. Der Apparat mochte sich jetzt noch so hoch erheben, so konnte er nicht einmal aus der Nähe von French-den her mehr gesehen werden.

Große und Kleine sollten diesem Versuche beiwohnen, und da es sich dabei nur um einen »Probepfeil«, wie man zu sagen pflegt, handelte, so folgten alle den einzelnen Stadien desselben mit mehr eigentlichem Vergnügen als mit innerer Erregung.

Nach der Mitte des Sportfelds hatte man eine Winde vom »Sloughi« geschafft und gut im Erdboden befestigt, um dem starken Zuge des Apparates widerstehen zu können. Die lange, sorgfältig aufgewickelte Schnur wurde ebenso wie der zur Signalgebung bestimmte Bindfaden so vorbereitet, daß sie ganz leicht abrollen konnte. In den Nachen hatte Briant einen Sack mit Erde gesetzt, der genau hundertdreißig Pfund und damit mehr wog als der schwerste seiner Kameraden.

Doniphan, Baxter, Wilcox und Webb stellten sich bei dem etwa hundert Schritte von der Winde auf der Erde liegenden Drachen auf. Auf Briants Zuruf sollten sie diesen mittels Schnüre, welche an den Querlatten des Gestelles angebracht waren, langsam in die Höhe richten. Sobald der Apparat, entsprechend seiner durch Anordnung der Waage bedingten Neigung, genügend Wind abfing, sollten Briant, Gordon, Service, Garnett und Croß, welche zur Bedienung der Winde bereit standen, ihm je nach seinem Aufsteigen in die Luft mehr Schnur abrollen lassen.

»Achtung!« rief Briant.

»Wir sind fertig!« antwortete Doniphan.

»Los!«

Der Apparat erhob sich langsam, erzitterte und

knarrte ein wenig unter dem Drucke des Windes und neigte sich dann nach vorwärts gegen diesen.

»Nachlassen ...! Schnur nachlassen!« rief Wilcox.

Sofort begann die Welle der Winde sich infolge der Schnuranspannung zu drehen, während der Drachen sich mit dem belasteten Korbe langsam in die Luft erhob.

Obwohl es eine Unklugheit war, erschallten doch freudige Hurras, als der »Riese der Lüfte« von der Erde emporschwebte. Sofort verschwand er aber auch schon in der Dunkelheit, zum größten Mißvergnügen Iversons, Jenkins', Doles und Costars, die ihn gerne stets im Auge behalten hätten, während er über dem Familylake schaukelte. Das veranlaßte Kate, ihnen zum Troste zuzurufen:

»Laßt nur nicht die Köpfe hängen, meine Papooses ...! Ein andermal, wenn das ohne Gefahr geschehen kann, lassen wir ihn bei hellem Tage steigen, euren Riesen, und dann dürft ihr ihm auch, wenn ihr hübsch gefolgt habt, kleine Briefboten nachschicken.«

Trotz seiner augenblicklichen Unsichtbarkeit, fühlte man doch, daß der Drache gleichmäßig zog, ein Beweis, daß in den oberen Schichten ein anhaltender Wind wehte, der nur einen mäßigen Druck ausübte, und ferner, daß auch die Waage an dem Apparat richtig angebracht war.

Briant ließ, um diesen Versuch, den gegebenen Verhältnissen entsprechend, so überzeugend wie möglich zu gestalten, die Schnur bis ans Ende ablaufen, wodurch er deren Spannung beurteilen konnte, die sich übrigens als nicht übermäßig erwies. Von der Rolle waren zwölfhundert Fuß derselben abgelaufen, und damit mußte sich der Apparat auf sieben- bis achthundert Fuß erheben. Der ganze Vorgang hatte nicht über zehn Minuten beansprucht.

Nach Vollendung desselben wurden die Kurbeln in Bewegung gesetzt, um die Schnur wieder einzuziehen. Dieser zweite Teil der Arbeit dauerte freilich weit länger, und man brauchte nicht weniger als eine Stunde, um die zwölfhundert Fuß lange Schnur wieder aufzuwickeln.

Ganz wie bei einem Luftballon, ist auch bei einem Drachen die endliche Landung immer die schwierigste Aufgabe, wenn dieselbe ohne Stoß erfolgen soll. Die Brise erwies sich jedoch als so beständig, daß auch das in erwünschter Weise gelang. Bald trat denn auch das Achteck aus Leinwand wieder aus der Dunkelheit hervor und legte sich ganz sanft, fast genau an der Stelle, wo es emporgestiegen war, auf den Erdboden nieder.

Lustige Hurras begrüßten seine Rückkehr, wie sie seine Auffahrt begleitet hatten.

Der Drache brauchte jetzt nur mehr auf der Erde festgehalten zu werden, um ihn keinen Wind fangen zu lassen, und Baxter erbot sich nebst Wilcox, denselben bis Tagesanbruch zu bewachen.

Am folgenden Tage, dem 8. November, sollte zur nämlichen Stunde die entscheidende Auffahrt erfolgen.

Jetzt erwarteten alle nur noch die Aufforderung Briants, um nach French-den zurückzukehren.

Briant äußerte jedoch nichts und schien vielmehr vollständig in Gedanken versunken.

Woran mochte er wohl denken? Etwa an die Gefahren, welche ein unter so außerordentlichen Verhältnissen unternommener Aufstieg mit sich führen mußte? Oder grübelte er über die schwere Verantwortlichkeit, die er dadauch auf seine Schultern lud, daß er einen seiner Kameraden sich in diesem gebrechlichen Nachen erheben ließ?

»Gehen wir heim«, sagte endlich Gordon, »es wird schon spät . . .«

»Einen Augenblick«, antwortete da Briant. – »Gordon und Doniphan, wartet doch ein wenig . . .! Ich habe euch einen Vorschlag zu machen.«

»So sprich!« entgegnete Doniphan.

»Wir haben soeben unseren Drachen erprobt«, nahm Briant das Wort, »und dieser Versuch ist, da die begleitenden Umstände günstig waren, ganz nach Wunsch ausgefallen, denn der Wind hielt sich recht beständig und war auch weder zu stark noch zu schwach. Wissen wir aber schon, wie das Wetter morgen sein wird, ob der Wind uns morgen gestatten wird, den Apparat wirklich über dem See zu erhalten? Und doch erscheint es mir gut, unser Vorhaben nicht zu verschieben.«

Gewiß war das, nachdem der Versuch einmal beschlossen wurde, auch am richtigsten.

Auf jenen Vorschlag hatte indes keiner geantwortet. Gegenüber der Aussicht, sich einer so schweren Gefahr auszusetzen, erschien dieses Zögern, selbst von seiten der Unerschrockensten, ja ganz natürlich.

Als Briant jedoch ohne Umschweife die Frage stellte:

»Wer wird nun mit aufsteigen?« rief eine Stimme sofort:

»Ich . . .!« Jacques hatte sich zuerst gemeldet.

Doch fast gleichzeitig erklang es auch:

»Ich . . .! Ich . . .!« und zwar von seiten Doniphans, Baxters, Wilcox', Croß' und Services wie aus einem Munde.

Dann entstand ein Stillschweigen, welches sich Briant nicht zu unterbrechen beeilte.

Jacques nahm zuerst wieder das Wort.

»Laß mich es wagen, Bruder!« sagte er. »Mir kommt es zu . . .! Mir . . .! Ich bitte dich, laß mich auffahren!«

»Und warum dir mehr als mir . . . mehr als jedem anderen?« ließ Doniphan sich vernehmen.

»Ja . . . warum?« fragte Baxter.

»Weil es meine Pflicht ist!« stieß Jacques hervor.

»Deine Pflicht . . .?« wiederholte Gordon.

»Ja . . . gewiß!«

Gordon hatte Briants Hand ergriffen, wie um diesen nach der Bedeutung der Worte seines jüngeren Bruders zu fragen, und er fühlte, daß diese in der seinen zitterte. Und wäre die Nacht nicht so dunkel gewesen, so hätte er auch die Wangen seines Kameraden erbleichen und dessen Lider sich über die feuchten Augen herabsenken sehen müssen.

»Nun also, Bruder . . .?« fuhr Jacques in entschlossenem und für ein Kind seines Alters erstaunlichem Tone fort.

»Antworte, Briant!« sagte Doniphan. »Jacques behauptet ein Recht darauf zu haben, sich für uns in Gefahr zu begeben. Haben wir denn nicht dasselbe Recht ...? Was hat er getan, um es für sich zu beanspruchen ...?«

»Was ich getan ...«, antwortete Jacques zaudernd, »was ich getan habe ... nun, so will ich's euch sagen.«

»Jacques!« rief Briant bestürzt, als wolle er das Geständnis seines Bruders verhindern.

»Nein, nein!« rief Jacques mit von Erregung unterbrochener Stimme. »Laß mich alles gestehen ...! Es lastet zu schwer auf mir ...! Gordon, Doniphan ... ihr alle, wenn ihr euch hier befindet ... fern von euren Eltern auf dieser Insel ... so bin ich ... ich allein schuld daran ...! Daß der ›Sloughi‹ aufs hohe Meer trieb ... kam daher, daß ich aus Unverstand ... nein, aus Scherz ... in sinnloser Spielerei ... die Taue löste, welche ihn am Kai von Auckland festhielten. Ja ... die reine tolle Laune ...! Und dann, als ich die Yacht abtreiben sah, hab' ich den Kopf verloren, habe nicht um Hilfe gerufen, als es noch Zeit war. Dann ... eine Stunde später ... in dunkler Nacht ... auf offener See ... Ach, Verzeihung, meine Freunde, Verzeihung ...!«

Der arme Knabe schluchzte bitterlich, trotz Kates Bemühungen, die ihn zu beruhigen suchte.

»Gut, Jacques!« sagte jetzt Briant. »Du hast deinen Fehler eingestanden und willst jetzt das Leben daran wagen, ihn wieder gutzumachen oder wenigstens teilweise das Übel auszugleichen ...«

»Hat er das nicht schon längst ausgeglichen?« fiel ihm Doniphan, dem Drange seines natürlichen Edelmutes folgend, ins Wort. »Hat er sich nicht zwanzigmal Gefahren ausgesetzt, um uns einen Dienst zu erweisen ...? Oh, Briant, jetzt versteh' ich, warum du deinen Bruder immer zuerst ins Treffen schicktest, wenn es ein gefährlicheres Wagestück galt, und ebenso, warum er stets zu jeder Aufopferung bereit war ... Aus diesem

Grunde wagte er sich in den dicken Nebel hinaus, um Croß und mich aufzusuchen . . . mit eigener Lebensgefahr aufzusuchen . . .! Ja, lieber Freund Jacques, wir verzeihen dir herzlich gern, und du hast es nicht nötig, dir noch besonders Vergebung für deinen Fehler zu erkaufen!«

Alle umringten Jacques, drückten ihm die Hände, und doch quollen noch immer schmerzliche Seufzer aus dessen Brust. Jetzt wußte man also, warum dieses Kind – sonst der lustigste, aber auch der mutwilligste Zögling der Pension Chairman – hier so traurig geworden war und sich immer abseits zu halten suchte . . . Dann hatte man gesehen, wie Jacques, wohl auf Verlangen seines Bruders, aber noch mehr aus eigenem Entschlusse, stets mit seiner Person voraus wollte, wo es sich um Bestehung einer Gefahr handelte . . . Und noch immer glaubte er hierin nicht genug getan zu haben . . .! Er verlangte, sich für die anderen aufopfern zu dürfen. Als er die Sprache wiedergefunden, sagte er nur:

»Ihr seht also, mir kommt es zu . . . mir ganz allein . . . mit hinaufzufahren. Nicht wahr, Briant?«

»Gut, Jacques, schon gut!« wiederholte sein Bruder, der ihn innig in die Arme schloß.

Gegenüber dem Geständnisse, das Jacques eben abgelegt, gegenüber dem von ihm geforderten Rechte versuchten Doniphan und die anderen vergebens Einspruch zu erheben. Es blieb nichts übrig, als ihm zuzugestehen, sich dem Winde, der etwas Neigung zum Auffrischen zeigte, anzuvertrauen.

Jacques drückte seinen Kameraden dankbar die Hand. Schon bereit, in dem von dem Erdsacke befreiten Korbe Platz zu nehmen, wandte er sich noch einmal an Briant zurück. Dieser stand regungslos einige Schritte hinter der Winde.

»Laß mich dich umarmen, Bruder!« sagte Jacques.

»Ja . . . umarme mich!« antwortete Briant, seine Erregung mit Mühe bemeisternd. »Oder vielmehr . . . ich will dich umarmen . . . denn ich . . . ich werde mit auffahren . . .!«

»Du . . .?« rief Jacques.

»Du . . .? Du . . .?« wiederholten Doniphan und Service.

»Ja . . . ich! Ob Jacques' Vergehen durch ihn oder durch seinen Bruder wettgemacht wird, ändert doch nichts. Als mir übrigens der Gedanke zu diesem Unternehmen kam, habt ihr jemals glauben können, ich hätte die Absicht gehabt, es einen anderen ausführen zu lassen . . .?«

»Liebster Bruder«, bat Jacques, »ich flehe dich darum an . . .!«

»Nein, Jacques!«

»Dann«, sagte Doniphan, »überlaß mir die Ausführung.«

»Nein, Doniphan«, entgegnete Briant mit einem jeden Widerspruch ausschließenden Tone. »Nur ich selbst werde mit aufsteigen. Ich will es!«

»Das wußt' ich von dir im voraus, Briant!« sagte Gordon, indem er die Hand des Kameraden in der seinen preßte.

Bei diesen Worten war Briant schon in den Nachen gestiegen, und als er ordentlich Platz genommen, gab er Befehl, den Drachen aufzurichten.

Der sich unter dem Drucke des Windes neigende Apparat stieg zuerst langsam empor; darauf ließen Baxter, Wilcox, Croß und Service, welche an der Winde standen, mehr Schnur ablaufen, während Garnett, der den Signalbindfaden in der Hand hielt, diesen nachgleiten ließ.

Binnen zehn Sekunden war der »Riese der Lüfte« im Halbdunkel verschwunden, aber nicht unter dem lauten Hurrarufen, wie es seinen ersten Steigeversuch begleitet, sondern jetzt unter tiefem Stillschweigen.

Das unerschrockene Oberhaupt der kleinen Welt, der edelmütige Briant, war mit ihm verschwunden.

Der Apparat erhob sich inzwischen regelmäßig, doch langsam. Die Gleichmäßigkeit der Brise sicherte ihm ein vollkommenes Gleichgewicht, so daß er kaum von einer Seite zur anderen schwankte. Briant empfand also keine jener Oszillationen, die seine Lage sehr gefahrvoll gemacht hätten. Er hielt sich auch selbst unbeweglich und hatte mit beiden Händen die Aufhängeleine der eigentümlichen Gondel fest gepackt, welche kaum eine leichte Schaukelbewegung machte, doch welche seltsame Empfindungen erfüllten Briant zuerst, als er sich an dieser großen geneigten Leinenfläche im Luftraume schweben sah und der Drache über ihn unter dem Drucke des Windes leise erzitterte. Es kam ihm vor, als sei er von einem phantastischen Raubvogel entführt worden oder als klammere er sich vielmehr an die Flügel einer ungeheuren Fledermaus. Dank der Energie seines Charakters gelang es ihm, die Kaltblütigkeit zu bewahren, welche sein Unternehmen erforderte.

Zehn Minuten, nachdem der Drache den Boden des Sportfeldes verlassen, verriet ein schwacher Ruck, daß seine Aufwärtsbewegung beendet sei. Ans Ende der Schnur gelangt, stieg er aber noch ein wenig auf, dieses Mal freilich nicht ohne einige Stöße. Die in lotrechter Linie erreichte Höhe mochte zwischen sechshundert und siebenhundert Fuß betragen.

Briant, der völlig ruhig war, ergriff zuerst den an der Kugel befestigten Bindfaden und begann nachher seine Beobachtungen. Mit einer Hand sich an den Aufhängeleinen haltend, führte er das Fernrohr mit der anderen Hand vor die Augen.

Unter ihm herrschte tiefe Dunkelheit. See, Wälder und Steilufer bildeten eine verschwommene Masse, von der er keine Einzelheiten unterscheiden konnte.

Der Umkreis der Insel hob sich dagegen noch deutlich genug von dem diese umflutenden Meere ab, und von seinem derzeitigen Standpunkte aus konnte Briant sie sogar im ganzen Umfange übersehen.

Hätte er diesen Aufstieg am hellen Tage ausgeführt und seine Blicke über den lichtbedeckten Horizont schweifen lassen, so würde er vielleicht entweder andere Inseln oder selbst ein Festland entdecken müssen, wenn ein solches innerhalb des Radius' von vierzig bis fünfzig Meilen lag – eine Entfernung, welche sein Gesichtskreis gewiß umfaßte.

War jetzt gegen Westen, Norden und Süden der Himmel so bewölkt, daß er nach dieser Seite nichts zu erkennen vermochte, so war das nicht der Fall in der Richtung nach Osten, wo ein kleiner Abschnitt des Firmaments jetzt, von Wolken ganz frei, einzelne Sterne herabflackern ließ.

Gerade nach dieser Seite zog da ein ziemlich heller Schein, der sich an den niedrigen Wolkenschichten noch widerspiegelte, Briants Aufmerksamkeit wach.

»Das ist der Schein eines Feuers!« sagte er sich. »Sollte Walston sein Lager dort aufgeschlagen haben ...? Nein, dieses Feuer ist viel zu entfernt und befindet sich unzweifelhaft außerhalb unserer Insel ...! Sollte es ein Vulkan sein, der eben einen Ausbruch hätte, und läge demnach ein Land nach dieser Gegend zu?«

Dabei fiel es Briant wieder ein, daß während seines letzten Zuges nach der Deception-Bai ein weißlicher Fleck im Felde seines Fernrohrs aufgetaucht war.

»Ja«, murmelte er für sich, »das war in dieser Richtung ... Und dieser Fleck, sollte das vielleicht der Widerschein eines Gletschers sein ...? Dort im Osten muß es ein Land, und zwar ziemlich nahe der Insel Chairman, geben!«

Briant hatte sein Fernrohr auf diesen hellen Schein gerichtet, den die Dunkelheit ringsum noch deutlicher hervortreten ließ. Es unterlag keinem Zweifel, daß sich dort ein feuerspeiender Berg in der Nachbarschaft des schon gesehenen Gletschers befand, der entweder einem Festland oder einer Inselgruppe angehörte, welche weiter als dreißig Meilen schwerlich entfernt sein konnte.

In diesem Augenblick bemerkte Briant auch noch einen zweiten Lichtschein; nur weit näher, höchstens fünf bis sechs Meilen weit, und folglich auf der Oberfläche der Insel, flammte ein anderer Feuerschein zwischen den Bäumen im Osten des Family-lake.

»Das ist aber im Walde«, sagte er, »und zwar an dessen Saume nach der Seite der Küste hin.«

Es schien jedoch, als wäre dieser helle Glanz nur sichtbar geworden, um sofort wieder zu verschwinden, denn es gelang Briant nicht, ihn noch einmal wahrzunehmen.

Oh, wie schlug ihm da das Herz so stürmisch und wie zitterte seine Hand, daß es ihm ganz unmöglich wurde, das Fernrohr mit genügender Ruhe zu halten!

Eins stand jedoch fest – dort, nicht weit von der Mündung des East-river, loderte ein Lagerfeuer. Briant hatte es bestimmt gesehen, und er erkannte auch bald darauf noch einmal, wie dasselbe durch das Dickicht der Bäume schimmerte.

Walston und seine Bande lagerten also an jenem Punkte, in der Nähe des kleinen Hafens des Bear-rock! Die Mordgesellen vom »Severn« hatten die Insel Chairman nicht verlassen!

Die jungen Kolonisten waren ihrem Angriff nach wie vor ausgesetzt, und noch immer gab es in French-den keine Sicherheit wieder!

Welche Enttäuschung bereitete das Briant! Offenbar hatte Walston, bei der Unmöglichkeit, seine Schaluppe auszubessern, darauf Verzicht leisten müssen, wieder in See zu gehen, um eines der benachbarten Länder zu erreichen. Und doch gab es deren in der hiesigen Gegend – in dieser Beziehung konnte kein Zweifel mehr aufkommen.

Da Briant seine ihm nötig erscheinenden Beobachtungen beendet, hielt er es für nutzlos, seinen Aufenthalt in der luft noch zu verlängern. Er bereitete sich also zum Niedersteigen. Der Wind frischte jetzt merkbar auf. Schon verursachten die stärker gewordenen Oszillationen ein Schwanken des Nachens, welches die Landung bedeutend erschweren mußte.

Nachdem er sich überzeugt, daß der Signalfaden hinreichend angespannt sei, ließ Briant die Kugel hinabgleiten, welche in einigen Sekunden in die Hand Garnetts lief.

Sogleich begann die Schnur an der Winde den Apparat nach dem Boden hinabzuziehen.

Während der Drachen sich aber herabsenkte, blickte Briant noch in der Richtung der von ihm wahrgenommenen Lichtscheine hinaus. Er erkannte dabei noch das Feuer von der Eruption und, weit näher am Ufer, das Lagerfeuer.

Man kann sich wohl vorstellen, daß Gordon und die Übrigen das Signal zum Abstieg mit größter Ungeduld erwartet hatten, denn die zwanzig Minuten, welche Briant oben in der Luft verweilte, erschienen ihnen über die Maßen lang.

Inzwischen handhabten Doniphan, Baxter, Wilcox, Service und Webb nach Kräften die Kurbeln der Winde. Auch sie hatten ja bemerkt, daß der Wind an Stärke zunahm und jetzt auch minder regelmäßig wehte. Sie empfanden das an den Stößen, welche die Schnur erlitt, und dachten nicht ohne Besorgnis an Briant, der den Gegenstoß derselben ertragen mußte.

Die Winde arbeitete also sehr rasch, um die zwölfhundert Fuß lange Schnur wieder aufzuwickeln, welche vorher abgerollt worden war. Der Wind frischte noch weiter auf, und dreiviertel Stunde nach dem von Briant gegebenen Signal blies er schon mit voller Kraft.

In diesem Augenblick mochte der Apparat noch gegen hundert Fuß über dem See schweben.

Plötzlich erfolgte ein heftiger Ruck. Wilcox, Doniphan, Service, Webb, Baxter, denen jeder Widerhalt fehlte, wurden dabei halb zur Erde gestürzt. Die Schnur des Drachen war gerissen.

Unter den wildesten Schreckensrufen erschallte da wohl zwanzigmal der Name:

»Briant ...! Briant ...!«

Wenige Minuten später sprang Briant auf den Strand und rief mit lauter Stimme.

»Bruder ...! Bruder ...!« jauchzte ihm Jacques entgegen, der zuerst in seinen Armen lag.

»Walston ist noch da!«

Das waren die ersten Worte Briants, als seine Kameraden zu ihm herangekommen waren.

Den Augenblick, als die Schnur riß, fühlte Briant nicht einen plötzlichen Sturz, sondern bemerkte, daß er in schräger Richtung und verhältnismäßig langsam herniedersank, weil der Drache über ihm eine Art Fallschirm bildete. Jetzt hatte er nichts anderes zu tun, als aus dem Nachen frei zu kommen, ehe dieser die Oberfläche des Sees erreichte; kurz vor dem Untertauchen desselben sprang Briant kopfüber hinaus, und da er ein guter Schwimmer war, machte es ihm keine besondere Schwierigkeit, das höchstens noch vier- bis fünfhundert Fuß entfernte Ufer zu gewinnen.

Währenddessen war der von seinem Gegengewicht befreite Drache im Nordosten verschwunden und von der steifen Brise gleich einer riesigen »Seedrift« in die Ferne entführt.

Zehntes Kapitel

Die Schaluppe des »Severn«. – Costar krank. – Die Rückkehr der Schwalben. – Entmutigung. – Die Raubvögel. – Das durch eine Kugel getötete Guanako. – Der Rest in der Pfeife. – Strengere Wacht. – Heftiger Sturm. – Ein Knall. – Ein Aufschrei Kates.

Am folgenden Tage und nach einer Nacht, während der Moko die Wache in French-den übernommen hatte, erwachten die von der gestrigen Aufregung ergriffenen jungen Kolonisten erst zu sehr später Stunde. Dann aber sofort sich erhebend, begaben sich Gordon, Doniphan, Briant und Baxter nach dem Store-room, wo Kate mit den gewohnten Arbeiten beschäftigt war.

Hier besprachen sie sich über ihre Lage, welche noch immer eine höchst unsichere blieb.

Jetzt waren, wie Gordon bemerkte, schon vierzehn Tage verflossen, seit Walston und dessen Begleiter sich auf der Insel aufhielten. Wenn die Ausbesserung der Schaluppe also bis jetzt nicht beendet war, so konnte das nur an dem Fehlen der zu einer solchen Arbeit notwendigen Werkzeuge liegen.

»Das muß wohl so sein«, sagte Doniphan, »denn eigentlich schien mir jenes Boot gar nicht so sehr beschädigt. Wäre unser ›Sloughi‹ durch seine Strandung nicht ärger zugerichtet gewesen, so wäre es uns bestimmt gelungen, ihn wieder in seetüchtigen Zustand zu versetzen.«

Wenn Walston indes noch nicht abgefahren war, so durfte man deshalb noch nicht annehmen, daß es seine Absicht sei, sich auf der Insel Chairman festzusetzen. Denn dann hätte er unzweifelhaft auch das Innere derselben schon eingehender besichtigt, und French-den konnte dabei von seinem Besuche nicht verschont bleiben.

Dieser Darlegung ließ Briant nun eine kurze Schilderung dessen folgen, was er in der Luft gesehen, und erklärte mit Bestimmtheit, daß nach Osten hin in nicht zu großer Entfernung Land zu finden sein müsse.

»Ihr habt nicht vergessen, daß ich bei Gelegenheit unseres ersten Ausfluges nach der Mündung des East-river einen weißlichen Fleck nicht hoch über dem Horizonte wahrnahm, dessen Natur ich mir damals nicht erklären konnte . . .«

»Wilcox und ich haben freilich nichts Ähnliches entdecken können«, antwortete Doniphan, »obgleich auch wir uns bemühten, jenen Fleck aufzufinden . . .«

»Moko hat ihn ebenso bestimmt wahrgenommen«, erwiderte Briant.

»Zugegeben! Es kann ja sein!« entgegnete Doniphan; »doch was berechtigt dich zu der Annahme, daß wir uns in der Nähe eines Festlandes oder einer Inselgruppe befinden?«

»So hört mich an«, sagte Briant. »Gestern Nacht, als ich den Horizont in jener Richtung ins Auge faßte, unterschied ich einen Lichtschein, der unzweifelhaft außerhalb der Insel zu suchen war und der nur von einem in Ausbruch befindlichen Vulkan herrühren konnte. Ich schloß daraus, daß in jener Gegend also ein Land liegen müsse. Die Matrosen auf dem ›Severn‹ müssen das selbstverständlich wissen und sie werden alles daran setzen, dorthin zu gelangen.«

»Das ist nicht zu bezweifeln«, antwortete Baxter. »Was würden sie mit ihrem längeren Verweilen hier gewinnen? Offenbar rührt der Umstand, daß wir von ihrer Anwesenheit noch nicht befreit sind, davon her, daß sie ihre Schaluppe noch nicht genügend auszubessern vermochten.«

Was Briant hier seinen Kameraden mitteilte, war von größter Wichtigkeit. Es gab ihnen die Gewißheit, daß die Insel Chairman nicht, wie sie geglaubt hatten, ganz isoliert in diesem Teile des Stillen Ozeans gelegen war. Was die Sache aber noch verschlimmerte, war der Umstand, daß Walston sich, nach der Wahrnehmung seines Lagerfeuers, tatsächlich jetzt in der Nähe der Mündung des East-river aufhielt. Nachdem er die Küste der Severn-shores verlassen, war er nun um etwa zwölf Meilen näher hierher gekommen. Er brauchte nur noch den East-river hinauf zu gehen, um in Sicht des Sees zu gelangen, und um dessen Südspitze herumzuziehen, um French-den zu entdecken.

Gegenüber dieser Möglichkeit mußte Briant die strengsten Maßregeln anordnen. Alle Ausflüge wurden von jetzt ab auf das Notwendigste beschränkt und sollten sich nicht einmal mehr auf dem linken Ufer des Rios bis nach den Dickichten der Bog-woods ausdehnen. Gleichzeitig verbarg Baxter die Umpfählung seines Viehhofes, ebenso wie die beiden Eingänge zur Halle und zum Store-room durch ein Gewirr von Buschwerk und Zweigen. Endlich erging das Verbot, sich in dem Teile zwischen dem See und dem Auckland-hill erblicken zu lassen. Die Notwendigkeit, sich solchen peinlichen Beschränkungen zu fügen, vermehrte begreiflicherweise noch die ohnehin unerquickliche Lage.

Jener Zeit gab es auch noch andere Gründe zu ernster Besorgnis. Costar wurde von einem Fieber ergriffen, das sein Leben zu bedrohen schien. Gordon mußte dagegen zur Apotheke des Schoners seine Zuflucht nehmen, fürchtete dabei aber immer, einen Irrtum begehen zu können. Glücklicherweise tat Kate für den Kranken, was eine Mutter für ihr eigenes Kind nur hätte tun können. Sie pflegte ihn mit jener verständigen Sorgfalt, welche ein natürliches Erbteil der Frauen zu sein scheint, und wachte Tag und Nacht an seiner Seite. Dank ihrer Aufopferung ließ das Fieber endlich nach und die damit deutlich eintretende Besserung des Zustandes nahm ihren ununterbrochenen Verlauf. Ob sich Costar wirklich in Lebensgefahr befunden, hätte man vielleicht kaum entscheiden können; ohne die ihm zuteil gewordene Pflege war es aber immerhin denkbar, daß das Fieber den kleinen Kranken hätte aufreiben können.

Wahrlich, wäre Kate nicht dagewesen, so wüßte man nicht, welchen Ausgang die Krankheit nehmen konnte, und wir wiederholen hier gerne, daß die vortreffliche Frau den jüngsten Kindern der Kolonie alle mütterliche Zärtlichkeit widmete, die ihr Herz nur bergen mochte, und daß sie gerade diesen gegenüber niemals mit ihren Liebkosungen geizte.

»Es ist eben so meine Natur, ihr lieben Papooses!« sagte sie stets. »Ich muß einmal immer stricken und flikken und hätscheln und tätscheln!«

In der Tat kennzeichnete dieses Geständnis die brave Frau vollkommen.

Eine der wichtigsten Beschäftigungen Kates bestand übrigens in der Instandsetzung der Wäsche in Frenchden. Zu ihrem großen Leidwesen war diese stark abgenützt, was ja nach zwanzigmonatigem Gebrauch nicht auffallen kann. Doch wie sollte sie ersetzt werden, wenn sie ganz unbrauchbar geworden war? Und auch das Schuhwerk erwies sich, obwohl es so viel wie möglich geschont wurde und niemand sich daran stieß, bei passender Witterung barfuß zu gehen, in recht traurigem Zustand. Alles das mußte die vorsorgliche Aufwärterin natürlich mit rechter Sorge erfüllen.

Die ersten vierzehn Tage des Novembers waren durch häufige Platzregen ausgezeichnet. Vom 17. an stieg wieder das Barometer auf »schön Wetter«, und es trat eine jener Zeit entsprechende Wärmeperiode ein. Bäume, Büsche und Sträucher, die ganze Pflanzenwelt war bald nichts weiter als Grün und Blüten. Auch die gewöhnlichen Bewohner der South-moors kehrten jetzt in großer Anzahl zurück. Welcher Schmerz für Doniphan, jetzt auf die Jagd in den Sümpfen verzichten zu müssen, und für Wilcox, nicht seine Luftnetze ausspannen zu können, aus Furcht, daß diese von den unteren Ufergebieten des Family-lake wahrgenommen werden könnten.

Doch nicht nur eßbares Geflügel schwärmte jetzt auf diesem Teile der Insel umher, sondern auch andere Vögel wurden in den Dohnen in der Nähe von French-den gefangen.

Unter den letzteren fand Wilcox eines Tages auch einen jungen Zugvogel, welchen der Winter nach den unbekannten Ländern weiter im Norden geführt hatte. Es war das eine Schwalbe, welche noch immer das unter ihrem Flügel befestigte Säckchen trug. Enthielt derselbe wohl ein an die jungen Schiffbrüchigen vom »Sloughi« gerichtetes Billett . . .? Leider nein . . .! Der Bote war ohne Antwort zurückgekommen.

Wie schleppend vergingen bei diesen Tagen ohne Beschäftigung jetzt die Stunden in der Halle! Baxter, dem es oblag, das Tagebuch zu führen, hatte darin gar nichts mehr einzutragen, und vor Ablauf von vier Monaten sollte für die jugendlichen Kolonisten der Insel Chairman nun schon der dritte Winter beginnen!

Nicht ohne tiefe Betrübnis konnte man jetzt die tiefe Entmutigung beobachten, welche sich auch der tatkräftigsten Naturen bemächtigte – mit Ausnahme Gordons, der stets mit den Einzelheiten seiner Verwaltung beschäftigt war. Selbst Briant fühlte sich zuweilen recht niedergedrückt, obwohl er alle Seelenstärke zusammenaffte, das nicht merken zu lassen. Er versuchte dagegen vielmehr dadurch anzukämpfen, daß er seine Kameraden antrieb, ihre Studien fortzusetzen, die festgesetzten Zusammenkünfte abzuhalten und mit lauter Stimme zu lesen. Er rief in ihnen unaufhörlich die Erinnerung an die Heimat und an ihre Eltern wach, die sie gewiß einst wiedersehen würden. Endlich bemühte er sich auch, ihre moralische Kraft zu erhalten, ohne damit viel auszurichten, und es blieb seine größte Sorge, daß diese von der Verzweiflung zuletzt ganz erdrückt werden könne.

Soweit sollte es freilich nicht kommen. Übrigens zwangen sie sehr ernste Vorkommnisse, bald mit ihrer Person für das allgemeine Interesse einzutreten.

Am 21. November gegen 2 Uhr nachmittags war Doniphan am Gestade des Family-lake gerade mit Angeln bechäftigt, als seine Aufmerksamkeit davon durch das unharmonische Geschrei von etwa zwanzig Vögeln abgelenkt wurde, welche über dem linken Ufer des Rios kreisten. Wenn das keine Raben waren – denen sie einigermaßen ähnelten –, so hätten sie wenigstens verdient, dieser gefräßigen, krächzenden Rasse anzugehören.

Doniphan hätte sich um die laut schwärmende Schar immerhin nicht gekümmert, wenn ihr Verhalten nicht etwas besonders Auffallendes gezeigt hätte. Die Vögel beschrieben nämlich Kreise, deren Umfang sich mit ihrer Annäherung zur Erde immer mehr verminderte; dann stürzten sie plötzlich, zu einer dichten Gruppe vereinigt, nach dem Erdboden nieder.

Hier verdoppelte sich nun ihr Geschrei; Doniphan suchte sie aber vergeblich unter dem hohen Grase, in welchem sie verschwunden waren, zu entdecken.

Da kam ihm der Gedanke, daß an jener Stelle wohl der tote Körper eines Tieres liegen möge. Neugierig zu erfahren, um was es sich handle, kehrte er nach French-den zurück und bat Moko, ihn mit der Jolle nach dem anderen Ufer des Rio Sealand überzuführen.

Beide bestiegen das kleine Boot, und zehn Minuten später glitten sie über den Grasteppich des Ufergeländes hinauf. Sofort flatterten die Vögel auf und erhoben jetzt mit lautem Geschrei Widerspruch gegen die ungelegenen Störenfriede, welche sie bei ihrer Mahlzeit unterbrachen.

An der betreffenden Stelle lag der Körper eines jungen Guanako, das erst seit einigen Stunden tot sein konnte, da es noch nicht einmal ganz erkaltet war.

Doniphan und Moko hatten natürlich keine Lust, die Reste der Vogelmahlzeit für die Küche zu benützen, und wollten den Tieren schon wieder den Platz räumen, als sich ihnen noch die Frage aufdrängte, wie und wodurch das Guanako hier am Rande des Sumpfes und fern von den östlichen Wäldern zusammengesunken sei, welche seine Genossen sonst niemals verließen.

Doniphan untersuchte das Tier. An der Seite hatte dasselbe eine noch blutende Wunde, welche nicht vom Zahn eines Jaguars oder eines anderen Raubtieres herrührte.

»Dieses Guanako hat offenbar einen Schuß erhalten«, bemerkte Doniphan.

»Hier ist dafür der Beweis!« antwortete der Schiffsjunge, der, nachdem er die Wunde mit seinem Messer sondiert, daraus eine Kugel hervorbrachte.

Diese Kugel zeigte weit mehr das Kaliber der auf Schiffen gebräuchlichen Gewehre als das einer Jagdflinte. Sie konnte also nur von Walston oder von einem Gefährten desselben abgefeuert sein.

Doniphan und Moko begaben sich, den Körper des Guanako den Vögeln überlassend, nach French-den zurück und besprachen sich da mit ihren Kameraden.

Daß das Guanako von einem Matrosen des »Severn« niedergeschossen worden war, dafür lag der Beweis darin, daß weder Doniphan noch sonst ein anderer seit einem Monat einen Flintenschuß abgegeben hatte. Von Wichtigkeit erschien es aber hierbei, zu wissen, zu welcher Zeit und an welchem Orte das Guanako diese Kugel erhalten hatte.

Nach Prüfung aller Mutmaßungen erschien es ausgemacht, daß der Vorgang nicht mehr als fünf bis sechs Stunden zurückzuverlegen sei – die notwendige Zeit, in welcher das Tier, nachdem es die Downs-lands passiert, bis auf wenige Schritte vom Rio gelangen konnte. Daraus folgte weiter, daß einer der Leute Walstons im

Laufe des Morgens in der Nähe der Südspitze des Family-lake gejagt haben mußte und daß die Bande nach Überschreitung des East-river sich der Gegend von French-den mehr und mehr näherte.

So verschlimmerte sich ihre Lage recht bedeutend, obgleich eine augenblicklich drohende Gefahr nicht vorlag. Den südlichen Teil der Insel erfüllte jene weite Ebene mit Bächen, einzelnen Weihern und Dünenzügen, wo das vorhandene Wild für die tägliche Ernährung der Bande kaum genügen konnte. Es wurde also wahrscheinlich, daß Walston nicht durch die Downslands gezogen sein werde. Übrigens hatte man keinen verdächtigen Knall gehört, den der Wind hätte bis zum Sportfeld tragen müssen, und es war zu hoffen, daß die Lage von French-den bisher noch nicht entdeckt sein würde.

Nichtsdestoweniger mußte man jetzt alle von der Klugheit gebotenen Maßregeln mit erneuerter Strenge durchführen. Sollte ein Angriff mit einiger Ausicht auf Erfolg abgeschlagen werden können, so war es unter der Bedingung, daß die jungen Kolonisten sich nicht außerhalb der Halle überrumpeln ließen.

Einige Tage später vergrößerte eine bezeichnende Tatsache noch die Besorgnisse und zwang zur Anerkennung der Tatsache, daß die Sicherheit jetzt mehr als jemals in Frage gestellt sei.

Am 24. gegen neun Uhr vormittags hatten sich Briant und Gordon über den Rio Sealand hinausbegeben, um zu sehen, ob es nicht nützlich sei, quer über den schmalen Fußpfad, der zwischen See und Sumpf verlief, eine Art Brustwehr aufzuschütten. Unter dem Schutze dieser Brustwehr mußten Doniphan und die besten Schützen schnell Aufstellung nehmen können, wenn das Eintreffen Walstons zeitig genug gemeldet wurde.

Beide befanden sich eben höchstens dreihundert Schritte jenseits des Rios, als Briant den Fuß auf einen Gegenstand setzte, den er dabei zertrat. Er war darauf nicht besonders aufmerksam geworden, da er meinte, es werde eine von den unzähligen Muscheln gewesen sein, welche bei der Springflut, die allemal die South-moors überschwemmte, mit hierher gespült worden sei. Gordon, welcher hinter ihm ging, hielt ihn jedoch an und sagte:

»Warte, Briant, warte doch!«

»Was gibt's denn?«

Gordon bückte sich und hob den zertretenen Gegenstand auf.

»Da sieh!« sagte er.

»Das ist ja keine Muschel«, antwortete Briant, »das ist . . .«

»Das ist eine Pfeife!«

In der Tat hielt Gordon eine schwärzlich gebrannte Tonpfeife in der Hand, deren Rohr dicht am Anfang des Kopfes gebrochen war.

»Da keiner von uns raucht«, sagte Gordon, »muß diese Pfeife verloren worden sein, und zwar durch . . .«

»Durch ein Mitglied der Verbrecherbande«, vollendete Briant den Satz, »sie müßte denn dem schiffbrüchigen Franzosen, unserem Vorgänger auf der Insel Chairman, zugehört haben.«

Nein, der Pfeifenkopf, dessen Bruchflächen ganz frisch waren, hatte niemals im Besitz des wenigstens schon vor zwanzig Jahren verstorbenen François Boudoin gewesen sein können. Er war ganz bestimmt hier erst vor kurzer Zeit zur Erde gefallen und, das darin noch befindliche Restchen Tabak lieferte den unanfechtbaren Beweis, vor wenig Tagen, vielleicht vor wenig Stunden, war demnach einer der Genossen Walstons oder Walston selbst bis nahe ans Ufer des Family-lake vorgedrungen.

Gordon und Briant kehrten sofort nach French-den zurück. Hier konnte Kate, der Briant den Pfeifenkopf zeigte, bestätigen, daß sie denselben in den Händen Walstons gesehen habe.

Es unterlag also keinem Zweifel mehr, daß die Übeltäter schon bis über die äußerste Spitze des Sees gelangt waren. Vielleicht hatten sie während der Nacht gar das Ufer des Rio Sealand erreicht!

Und wenn Walston French-den entdeckt und aufgespürt hatte, aus wem das Personal der kleinen Kolonie bestand, sollte er dann nicht auf den Gedanken kommen, daß hier Werkzeuge, Instrumente, Schießbedarf, Nahrungsmittel – kurz alles, was ihm ganz oder beinahe ganz fehlte – vorhanden waren und daß sieben kräftige Männer leicht genug mit fünfzehn Knaben fertig werden konnten, vorzüglich wenn es gelang, diese zu überraschen?

Auf jeden Fall lag es jetzt auf der Hand, daß die Bande näher und näher heranrückte.

Angesichts dieser so drohenden Aussichten drang Briant in Übereinstimmung mit seinen Kameraden auf eine noch weiter zu verschärfende Wachsamkeit. Während des ganzen Tages blieb nun ein Beobachtungsposten auf dem Kamme des Auckland-hill, um jede verdächtige Annäherung, sowohl von der Seite des Sees und der Traps-woods wie von der des Sumpfes her, unverzüglich melden zu können. Die Nacht über mußten sich zwei der Großen an dem Eingange der Halle und des Store-room aufhalten, um jedes Geräusch von außen zu erlauschen. Die beiden Türen wurden übrigens durch Pfähle verstärkt, und mittels großer, im Innern von French-den schon aufgehäufter Steine war es in kürzester Zeit möglich, diese vollständig zu verbarrikadieren. Von den beiden schmalen, durch die Wand gebrochenen Fensteröffnungen, welche als Schießscharten für die zwei kleinen Kanonen dienten, verteidigte die eine den Vorraum nach der Seite des Rio Sealand, die andere nach der Seite des Family-lake. Übrigens lagen die Gewehre und Revolver geladen zur Hand, um beim ersten Alarm ihre Schuldigkeit zu tun.

Kate billigte natürlich alle diese Maßnahmen. Die vortreffliche Frau hütete sich jedoch stets, ihre leider zu begründeten Befürchtungen merken zu lassen, wenn sie an den so ungewissen Ausgang eines Kampfes mit den Matrosen vom »Severn« dachte. Sie kannte diese ja ebenso wie ihren Anführer. Wenn dieselben auch unzureichend bewaffnet waren, konnten sie nicht trotz eifrigster Achtsamkeit die kleine Kolonie überrumpeln? Und dann hatten sie ja nur Knaben zu bekämpfen, von denen der älteste noch nicht sechzehn Jahre alt war! Wahrlich, die Verhältnisse waren gar zu ungleich! Ach, warum war der mutige Evans jetzt nicht bei ihnen! Warum hatte er sich Kate bei ihrer Flucht nicht angeschlossen! Vielleicht hätte er die Verteidigung besser leiten und French-den in den Stand setzen können, die Angriffe Walstons zurückzuweisen.

Leider wurde Evans gewiß strengstens bewacht, wenn die Schurken, welche ihn zur Überführung der Schaluppe nach einem benachbarten Lande wohl kaum brauchten, sich seiner als eines zu gefährlichen Zeugen nicht schon ganz entledigt hatten.

Solche Gedanken gingen der guten Kate durch den Kopf. Für sich selbst fürchtete sie gewiß nichts, wohl aber für diese Kinder, welche sie, unterstützt von dem gleichergebenen Moko, unausgesetzt im Auge behielt.

Jetzt war der 27. November herangekommen, und es herrschte eine fast erstickende Hitze. Schwere Haufenwolken wälzten sich langsam über die Insel, und fernes Donnerrollen verkündete ein herannahendes Ungewitter. Das Storm-glas meldete einen demnächstigen Kampf der Elemente.

Am Abend dieses Tages waren Briant und seine Kameraden zeitiger als sonst nach der Halle zurückgekehrt, doch nicht ohne die seit einiger Zeit gewöhnliche Vorsicht, die Jolle im Innern des Store-room unterzubringen. Nach sicherer Verschließung der Türen erwarteten alle nur noch die Zeit des Schlafengehens, nachdem sie noch ein gemeinschaftliches Gebet verrichtet und im Geiste einen Gruß an ihre entfernten Angehörigen gesendet hatten.

Gegen neuneinhalb Uhr wütete das Unwetter in vollster Kraft. Die Halle erleuchtete sich von dem Widerschein greller Blitze, der durch die Wandöffnungen eindrang. Unaufhörlich krachte und rollte der Donner und es schien zuweilen, als ob die ganze Masse des Auckland-hill bei dem betäubenden Geprassel erzitterte. Es war das einer jener ohne Sturm und Regen einhergehenden meteorischen Prozesse, welche um so schwerer sind, weil die fast unbeweglichen Wolken an einer Stelle das in ihnen angesammelte elektrische Fluidum abgeben, zu dessen gänzlicher Entladung öfters eine Nacht nicht einmal ausreicht.

Costar, Dole, Iverson und Jenkins, welche sich auf ihren Lagerstätten ausgestreckt hatten, fuhren aus dem Schlafe auf bei dem entsetzlichen, dem Tone beim Zerreißen von Stoffen ähnlichen Knattern, das auf große Nähe der Entladungen hindeutet. In dieser unerschütterbaren Felsenhöhle war indes gar nichts zu fürchten, und wenn ein Blitzstrahl die Uferhöhe zwanzig- oder auch hundertmal getroffen hätte. Die dicken Steinwände von French-den, welche ebenso undurchdringlich für das elektrische Fluidum wie unangreifbar für den wütendsten Orkan waren, hätte er nicht durchschlagen können. Briant, Doniphan und Baxter erhoben sich, öffneten ein wenig die Türe, fuhren aber sofort, geblendet von den Blitzen, zurück, nachdem sie einen flüchtigen Blick nach außen geworfen. Der ganze Himmelsraum war nur ein Feuer, und der die zuckenden Blitze widerspiegelnde See schien eine blendende, glutflüssige Masse einherzuwälzen.

Zwischen zehn und elf Uhr setzten Donner und Blitz nicht einen Augenblick aus; erst kurz vor Mitternacht schien die Gewalt des Unwetters sich zu erschöpfen. Länger und länger werdende Zwischenräume trennten die Donnerschläge, welche mit der Entfernung auch immer schwächer wurden. Dann erhob sich der Wind, trieb die nahe der Erde streichenden Wolken vor sich her, und bald prasselte der Regen stromweise nieder.

Die Kleinen begannen allmählich sich wieder zu beruhigen. Zwei oder drei, bisher von den Decken verhüllte Köpfe wagten sich wieder hervor, obgleich es für alle hohe Zeit war, endlich zu schlafen. Auch Briant und die anderen wollten sich, nachdem sie die gewöhnlichen Vorsichtsmaßregeln getroffen, eben niederlegen, als Phann plötzlich Zeichen einer unerklärlichen Aufregung erkennen ließ. Er richtete sich auf den Pfoten in die Höhe, trabte nach der Türe der Halle und gab ein dumpfes, aber anhaltendes Knurren von sich.

»Sollte Phann etwas aufgespürt haben?« sagte Doniphan, während er den Hund zu beruhigen suchte.

»Wir haben ihn«, bemerkte Baxter, »schon unter verschiedenen Umständen ein so auffallendes Verhalten zeigen sehen, und das gescheite Tier hat sich dabei niemals getäuscht.«

»Ehe wir uns niederlegen, müssen wir wissen, was das zu bedeuten hat«, setzte Gordon hinzu.

»Gewiß«, stimmte Briant ihm bei, »es darf aber keiner hinausgehen, und wir wollen uns zur Verteidigung bereithalten.«

Jeder ergriff sein Gewehr und seinen Revolver. Dann begab sich Doniphan nach dem Eingang der Halle und Moko nach der des Store-room. Obwohl beide das Ohr an die Tür legten, konnten sie doch kein Geräusch von außen vernehmen. Phann zeigte noch immer die nämliche Unruhe und begann bald sogar so wütend zu bellen, daß selbst Gordon ihn nicht zum Schweigen zu bringen vermochte. Das war gerade jetzt recht unerwünscht. Wie man in ruhigen Augenblicken hätte das Geräusch eines Schrittes auf dem Vorlande wahrnehmen können, so mußte das Gebell Phanns draußen natürlich erst recht gehört werden.

Plötzlich erschallte ein Krachen, das mit einem Donnerschlage gar nicht zu verwechseln war. Es rührte offenbar von einem Flintenschusse her, der höchstens zweihundert Schritte weit vom French-den abgefeuert sein konnte.

Alle hielten sich zur Abwehr eines Angriffs fertig. Mit den Gewehren in der Hand, an den beiden Türen stehend, waren Doniphan, Baxter, Wilcox und Croß bereit, auf jeden Feuer zu geben, der diese zu stürmen wagen würde. Die anderen begannen schon, mit den zu diesem Zwecke zur Hand liegenden Steinblöcken, diese zu verbarrikadieren, als eine Stimme von außen hörbar wurde.

»Zu Hilfe ...! Zu Hilfe!« ertönte es wie bittend.

Da draußen befand sich ein menschliches Wesen, wahrscheinlich in Todesgefahr, und begehrte Unterstützung ...

»Zu Hilfe!« wiederholte dieselbe Stimme, jetzt aber schon ganz nahe der einen Türe. Kate, welche in der Nähe stand, lauschte ...

»Er ist es!« rief sie.

»Er ...?« fragte Briant.

»Öffnet ... öffnet nur schnell ...!« drängte Kate.

Die Türe wurde aufgerissen, und von Wasser triefend stürzte ein Mann in die Halle.

Es war Evans, der Steuermann vom »Severn«.

Elftes Kapitel

Kate und der Master. – Der Bericht Evans'. – Nach der Strandung der Schaluppe. – Walston am Hafen des Bear-rock. – Der Drache. – French-den entdeckt. – Evans' Flucht. – Durch den Rio. – Pläne. – Ein Vorschlag Gordons. – Die Länder im Osten. – Die Insel Chairman-Hannover.

Zuerst waren Gordon, Briant und Doniphan bei dieser unerwarteten Erscheinung Evans' unbeweglich stehen geblieben. Dann eilten sie, wie durch eine instinktive Bewegung getrieben, auf den Steuermann, als ihren Retter, zu.

Dieser, ein Mann von fünfundzwanzig bis dreißig Jahren, hatte breite Schultern, kräftigen Körper, lebhafte Augen, eine offene Stirne, intelligente und einnehmende Züge und ein sicheres und entschlossenes Auftreten, während sein Gesicht durch einen verwilderten, buschigen Bart, der seit dem Schiffbruch des »Severn« nicht geschnitten sein konnte, zur Hälfte versteckt wurde.

Kaum eingetreten, kehrte Evans um und legte das

Ohr an die schnell wieder geschlossene Tür, und erst als er von draußen nichts hörte, schritt er der Mitte der Halle zu. Hier erkannte er beim Scheine der an der Wölbung hängenden Laterne die kleine Welt, welche ihn umgab, und murmelte die Worte:

»Ja . . . Kinder . . .! Nichts als Kinder!«

Plötzlich leuchtete sein Auge heller auf, sein Gesicht erglänzte von Freude und er breitete die Arme aus . . .

Kate war an ihn herangetreten.

»Kate . . .!« rief er. »Sie leben also noch, Kate . . .?«

Dazu ergriff er ihre Hände, als wollte er sich überzeugen, daß es nicht die einer Abgeschiedenen wären.

»Ja, ich lebe noch wie Sie, Evans!« antwortet Kate. »Gott hat mich errettet, wie er Sie errettet hat, und er ist's, der Sie diesen Kindern zu Hilfe sendet!«

Der Steuermann zählte mit den Augen die jungen Leute, welche den Tisch der Halle umringten.

»Fünfzehn . . .!« sagte er, »und kaum fünf bis sechs, die imstande wären, sich einigermaßen zu verteidigen . . .! Doch sei es darum!«

»Sind wir von einem Angriffe bedroht, Master Evans?« fragte Briant.

»Nein, junger Freund, nein! Wenigstens für den Augenblick nicht«, erwiderte Evans.

Selbstverständlich drängte es alle, die Geschichte des Steuermannes und vorzüglich das kennenzulernen, was sich seit der Strandung der Schaluppe auf den Severnshores ereignet hatte. Weder Große noch Kleine hätten eine Minute Schlaf finden können, ohne den für sie so hochwichtigen Bericht angehört zu haben. Zunächst mußte Evans indes seine ganz durchnäßten Kleider ablegen und etwas Nahrung zu sich nehmen. Daß seine Kleidung von Wasser triefte, kam daher, daß er den Rio Sealand hatte schwimmend überschreiten müssen; und wenn er von Anstrengung und Hunger erschöpft war, daher, daß er seit vollen zwölf Stunden nichts genossen und vom frühen Morgen an keinen Augenblick geruht hatte.

Briant führte den Mann sofort nach dem Store-room,

wo Gordon ihm einen guten, passenden Matrosenanzug einhändigte. Nachher versorgte ihn Moko mit kaltem Wildbret, Schiffszwieback, einigen Tassen dampfenden Tees und einem ordentlichen Glase Brandy.

Eine Viertelstunde später begann Evans, an dem Tische der Halle sitzend, den Bericht über die Ereignisse, welche seit der unfreiwilligen Landung der Matrosen vom »Severn« auf der Insel vorgekommen waren.

»Einige Augenblicke, ehe die Schaluppe auf den Strand geworfen wurde«, sagte er, »waren sechs Mann, darunter ich selbst, bei den ersten Riffen hinausgeschleudert worden, ein Unfall, bei dem keiner von uns eine schwere Verletzung davontrug. Wir hatten nur Hautabschürfungen, keine eigentliche Verwundung. Sehr schwierig gestaltete es sich aber, aus der Brandung inmitten der Finsternis und aus dem wütenden Meere, welches dem Sturme entgegen gerade absank, frei zu kommen.

Nach langen Anstrengungen erreichten wir, Walston, Brandt, Rock, Book, Cope und ich, jedoch heil und gesund, eine Uferstelle, welche die Wogen nicht mehr überfluteten. Zwei Mann – Forbes und Pike – fehlten noch. Ob sie durch eine Sturzsee mit hinausgespült waren oder sich, als die Schaluppe selbst strandete, auch gerettet hatten, konnten wir nicht entscheiden. Und was Kate betraf, so glaubte ich, daß sie von den Wellen mit weggezogen worden sei, und ich fürchtete, sie niemals wiederzusehen.«

Bei diesen Worten suchte Evans gar nicht seine Ergriffenheit noch die Freude zu verhehlen, die es ihm machte, die mutige Frau, welche mit ihm dem Gemetzel auf dem »Severn« entgangen war, hier wiedergefunden zu haben. Vorher beide in der Gewalt jener Mordgesellen, sahen sie sich jetzt von denselben, wenn auch nicht ganz von einem zukünftigen Angriffe derselben befreit.

Dann fuhr Evans fort:

»Als wir an den Strand gelangt waren, konnten wir die Schaluppe nicht sogleich entdecken. Sie mußte gegen sieben Uhr gescheitert sein, und es war fast Mitternacht geworden, ehe wir sie im Sande umgestürzt auffanden. Zuerst schleppten wir uns nämlich längs der Küste hin . . .«

»Längs der Severn-shores«, fiel Briant ein, »denn so lautet der Name, den ihr einige unserer Kameraden, welche die Schaluppe des ›Severn‹ gesehen, schon gegeben hatten, ehe uns Kate von ihrem Schiffbruch unterrichtete.«

»Schon vorher . . .?« fragte Evans verwundert.

»Jawohl, Master Evans«, fuhr Doniphan fort. »Wir waren am Abend des Schiffbruches gerade nach der Stelle gekommen, wo zwei ihrer Kameraden im Sande lagen . . . Als wir nach Tagesanbruch wieder dahin gingen, um ihnen die letzte Ehre zu erweisen, waren sie verschwunden.«

»Wahrhaftig«, nahm Evans wieder das Wort, »jetzt sehe ich, wie alles das zusammenhängt. Forbes und Pike, welche wir ertrunken glaubten – Oh, wär es doch der Fall gewesen, so zählten wir jetzt zwei Schurken von sieben weniger! –, lagen damals nur in geringer Entfernung von der Schaluppe. Dort wurden sie von Walston und den übrigen wieder aufgefunden und durch einen tüchtigen Schluck Gin ins Leben gebracht.«

»Zum Glück für sie – wenn es auch ein Unglück für uns ist – waren die Kisten und Behälter des Bootes bei der Strandung nicht zertrümmert worden. Munition, Waffen, fünf vom Schiffe herrührende Gewehre, und was an Proviant und beim Brande des ›Severn‹ Hals über Kopf eingepackt worden war, alles wurde aus der Schaluppe geschafft, denn es lag die Befürchtung nahe, daß diese durch die nächste Flut gänzlich zerstört werden würde. Nachdem das geschehen, verließen wir die Unglücksstätte und wanderten der Küste nach in der Richtung nach Osten.

Da bemerkte einer der Schurken – Rock, glaub' ich –, daß man Kate noch nicht wiedergefunden habe, und Walston antwortete darauf: ›Oh, die ist von einer Welle weggeschwemmt worden . . .! Gut, daß wir sie los sind!‹

Das ließ mich erkennen, daß die Bande, wenn sie sich, wo sie Kate nicht mehr brauchte, beglückwünschte, von dieser befreit zu sein, es bezüglich meiner Person natürlich auch so halten würde. Doch, wo hatten Sie sich versteckt gehalten, Kate?«

»Ich lag auch in der Nähe der Schaluppe, doch auf der Seite nach dem Meere zu«, antwortete Kate, »an derselben Stelle, wohin ich bei der Strandung geworfen wurde ... Sehen konnten mich die anderen so leicht nicht, wohl aber hörte ich die Worte, welche Walston mit den übrigen wechselte ... Nachdem sie aber alle weg waren, Evans, erhob ich mich vorsichtig, und um Walston nicht aufs neue in die Hände zu fallen, entfloh ich nach der entgegengesetzten Seite. Sechsunddreißig Stunden später wurde ich, halbtot vor Hunger, von diesen lieben Kindern aufgefunden und nach French-den geführt.«

»French-den ...?« wiederholte Evans.

»Das ist der Name, den unsere Wohnung trägt«, antwortete Gordon, »und zwar zum Andenken an einen französischen Schiffbrüchigen, der viele Jahre vorher hier gelebt hat.«

»French-den ...? Severn-shores ...?« sagte Evans. »Ich sehe, ihr Knaben habt den verschiedenen Teilen der Insel bestimmte Namen gegeben. Das ist hübsch von euch.«

»Ja, Master Evans, und auch hübsche Namen«, meldete sich Service, »unter anderem Family-lake, Downslands, South-moors, Rio Sealand, Traps-woods, ferner ...«

»Schon gut, schon gut! Das werdet ihr mir noch alles mitteilen ... später ... vielleicht morgen ...! Inzwischen fahre ich mit meiner Geschichte fort ... Von draußen ist doch nichts zu hören?«

»Gar nichts«, versicherte Moko, der nahe der Tür der Halle Wache gehalten hatte.

»Desto besser«, sagte Evans. »Ich erzähle also weiter.

Eine Stunde nach dem Verlassen des Bootes hatten

wir eine Menge dichtstehender Bäume erreicht, wo wir uns für den Rest der Nacht lagerten. Am nächsten Morgen begaben wir uns nach der Strandungsstelle der Schaluppe und versuchten, deren Planken auszubessern; da wir an Werkzeug aber nur eine einfache Axt besaßen, erwies es sich unmöglich, die eingedrückte Bordwand wiederherzustellen und jene auch nur für eine kurze Überfahrt seetüchtig zu machen. Übrigens erwies sich die Örtlichkeit für eine derartige Arbeit sehr unpassend.

Wir brachen also wieder auf, um eine minder trostlose Gegend als Lagerplatz zu wählen, wo die Jagd uns den täglichen Nahrungsbedarf zu liefern versprach und wo wir gleichzeitig einen Rio mit Süßwasser fänden, denn unser Vorrat daran war fast ganz erschöpft.

Nachdem wir gegen zwölf Meilen längs der Küste hinabgezogen waren, erreichten wir einen kleinen Fluß . . .«

»Den East-river!« sagte Service.

»Meinetwegen den East-river!« antwortete Evans. »Dort im Hintergrunde einer geräumigen Bucht . . .«

»Der Deception-Bai!« bemerkte Jenkins.

»Meinetwegen der Deception-Bai«, sagte Evans lächelnd. »Dort fand sich inmitten der Uferfelsen eine Art natürlicher Hafen . . .«

»Der des Bear-rock!« ließ sich jetzt Costar vernehmen.

»Du sollst recht haben, mein Kleiner, also der Bear-rock-Hafen«, erwiderte Evans mit zustimmendem Kopfnicken. »Nichts schien leichter, als sich an dieser Stelle festzusetzen, und wenn wir die Schaluppe hierher schaffen konnten, welche da oben der erste Sturm völlig zertrümmert hätte, so gelang es vielleicht, sie wieder in brauchbaren Stand zu setzen.

Wir kehrten also zur Aufsuchung derselben zurück, und nachdem sie soviel als möglich entlastet war, wurde sie wieder flottgemacht. Obgleich das Wasser darin fast bis an den Bordrand reichte, gelang es uns doch, sie am Strande hinzuschleppen und nach jenem

Hafen zu bugsieren, wo sie jetzt in Sicherheit liegt.«

»Die Schaluppe liegt beim Bear-rock...?« fragte Briant.

»Ja, mein Sohn; und ich glaube, es wäre nicht unmöglich, sie zu reparieren, wenn wir nur die dazu nötigen Werkzeuge besäßen...«

»Aber diese haben wir ja, Master Evans!« rief Doniphan lebhaft.

»Ganz recht, und das vermutete Walston auch schon, als ihn der Zufall lehrte, daß die Insel und von wem sie bewohnt sei.«

»Wie hat er das erfahren können?« fragte Gordon.

»Sehr einfach, folgendermaßen«, antwortete Evans. »Jetzt, vor acht Tagen, waren wir, Walston, seine Gefährten und ich – denn mich ließ man niemals allein – zur Auskundschaftung quer durch den Wald gezogen. Nach einer drei- bis vierstündigen Wanderung am Ufer, eures East-rivers hinauf gelangten wir an einen großen Binnensee, aus dem jener Wasserlauf abfloß. Dort fanden wir, ihr könnt euch unsere Verwunderung wohl vorstellen, einen am Strande angeschwommenen, seltsamen Apparat... Er bestand aus einem mit Leinwand überzogenen Gerippe von Rohrlatten...«

»Unser Drache«, rief Dole.

»Unser Drache, der in den See gefallen war«, setzte Briant hinzu, »und den der Wind dahin getrieben haben mag.«

»Ah, das war ein Drache?« erwiderte Evans. »Meiner Treu, wir konnten's nicht erraten, und das Ding machte uns recht arges Kopfzerbrechen. Auf jeden Fall hatte es sich doch nicht selbst gemacht... Es mußte auf der Insel hergestellt worden sein, das unterlag ja keinem Zweifel...! Die Insel war also bewohnt...? Aber von wem...? Das wollte Walston natürlich gerne wissen. In mir reifte von jenem Tage ab der Beschluß zu entfliehen. Wer die Bewohner dieser Insel auch sein mochten, und selbst wenn es Wilde waren, schlimmer konnten sie auf keinen Fall sein als die Meuterer vom ›Severn‹. Von demselben Augenblick an wurd' ich Tag und Nacht womöglich noch strenger überwacht.«

»Doch wie ist French-den entdeckt worden?« fragte Baxter.

»Darauf komm' ich noch«, antwortete Evans. »Doch, eh' ich in meinem Berichte fortfahre, sagt mir, junge Freunde, wozu euch dieser gewaltige Drache gedient hat. Bildete er ein Signal?«

Gordon teilte Evans alles hierauf Bezügliche mit, erklärte ihm den Zweck, daß Briant zum Heile aller dabei sein Leben aufs Spiel gesetzt und auch, wie ihm der Nachweis, daß Walston noch auf der Insel weilte, damit gelungen sei.

»Sie sind ein tüchtiger junger Mann!« sagte Evans, der Briants Hand ergriff und sie freundschaftlich schüttelte.

Dann fuhr er fort:

»Ihr begreift, daß Walston nur noch das eine am Herzen lag, Klarheit darüber zu erhalten, wer die Bewohner dieser uns zunächst unbekannten Insel sein möchten. Waren es Eingeborene, so konnte man sich vielleicht mit ihnen verständigen, waren es Schiffbrüchige, so besaßen sie möglicherweise die Werkzeuge, die ihm fehlten. In diesem Falle würden sie ihm wohl ihre Unterstützung nicht verweigern, die Schaluppe so weit instand zu setzen, daß sie das Meer halten konnte.

Die Nachforschungen begannen also aufs neue, und ich muß gestehen, mit großer Vorsicht. Man drang nur nach und nach durch die Wälder am rechten Ufer des Sees vor, um dessen Südspitze zu erreichen. Doch kein menschliches Wesen wurde bemerkt, kein Gewehrschuß ließ sich auf diesem Teile der Insel hören.«

»Sehr erklärlich«, unterbrach ihn Briant, »weil sich schon niemand von uns mehr aus French-den entfernte und es strengstens untersagt war, ein Gewehr abzufeuern.«

»Und doch wurdet ihr zuletzt entdeckt«, fuhr Evans fort. »Wie hätte das auch auf die Dauer ausbleiben können? Es war in der Nacht vom dreiundzwanzigsten zum vierundzwanzigsten November, als einer der Genossen

Walstons vom südlichen Seeufer her in Sicht von French-den kam. As Unglück wollte es, daß er dabei zufällig einen Lichtschein bemerkte, der durch die Wand des Steilufers schimmerte – ohne Zweifel der Schein eurer Laterne, den die einen Augenblick geöffnete Tür hinausdringen ließ. Am folgenden Tage begab sich Walston selbst nach jener Stelle und hielt sich den Abend über im hohen Grase, nur wenige Schritte vom Rio, versteckt . . .«

»Das wußten wir schon«, sagte Briant.

»Ihr hättet das gewußt . . .?«

»Jawohl, denn an der nämlichen Stelle fanden wir, Gordon und ich, die Reste einer kleinen Tonpfeife, welche Kate mit Bestimmtheit für eine Pfeife jenes Walston erklärte.«

»Ganz recht!« bestätigte Evans diese Worte. »Walston hatte sie bei dieser Gelegenheit verloren, was ihn bei der Rückkehr recht unangenehm berührte. Von da ab kannte er jedoch das Vorhandensein der kleinen Kolonie. Während er sich hinter Gras und Gebüsch verborgen hielt, hatte er die meisten von euch am rechten Ufer des Flusses ab und zu gehen sehen . . . Nur junge Knaben hatte er vor sich, welche sieben Männer leicht überwältigen können mußten. Walston kehrte zurück und berichtete seinen Spießgesellen getreulich, was er beobachtet hatte. Ein Meinungsaustausch zwischen ihm und Brandt, den ich belauschte, belehrte mich, was gegen French-den geplant wurde . . .«

»Diese Scheusale!« rief Kate entrüstet dazwischen. »Sie hätten auch mit diesen Kindern kein Erbarmen gehabt . . .!«

»Nein, Kate«, antwortete Evans, »nicht mehr als sie mit dem Kapitän und den Passagieren des ›Severn‹ hatten. Scheusale . . .! Ja, Sie haben das richtige Wort für sie getroffen, und angeführt werden sie von dem Grausamsten unter ihnen, von jenem Walston, der hoffentlich der gerechten Strafe für seine Schandtaten nicht entgeht.«

»Endlich, Evans, ist es Ihnen, Gott Lob, doch gelungen zu entfliehen?« sagte die Frau.

»Ja, Kate. Vor etwa zwölf Stunden konnte ich mir die Abwesenheit Walstons und der übrigen zunutze machen, die mich unter Forbes' und Rocks Aufsicht zurückgelassen hatten. Der Augenblick schien mir zu meinem Vorhaben günstig. Nun kam es mir vor allem darauf an, die beiden Schurken auf falsche Fährte zu leiten oder schlimmstenfalls vor ihnen wenigstens einen merklichen Vorsprung zu gewinnen.

Etwa um zehn Uhr morgens war es, als ich mich quer durch den Wald davonmachte ... Fast augenblicklich bemerkten das aber Forbes und Rock und eilten mir zur Verfolgung nach. Sie waren mit Gewehren versehen ... ich hatte nichts als mein Matrosenmesser, um mich zu verteidigen, und meine Beine, mich wie einen Sturmvogel davonzutragen.

Diese Jagd dauerte den ganzen Tag lang an. In schräger Richtung durch den Wald stürmend, war ich an das linke Ufer des Sees gekommen. Ich mußte noch dessen Spitze umkreisen, denn aus dem früher angehörten Gespräche wußte ich, daß ihr in dessen Nähe an den Ufern eines nach Westen strömenden Rios wohntet.

»Wahrhaftig, niemals habe ich so schwer und so lange um mein Leben gekämpft! Fast fünfzehn Meilen im Laufe dieses Tages! Alle Wetter, die Spitzbuben liefen ebenso schnell wie ich, und ihre Kugeln flogen natürlich noch schneller. Mehr als einmal pfiffen sie mir recht eindringlich um die Ohren. Stellt euch nur die Sachlage vor: Ich kannte ihr Geheimnis; wenn ich ihnen entkam, konnte ich sie zur Anzeige bringen, so mußten sie mich also auf jeden Fall wieder zu erlangen suchen. Wahrlich, hätten sie keine Feuerwaffen besessen, ich hätte, dies Messer in der Hand, die Schufte stehenden Fußes erwartet, und ich oder sie mußten tot auf der Stelle bleiben. Ja, Kate, ich hätte es vorgezogen, umzukommen, als nach dem Lager dieser Raubmörder zurückzukehren.

Inzwischen nährte ich die Hoffnung, diese verwünschte Treibjagd mit der Nacht ein Ende finden zu sehen ... Nichts von dem! Schon war ich über die Spitze des Sees hinaus und lief an der anderen Seite wieder hinauf, doch immer fühlte ich Forbes und Rock mir noch auf den Fersen. Jetzt brach auch das seit mehreren Stunden drohende Gewitter los. Das erschwerte meine Flucht, denn beim Aufleuchten der Blitze konnten die Schurken mich im Röhricht des Strandes wahrnehmen. Endlich befand ich mich noch gegen hundert Schritte vom Rio ... Gelang es mir, diesen zwischen mich und die Spitzbuben zu bringen, so betrachtete ich mich als gerettet. Niemals hätten sie gewagt, diesen zu überschreiten, da sie wußten, daß sie damit ganz in die Nähe von French-den gekommen wären.

Ich lief also, was ich laufen konnte, um das linke Ufer des Wasserlaufs zu erreichen, als ein letzter Blitz die Umgebung erleuchtete. Sofort krachte auch schon ein Schuß ...«

»Derselbe, den wir auch hörten ...?« fragte Doniphan.

»Jedenfalls«, antwortete Evans. »Eine Kugel streifte meine Schulter.

... Ich sprang in die Höhe und stürzte mich in den Rio ... Mit wenigen Stößen befand ich mich am andern Ufer und unter dem Schilfe verborgen, während Rock und Forbes, an das jenseitige Ufer gelangt, sagten: ›Glaubst du ihn getroffen zu haben?‹ – ›Dafür steh' ich ein!‹ – ›So liegt er also auf dem Grunde?‹ – ›Ganz gewiß, und jetzt schon mausetot!‹ – ›Den wären wir also glücklich los!‹ – Damit schlugen sie sich wieder rückwärts in den Wald.

Jawohl, glücklich los ...! Mich ebenso wie Kate ...! Wartet nur, ihr Schurken, ich will euch schon zeigen, ob ich tot bin ...! Einige Minuten später kroch ich aus dem Schilf hervor und wandte mich nach der Ecke des Steilufers. Da hörte ich ein Gebell ... ich rief ... die Türe von French-den öffnete sich ... Und nun«, setzte Evans hinzu, indem er die Hand nach der Seite des Sees hin ausstreckte, »nun, meine jungen Freunde, ist es an uns, mit jenen Elenden aufzuräumen und eure Insel von ihnen zu befreien!«

Er sprach diese Worte mit solcher Entschlossenheit, daß sich alle erhoben, als wollten sie ihm schon jetzt zum Kampfe folgen.

Nun erübrigte es noch, auch Evans mitzuteilen, was sich seit zwanzig Monaten zugetragen, ihm zu erzählen, unter welchen Verhältnissen der »Sloughi« Neuseeland verlassen, die lange Fahrt über den Stillen Ozean bis zur Insel und die Auffindung der Überreste des französischen Schiffbrüchigen, die Gründung der kleinen Kolonie in French-den, die Ausflüge in der warmen Jahreszeit und die Arbeiten während des Winters zu schildern, ebenso daß das Leben hier sich verhältnismäßig erträglich und vor dem Eintreffen Walstons und seiner Genossen gefahrlos gestaltet habe.

»Und seit zwanzig Monaten hat sich kein Schiff in Sicht der Insel gezeigt?« fragte Evans.

»Wenigstens haben wir draußen auf dem Meere keines bemerkt«, antwortete Briant.

»Hattet ihr irgendwelche Signale errichtet?«

»Ja, einen Mast auf dem höchsten Punkte des Steilufers.«

»Und den hat niemand wahrgenommen?«

»Nein, Master Evans«, versicherte Doniphan. »Hierzu muß ich freilich bemerken, daß wir denselben seit sechs Wochen niedergelegt haben, um nicht die Aufmerksamkeit Walstons zu erregen.«

»Daran habt ihr wohl getan, meine jungen Freunde. Jetzt weiß der Schurke leider immerhin, woran er ist. Wir wollen also Tag und Nacht auf unserer Hut sein.«

»Warum«, nahm da Gordon das Wort, »warum muß uns nur das Unglück treffen, hier mit einer solchen Verbrecherrotte zu tun zu bekommen, statt mit ehrbaren Leuten, welche zu unterstützen uns eine so herzliche Freude gewesen wäre? Unsere kleine Kolonie hätte damit eine wünschenswerte Verstärkung erfahren. Jetzt droht uns in nächster Zukunft dafür der Kampf, die Pflicht, unser Leben in einem Gefechte zu verteidigen, dessen Ausgang wir nicht vorhersehen können.«

»Gott, der euch bis hierher beschützt hat, liebe Kinder«, sagte Kate, »Gott wird euch auch später nicht verlassen! Er hat euch den braven Evans gesendet, und mit ihm ...«

»Evans ... Hurra für Evans ...!« riefen die jungen Kolonisten wie aus einem Munde.

»Zählt auf mich, liebe junge Freunde«, erwiderte der Steuermann, »und, da ich auch auf euch zähle, so versprech' ich euch, daß wir uns erfolgreich zu wehren wissen werden.«

»Und doch«, meinte Gordon, »wenn es möglich wäre, diesen Kampf zu vermeiden, wenn Walston zustimmte, die Insel zu räumen ...«

»Was willst du damit sagen, Gordon?« fragte Briant.

»Ich bin der Ansicht, er und seine Begleiter wären schon abgesegelt, wenn sie ihre Schaluppe hätten benutzen können. – Ist es nicht so, Master Evans?«

»Gewiß!«

»Doch, wenn man nun mit ihnen in friedliche Unterhandlung träte, wenn wir ihnen das notwendige Werkzeug lieferten, vielleicht nähmen sie das an? Ich weiß wohl, wie widerwärtig es erscheint, mit den Mördern vom ›Severn‹ in Beziehung zu treten; doch, wenn es sich darum handelt, uns von ihnen zu befreien und einen Angriff zu vermeiden, der wahrscheinlich viel Blut kostet ... Indes, was denken Sie darüber, Master Evans?«

Evans hatte Gordon aufmerksam zugehört. Sein Vorschlag verriet den allezeit praktischen Geist, der sich unüberlegten Eingebungen nicht fügte, und einen Charakter, der jenen in den Stand setzte, die gegebene Lage mit Ruhe zu überschauen. Er dachte dabei – und er täuschte sich ja auch nicht –, daß dieser Knabe der gereifteste von allen sein möge und daß sein Vorschlag wenigstens genauere Erwägung verdiene.

»In der Tat, Herr Gordon«, antwortete er, »es würde gewiß jedes Mittel gut sein, uns von jenen Übeltätern zu erlösen. Wenn sie wirklich, nachdem sie in den Stand gesetzt wurden, ihre Schaluppe auszubessern, darauf eingingen, abzufahren, so wäre das allemal besser, als sich auf einen Kampf einzulassen, dessen Ausgang immerhin zweifelhaft sein kann. Doch wer könnte sich auf Walston verlassen? Wenn Sie mit ihm in Verbindung treten, würde er das ohne Zweifel nur benutzen, um French-den zu überfallen und sich alles Ihres Besitztums zu bemächtigen. Er kommt vielleicht auch auf den Gedanken, daß Sie vom Schiffbruche noch etwas Geld gerettet haben könnten. Glauben Sie mir, diese Schurken würden Ihnen jede Wohltat nur durch irgendwelche Schandtaten lohnen. In jenen Herzen ist kein Raum für die Dankbarkeit! Sich mit ihnen verständigen, heißt sich ihnen völlig ausliefern.«

»Nein . . .!. Nein . . .!« riefen Baxter und Doniphan, denen ihre Kameraden sich mit einer Entschiedenheit anschlossen, welche dem Steuermann sehr wohl gefiel.

»Nein«, setzte auch Briant hinzu, »wir wollen keine Gemeinsamkeit mit Walston und seinen Genossen haben!«

»Und dann«, fuhr Evans fort, »brauchen Sie nicht allein Werkzeuge, sondern vor allem Schießbedarf. Gewiß besitzen sie davon noch so viel, um zu einem Angriffe vorschreiten zu können; wenn es aber darauf ankommt, andere Ländergebiete mit bewaffneter Hand zu durchschreiten, so wird, was ihnen von Pulver und Blei noch übrigblieb, nicht ausreichen. Sie würden das also von Ihnen verlangen . . . würden es fordern! Könnten Sie den Mördern das noch zugestehen?«

»Nein, gewiß nicht!« antwortete Gordon.

»Nun, dann würden jene eben versuchen, es mit Gewalt zu erlangen. Sie hätten damit den drohenden Kampf nur vertagt, und dieser müßte unter für Sie minder günstigen Bedingungen ausbrechen.«

»Sie haben recht, Master Evans«, stimmte ihm Gordon zu. »Halten wir uns in der Defensive und warten den Lauf der Dinge ab.«

»Ja, das ist wohl das richtigste . . . Warten wir alles ab, Herr Gordon. Was das übrigens betrifft, habe ich noch einen Grund, der mich näher angeht als alle anderen.«

»Welchen denn?«

»Hören Sie mich an. Walston kann, wie Sie wissen, die Insel nur auf der Schaluppe des ›Severn‹ verlassen.«

»Das liegt auf der Hand«, sagte Briant.

»Diese Schaluppe ist aber recht gut wieder herzustellen, dafür stehe ich ein; und wenn Walston darauf verzichtete, sie für sich instand zu setzen, so lag das nur am Mangel an Werkzeugen.«

»Ohne diesen Mangel wäre es gewiß längst geschehen«, bemerkte Briant.

»Ganz recht, junger Freund. Liefern Sie Walston nun die Hilfsmittel, das Boot wirklich auszubessern – ich nehme einmal an, er gäbe den Gedanken an eine Plünderung von French-den gänzlich auf –, so würde er sich beeilen, davonzufahren, ohne sich um Sie weiter zu kümmern.«

»Ei, wenn er es doch schon getan hätte«, rief Service.

»Alle Wetter, wenn er es getan hätte«, antwortete Evans, »wie kämen wir dann in die Lage, es auch selbst tun zu können, wenn die Schaluppe vom ›Severn‹ nicht mehr zur Hand ist?«

»Wie, Master Evans?« fragte Gordon. »Sie rechnen auf dieses Boot, um die Insel zu verlassen . . .?«

»Natürlich, Herr Gordon!«

»Um damit nach Neuseeland zu fahren und über den Stillen Ozean wegzusegeln?« setzte Doniphan hinzu.

»Über den Ozean . . .? Nein, meine jungen Freunde«, erwiderte Evans, »wohl aber um einen weniger entfernten Punkt zu erreichen, von dem wir Aussicht hätten, nach Auckland zurückzukehren.«

»Sprechen Sie die Wahrheit, Herr Evans?« rief Briant.

Gleichzeitig wollten schon zwei oder drei Kameraden den Steuermann mit Fragen bestürmen.

»Wie, diese Schaluppe sollte geeignet sein, mit ihr eine Überfahrt von mehreren hundert Meilen zu unternehmen?« bemerkte Briant.

»Mehrere hundert Meilen...?« antwortete Evans, »nein, das freilich nicht, aber doch im Notfall dreißig!«

»Ist es denn nicht das Meer, das rings um die Insel flutet?« fragte Doniphan.

»Im Westen derselben, ja«, antwortete Evans; »aber nicht im Süden, Norden und Osten; dort befinden sich nur Kanäle, welche man bequem in sechzig Stunden überschreiten kann.«

»So täuschen wir uns also nicht mit der Annahme, daß hier andere Länder in der Nähe lägen?« sagte Gordon.

»Nein, keineswegs«, versicherte Evans. »Im Osten liegen sogar sehr ausgedehnte Landstrecken.«

»Ja, ja ... im Osten!« rief Briant. »Jener weißliche Fleck und dann der Feuerschein, den ich in dieser Richtung wahrnahm ...«

»Ein weißlicher Fleck, sagen Sie?« erwiderte Evans. »Das ist offenbar irgendein Gletscher, und jener Feuerschein rührte von der Flammengarbe eines Vulkans her, dessen Lage auf den Karten verzeichnet sein muß. – Ah, sagt mir doch, ihr Leutchen, wo glaubtet ihr denn eigentlich zu sein?«

»Auf einer vereinzelt liegenden Insel des Stillen Weltmeeres«, erklärte Gordon.

»Auf einer Insel ...? Nun ja ...! Auf einer vereinzelten ... nein! Glauben Sie mir getrost, daß dieselbe zu einem der zahlreichen Archipele gehört, welche der Küste Südamerikas vorlagern. – Und, halt einmal, da Sie den Vorgebirgen, den Buchten und Wasserläufen Ihrer Insel Namen gegeben haben, hörte ich doch noch nicht, wie Sie diese selbst nennen ...?«

»Die Insel Chairman, nach dem Namen unseres Pensionats«, antwortete Doniphan.

»Die Insel Chairman!« wiederholte Evans. »Nun, damit hat sie also zwei Namen, denn sie heißt schon längst die Insel Hannover.«

Nachdem noch die gewohnten Vorsichtsmaßregeln sorgsam getroffen worden waren, begaben sich nun alle zur Ruhe, und auch für den Steuermann hatte man eine

Lagerstätte in der Halle errichtet. Die jungen Kolonisten standen jetzt unter einem doppelten Eindruck, der wohl geeignet war, ihren Schlummer zu stören: einmal die Aussicht auf einen blutigen Kampf und andererseits die Möglichkeit, wieder in die Heimat zu gelangen ...

Der Master Evans hatte für den nächsten Morgen alle weiteren Erklärungen verschoben und zeigte ihnen nur noch im Atlas die genaue Lage der Insel Hannover. Und während Moko und Gordon sich der Wache unterzogen, verlief die Nacht in French-den in ungestörter Ruhe.

Zwölftes Kapitel

Die Magellan-Straße. – Die Länder und Inseln an derselben. – Die Niederlassungen, welche daselbst gegründet wurden. – Zukunftspläne. – Gewalt oder List. – Rock und Forbes. – Die falschen Schiffbrüchigen. – Gastfreundlicher Empfang. – Zwischen elf Uhr und Mitternacht. – Ein Schuß Evans'. – Das Dazwischentreten Kates.

Ein etwa dreihundertachtzig Meilen langer Kanal, der sich von Westen nach Osten hin ausbiegt, vom Kap der Jungfrauen im Atlantischen Ozean bis zum Kap Los Pilares im Stillen Ozean reicht – umrahmt von bergigen Ufern, beherrscht von dreitausend Fuß über die Meeresfläche aufragenden Gebirgshäuptern – unterbrochen von Buchten, deren Hintergrund zahlreiche Häfen bildet – reich an Wasserplätzen, wo die Schiffe mühelos ihren Bedarf an Trinkwasser erneuern können – eingefaßt von dichten Wäldern mit zahlreichem Wild – widerhallend vom Donner mächtiger Wasserfälle, welche sich zu Tausenden in die unzähligen Einbuchtungen stürzen – den Schiffen, die von Osten oder Westen herkommen, einen kürzeren Weg bietend als die Lemaire-Straße, zwischen Staatenland und Feuerland, und weniger von Stürmen aufgewühlt als der Weg um das Kap Horn – das ist die Magellan-Straße, welche der berühmte portugiesische Seefahrer im Jahre 1520 entdeckte.

Die Spanier, welche während eines halben Jahrhunderts allein die Magellan-Länder besuchten, gründeten auf der Halbinsel Braunschweig die Niederlassung des Hunger-Hafens. Den Spaniern folgten die Engländer unter Drake, Cavendish, Chidley und Hawkins, dann die Holländer unter de Weert, de Cord, de Noort mit Lemaire und Shouten, welche im Jahre 1610 die Meerenge dieses Namens entdeckten. Endlich, von 1696 bis 1712, erschienen hier Franzosen unter Degennes, Beauchesne-Gunin und Frenzier, und von dieser Zeit ab besuchten diese Gegenden die berühmtesten Seefahrer aus dem Ende des Jahrhunderts, wie Anson, Cook, Byron, Bougainville und andere.

Jetzt wurde die Magellan-Straße ein häufig benutzter Weg bei der Fahrt von einem Ozean zum anderen – vorzüglich, seitdem die Dampfschiffahrt, welche weder ungünstigen Wind noch Gegenströmungen kennt, gestattete, dieselbe unter den günstigsten Bedingungen zu durchmessen.

Das war also die Meerenge, welche Evans am nächsten Tage – am 28. November – Briant, Gordon und deren Kameraden auf der Karte des Stielerschen Atlas zeigte.

Wenn Patagonien – die äußerste Provinz Südamerikas – das König Wilhelms-Land und die Halbinsel Braunschweig die nördliche Begrenzung der Meerenge bildet, so ist diese nach Süden zu durch den Magellanschen Archipel abgeschlossen, der sehr große Inseln, wie Feuerland, Desolations-Land, die Inseln Clarence, Hoste, Gordon, Navarin, Wollaston, Stevart und eine Anzahl von minder bedeutenden umfaßt bis hinab zur letzten Gruppe der Hermiten, deren äußerste, zwischen den beiden Ozeanen gelegene, nichts weiter ist, als der vorgeschobene letzte Gipfel der hohen Cordilleren, der Anden, und sich das Kap Horn nennt.

Im Osten schneidet die Magellan-Straße mit einer

oder zwei engen Einfahrten zwischen dem Kap der Jungfrauen (zu Patagonien gehörig) und dem Kap Espiritu-Santo (zu Feuerland gehörig) in das Festland ein. Im Westen sind die Verhältnisse andere – wie Evans durch den Augenschein darlegte. An dieser Seite reihen sich Eilande, Inseln, Archipele, Straßen, Kanäle und Meeresmeere bis ins unendliche aneinander. Mit einer zwischen dem Vorgebirge Los Pilares und der Südspitze der großen Insel der Königin Adelaide gelegenen Durchfahrt mündet die Meerenge im Stillen Ozean aus. Über derselben taucht eine große, unregelmäßig angeordnete Reihe von Inseln auf, die sich von der Meerenge des Lord Nelson bis zur Gruppe der nahe der Grenze Chiles liegenden Gruppe der Chonos- und der Chiloë-Inseln hinstreckt.

»Und seht ihr nun hier«, setzte Evans hinzu, »jenseits der Magellan-Straße eine Insel, welche durch einfache Kanäle von der Insel Cambridge im Süden und von den Inseln Madre de Dios und Chatam im Norden eingeschlossen ist? Nun, diese Insel auf dem 51. Grade südlicher Breite ist die Insel Hannover, der ihr den Namen Insel Chairman gegeben und die ihr seit länger als zwanzig Monaten bewohnt habt!«

Über den Atlas gebeugt, betrachteten Gordon, Briant und Doniphan neugierig diese Insel, welche sie für sehr entfernt von jenem Lande gehalten hatten und die doch der amerikanischen Küste so nahe lag.

»Wie«, sagte Gordon, »wir wären von Chile nur durch einen Meeresarm getrennt?«

»Ja, meine Freunde«, versicherte Evans, »doch zwischen der Insel Hannover und dem Festlande Amerikas liegen nur ganz ebenso verlassene Inseln wie diese hier. Einmal nach genanntem Festlande gelangt, hättet ihr Hunderte von Meilen bis zu den nächsten Niederlassungen Chiles oder der Argentinischen Republik zurücklegen müssen. Welche Beschwerden hätte das mit sich gebracht, gar nicht von den Gefahren zu reden, denn die Puelche-Indianer, welche durch die Pampas schweifen, sind gerade nicht gastfreundlicher Natur.

Ich meine also, es war besser, die Insel nicht zu verlassen, schon weil die materielle Existenz hier gesichert erschien und wir dieselbe, wie ich zu Gott hoffe, noch zusammen verlassen können.«

Die verschiedenen Kanäle also, welche die Insel Chairman umflossen, maßen an gewissen Stellen nicht mehr als fünfzehn bis zwanzig Meilen Breite, und Moko hätte über dieselben bei günstiger Witterung ohne Mühe schon in der kleinen Jolle gelangen können. Daß Briant, Gordon und Doniphan diese Länder bei Gelegenheit ihrer Ausflüge nach dem Norden und dem Osten nicht hatten wahrnehmen können, lag nur daran, daß dieselben völlig flach waren. Der erkannte weißliche Fleck aber gehörte einem der Gletscher des Inneren an, und der flammende Berg war nur ein Vulkan der Magellans-Länder.

Übrigens hatte, wie Briant bei aufmerksamer Betrachtung der Karte bemerkte, der Zufall sie immer nur nach solchen Punkten der Küste geführt, welche von den Nachbarinseln verhältnismäßig entfernt lagen. Vielleicht hätte Doniphan bei seinem Besuche der Severn-shores die Südspitze der Insel Chatam erkennen müssen, wenn der von den Dunstmassen des bald ausbrechenden Sturmes erfüllte Horizont nicht bloß in beschränktem Umkreise sichtbar gewesen wäre. Was die Deception-Bai angeht, welche ziemlich tief in die Insel Hannover einschneidet, so konnte man weder von der Mündung des East-river, noch vom Gipfel des Bear-rock etwas von dem im Osten gelegenen Eilande sehen, noch weniger natürlich von der Insel Esperance, welche etwa zwanzig Meilen weit entfernt liegt. Um die benachbarten Ländergebiete wahrnehmen zu können, hätte man sich nach dem Nordkap begeben müssen, von wo aus die untersten Teile der Insel Chatam und der Insel Madre de Dios jenseits der Conceptions-Straße sichtbar gewesen wären; oder nach dem Südkap, von wo aus man die Spitzen der Insel der Königin Adelaide oder Cambridge hätte wahrzunehmen vermocht; oder endlich nach dem äußersten Küstenpunkte der

Down-lands, welche die Höhe der Insel Owen oder die Gletscher der Länder im Südosten beherrschen.

Die jungen Kolonisten hatten ihre Streifzüge jedoch niemals bis zu diesen entfernten Punkten ausgedehnt. Was die Karte François Boudoins betraf, so konnte sich Evans allerdings nicht erklären, warum jene Inseln und Ländermassen auf ihr nicht verzeichnet standen. Da der französische Schiffbrüchige imstande gewesen war, die Umfassungslinie der Insel Hannover so richtig wiederzugeben, mußte er um dieselbe doch ganz herumgekommen sein. Sollte man nun annehmen, daß gerade bei seinem Besuche der genannten Punkte der bedeckte Himmel seinen Gesichtskreis auf nur wenige Meilen beschränkt hatte? Das war mindestens nicht unglaublich.

Und wenn es nun gelang, sich der Schaluppe vom »Severn« zu bemächtigen und diese wieder auszubessern, nach welcher Seite hin würde Evans sie wohl führen?

Diese Frage richtete Gordon gelegentlich an den Steuermann.

»Meine lieben Freunde«, antwortete Evans, »ich würde weder nach Norden, noch nach Osten hin zu segeln suchen. Je weiter wir zu Wasser gelangen können, desto besser. Gewiß könnte uns die Schaluppe bei günstigem Winde nach irgendeinem Hafen Chiles bringen, wo wir sicherlich den besten Empfang fänden. Der Seegang an diesen Küsten ist aber stets ziemlich schwer, während die Kanäle des Archipels uns immer eine bequeme Fahrt gestatten.«

»Gewiß«, erklärte Briant. »Doch werden wir in jenen Gegenden auch Niederlassungen antreffen und in solchen Niederlassungen Gelegenheit, in die Heimat zurückzukehren?«

»Daran zweifle ich nicht«, erwiderte Evans. »Hier, betrachtet einmal diese Karte. Wenn wir die Durchfahrten des Archipels der Königin Adelaide hinter uns haben, wohin gelangen wir dann durch den Smyth-Kanal? In die Magellan-Straße, nicht wahr? Nun, ziemlich am Eingang der Meerenge liegt hier der Hafen Tamar, der zu Desolations-Land gehört, und hier wären wir schon so gut wie auf dem Rückwege.«

»Ja, doch wenn wir daselbst kein Schiff finden«, antwortete Briant, »wollen wir da warten, bis eins vorüberkommt?«

»Nein, Herr Briant. Folgen Sie mir nur etwas weiter durch die Magellan-Straße. Sehen Sie hier die große Halbinsel Braunschweig...? Hier, im Hintergrunde der Fortescue-Bai, im Port Galant, legen die Schiffe sehr häufig an. Müßten wir noch weitersegeln und das Kap Forward im Süden der Halbinsel umschiffen, so finden wir da die Bougainville-Bai, wo die meisten Fahrzeuge anhalten, welche die Meerenge passieren. Über diesen Punkt hinaus liegt ferner noch Port Famine (der Hungerhafen), nördlich von Punta Arena.«

Der Steuermann hatte ganz recht. Einmal in der Meerenge, mußte die Schaluppe zahlreiche Ankerplätze finden. Unter solchen Verhältnissen schien die Heimkehr gesichert, ohne zu erwähnen, daß man ja schon unterwegs Schiffe auf dem Wege nach Australien oder Neuseeland treffen konnte. Wenn Port-Tamar, Port-Galant und Port-Famine zwar nur wenig Hilfsquellen bieten, so ist Punta-Arena dagegen mit allem versehen, was zur Notdurft des Leibes und Lebens gehört. Diese große, durch die chilenische Regierung gegründete Niederlassung bildet eine wirkliche, am Ufer erbaute kleine Stadt mit hübscher Kirche, deren Turmspitze zwischen den prächtigen Bäumen der Halbinsel Braunschweig emporsteigt. Sie befindet sich in blühendem Zustande, während die Station Port-Famine, die aus dem Ende des sechzehnten Jahrhunderts herrührt, heute fast nur noch ein Dorf in Ruinen ist.

Heutzutage gibt es übrigens auch noch weiter im Süden andere Niederlassungen, welche vorzüglich wissenschaftliche Expeditionen aufsuchen, wie die Station Livya auf der Insel Navarin und vor allem die von Ooshovia im Beagle-Kanal unterhalb Feuerlands. Dank der Opferfreudigkeit englischer Missionare fördert letztere sehr bedeutend die Kenntnisse der Gegenden, wo die Franzosen zahlreiche Spuren ihrer Anwesenheit zurückgelassen haben, wovon die Namen wie Dumas, Cloné, Pasteur, Chanzy und Grévy, welche verschiedenen Inseln des Magellanschen Archipels beigelegt wurden, Zeugnis geben.

Die Rettung der jungen Kolonisten schien also gesichert, wenn sie die Meerenge erreichen konnten. Dazu war es freilich notwendig, die Schaluppe des »Severn« wieder instand zu setzen, und um das ausführen zu können, sich derselben zu bemächtigen – woran doch nicht eher zu denken war, als bis Walston und seine Spießgesellen zu Paaren getrieben waren.

Wäre dieselbe noch auf der Stelle geblieben, wo Doniphan sie auf der Küste der Severn-shores gefunden hatte, so hätte man vielleicht versuchen können, sie zu erlangen. Walston, der sich in der Hauptsache gegen fünfzehn Meilen von dort aufhielt, würde schwerlich etwas davon bemerkt haben. Was er vermocht hatte, konnte Evans natürlich auch, das heißt, die Schaluppe nicht zur Mündung des East-river, sondern zur Mündung des Rio Sealand, und wenn er diesen stromaufwärts benützte, sie sogar bis zur Höhe von French-den schaffen.

Hier würde die Ausbesserung unter Anleitung des Steuermanns unter den günstigsten Verhältnissen auszuführen gewesen sein. Nachdem das Boot dann neue Takelage erhalten, mit Munition, Lebensmitteln und einigen Gegenständen, welche zurückzulassen es schade gewesen wäre, beladen worden, wären sie von der Insel weggesegelt, ehe die Übeltäter nur in die Lage kamen, sie anzugreifen.

Unglücklicherweise war das nicht ausführbar. Die Frage der Wegfahrt von hier konnte nur noch durch die Gewalt gelöst werden, ob man nun zum Angriff überging oder sich auf die Verteidigung beschränkte. Jedenfalls ließ sich aber nichts tun, ehe man nicht die Mannschaft vom »Severn« überwältigt hatte.

Evans flößte übrigens den jungen Kolonisten ein unbegrenztes Vertrauen ein. Kate hatte ja so viel und in so warmen Worten von ihm gesprochen. Seit der Steuermann sich Haar und Bart hatte schneiden können, erweckte schon sein offenes, entschlossenes Gesicht die beste Beruhigung. Wenn er energisch und mutig war, fand man, daß er auch gut, von entschlossenem Charakter und zu jeder Aufopferung fähig sein müsse.

Ganz wie Kate gesagt, schien er wirklich wie ein Sendbote des Himmels, der in French-den erschienen – endlich ein Mann inmitten dieser Kinder! Zuletzt wollte der Steuermann die Hilfsmittel kennenlernen, über die er, um Widerstand zu leisten, verfügen konnte.

Der Store-room und die Halle schienen ihm zur Verteidigung völlig geeignet. Von deren Außenseite beherrschte die eine das Ufergelände und den Rio, die andere das Sportfeld bis zum Gestade des Sees. Die Wandöffnungen gestatteten nach diesen Richtungen hin bei vollständiger Deckung zu feuern. Mit ihren acht Gewehren konnten die Belagerten die Angreifer entfernt halten und mit den beiden kleinen Kanonen sie mit einem Kartätschenhagel überschütten, wenn sie sich bis French-den heranwagten. Kam es aber gar zu einem Handgemenge, so würden alle sich des Revolvers, der Äxte und Schiffsmesser zu bedienen wissen.

Evans lobte Briant auch, daß dieser im Innern so viele Steine aufgehäuft hatte, wie zur sicheren Abschließung der Türen nötig erschienen. Im Innern also waren die Verteidiger verhältnismäßig stark, draußen freilich nur schwach. Man darf nicht vergessen, daß es nur sechs Knaben von dreizehn bis fünfzehn Jahren waren gegen sieben kräftige Männer, welche waffengewohnt und tollkühn, ja nicht einmal vor einem Morde zurückschreckten.

»Sie halten jene also für sehr zu fürchtende Burschen, Master Evans?« fragte Gordon.

»Ja, Herr Gordon, für sehr zu fürchtende Gesellen.«

»Bis auf einen, der vielleicht nicht ganz verloren ist«, ließ Kate sich vernehmen, »ich meine Forbes, der mir das Leben gerettet hat.«

»Forbes?« antwortete Evans. »Ach, alle Wetter, ob er

nun bloß durch schlechten Rat und aus Furcht vor seinen Genossen dazu verführt wurde, jedenfalls trägt er auch seinen Teil an dem Gemetzel auf dem ›Severn‹. Hat der Schurke mich nicht mit Rock aufs tollste verfolgt? Hat er nicht auf mich wie ein wildes Tier geschossen? Hat er sich nicht beglückwünscht, als er mich im Rio ertrunken glaubte? Nein, liebe Kate, ich fürchte, er ist nicht mehr wert als die anderen! Wenn er Sie damals verschonte, so wußte er gewiß recht gut, daß die Schurken Ihrer Dienste noch bedurften, und er würde nicht zurückbleiben, wenn es darauf ankäme, French-den zu überfallen.«

Inzwischen gingen einige Tage dahin, ohne daß etwas Verdächtiges von den jungen Leuten, welche die Umgebung vom Auckland-hill aus stets überwachten, gemeldet worden wäre, was Evans einigermaßen verwunderte.

Da er die Pläne Walstons kannte und wußte, welches Interesse jener hatte, deren Ausführung zu beschleunigen, so legte er sich die Frage vor, warum zwischen dem 27. und dem 30. November noch gar nichts geschehen sei.

Da kam ihm der Gedanke, daß Walston vielleicht mit List statt mit Gewalt werde zum Ziel zu gelangen und in French-den einzudringen suchen. Er teilte seine Mutmaßungen Briant, Gordon, Doniphan und Baxter, mit denen er meist alles besprach, gleich darauf mit.

»So lange wir uns im Innern von French-den halten«, sagte er, »würde er gezwungen sein, eine oder die andere Tür zu stürmen, da er niemand hat, der sie ihm öffnete. Er könnte also versuchen, durch List Zugang zu erhalten . . .«

»Und wie?« fragte Gordon.

»Vielleicht in der Weise, wie es mir zufällig eingefallen ist«, antwortete Evans. »Ihr wißt, junge Freunde, daß Kate und ich die einzigen Wesen wären, welche Walston als Anführer einer Bande von Mordbuben, deren Angriff die kleine Kolonie zu fürchten hätte, anzeigen könnten. Walston hält sich nun überzeugt, daß

Kate bei der Strandung umgekommen ist. Was mich betrifft, so bin ich vorschriftsmäßig im Rio ertrunken, nachdem Rock und Forbes auf mich gefeuert hatten – und ihr wißt ja, daß ich sie habe frohlocken hören, meiner ledig geworden zu sein. Walston muß demnach annehmen, daß ihr noch von gar nichts unterrichtet seid – nicht einmal von der Anwesenheit der Matrosen vom ›Severn‹ auf eurer Insel, und daß ihr, wenn einer derselben in French-den erschiene, ihn wie jeden Schiffbrüchigen bestens aufnehmen würdet. Wäre ein solcher Schuft aber einmal hereingekommen, so müßte es ihm leicht werden, seine Spießgesellen einzulassen – was für uns jeden Widerstand fast unmöglich machte.«

»Nun gut«, meinte Briant; »wenn also Walston oder irgendein anderer unsere Gastfreundschaft in Anspruch zu nehmen suchte, so würden wir ihm mit einem Lot Blei die Wege weisen ...«

»Wenn wir vor ihm nicht etwa besser die Mützen ziehen«, warf Gordon ein.

»Ja, Sie haben vielleicht recht, Herr Gordon«, erwiderte der Steuermann. »Das könnte sogar besser sein. List wider List! Im gegebenen Falle werden wir ja sehen, was zu tun ist.«

Ja, es empfahl sich gewiß, mit größter Klugheit zu Werke zu gehen. Wendete sich die Sache zum Guten, gelang es Evans sich in den Besitz der Schaluppe des »Severn« zu setzen, so durfte man wohl hoffen, daß die Stunde der Erlösung nicht mehr ferne sei. Doch welche Gefahren drohten noch bis dahin! – Und würde diese ganze kleine Welt noch vollzählig sein, wenn sie endlich nach Neuseeland zurückkehrte?

Am folgenden Tag verlief der Vormittag auch ohne Zwischenfall. In Begleitung Doniphans und Baxters wagte sich der Steuermann sogar eine halbe Meile weit in der Richtung nach den Traps-woods hinaus, wobei alle drei hinter den vereinzelten Bäumen am Fuße des Auckland-hill Deckung suchten. Er bemerkte nichts Außergewöhnliches, und Phann, der auch mitlief, gab nichts zu erkennen, was ihn hätte mißtrauisch machen können.

Gegen Abend jedoch, kurz vor Sonnenuntergang, kam es zu einem Alarm. Webb und Croß, die auf dem Steilufer Wache hielten, kamen eiligst herunter und meldeten die Annäherung zweier Männer, welche das südliche Vorland des Sees am anderen Ufer des Rio heraufkamen.

Kate und Evans zogen sich, um nicht bemerkt zu werden, sofort nach dem Store-room zurück. Von da aus bemerkten sie, durch die Schießscharten lugend, die beiden angemeldeten Männer. Es waren zwei Genossen Walstons, Rock und Forbes.

»Da haben wir's ja«, sagte der Steuermann, »sie verlegen sich auf die List und wollen sich hier als Matrosen einführen, die sich aus einem Schiffbruche gerettet haben.«

»Was sollen wir nun tun . . .?« fragte Briant.

»Sie bestens aufnehmen«, erwiderte Evans.

»Diese Elenden auch noch gut empfangen!« rief Briant. »Ich wäre nimmermehr imstande . . .«

»Laß mich das besorgen«, unterbrach ihn Gordon.

»Recht so, Herr Gordon!« sagte der Steuermann. »Doch hüten Sie sich, daß jene keine Ahnung von unserem Hiersein bekommen. Kate und ich, wir werden uns schon zeigen, wenn es Zeit ist!«

Evans und die Aufwärterin versteckten sich in einem der Nebenräume des Verbindungsganges, dessen Tür hinter ihnen verschlossen wurde. Gleich darauf begaben sich Gordon und Baxter nach dem Ufer des Rio Sealand. Bei dem Anblick derselben heuchelten die beiden Männer das größte Erstaunen, und Gordon stellte sich so, als ob er nicht weniger verwundert sei.

Rock und Forbes schienen von Strapazen erschöpft, und als sie an den Wasserlauf herankamen, entstand folgendes kurze Gespräch zwischen beiden Ufern:

»Wer seid ihr?«

»Schiffbrüchige, welche im Süden dieser Insel mit der Schaluppe des Dreimasters ›Severn‹ verunglückt sind.«

»Seid ihr Engländer?«

»Nein, Amerikaner.«

»Und eure Gefährten?«

»Die sind umgekommen. Uns allein gelang die Rettung aus dem Schiffbruche; doch jetzt sind unsere Kräfte zu Ende . . .«

»Mit wem haben wir es hier zu tun?«

»Mit den Kolonisten der Insel Chairman.«

»So bitten wir diese um Mitleid und um gastfreundliche Aufnahme, denn uns fehlt nicht weniger als alles . . .«

»Schiffbrüchige haben stets gerechten Anspruch auf Beistand seitens ihresgleichen . . .!« antwortete Gordon. »Auch ihr sollt uns willkommen sein!«

Auf ein Zeichen Gordons bestieg Moko die Jolle, welche nahe dem kleinen Damme angebunden lag, und mit einigen Ruderschlägen hatte er die beiden Matrosen nach dem rechten Ufer des Rio Sealand befördert.

Walston mochte wohl keine Wahl gehabt haben, doch mußte man gestehen, daß die Erscheinung Forbes alles andere als vertrauenerweckend war, selbst gegenüber Kindern, denen es noch so sehr an Übung fehlte, die Physiognomie eines Menschen zu entziffern. Obwohl er versucht hatte, sich das Ansehen eines ehrbaren Mannes zu geben, zeigte dieser Rock mit seiner gedrückten Stirn, dem hinten weit ausspringenden Kopfe und der dicken unteren Kinnlade unverkennbar den Typus des Verbrechers. Forbes – der, dessen menschliches Gefühl der Aussage Kates nach vielleicht noch nicht ganz erloschen war – hatte wenigstens ein etwas besseres Aussehen und wahrscheinlich hatte ihn Walston gerade aus diesem Grunde dem anderen hier zugesellt.

Nach besten Kräften spielten nun beide die Rolle falscher Schiffbrüchiger. Um keinen Verdacht zu erregen, vermieden sie es, sich eingehende Fragen vorlegen zu lassen, indem sie erklärten, mehr von Anstrengung als von Nahrungsmangel erschöpft zu sein, und deshalb baten, zunächst etwas ausruhen und vielleicht die

Nacht in French-den zubringen zu dürfen. Sie wurden sofort dorthin geleitet. Beim Eintreten – und das entging Gordon keineswegs – hatten sie sich nicht enthalten können, auf die Anordnung der Halle etwas gar zu prüfende Blicke zu werfen. Sie schienen auch nicht wenig erstaunt über das Verteidigungsmaterial, welches die kleine Kolonie besaß – vorzüglich über die Kanone, welche über die Schießscharte lugte.

Die jungen Kolonisten mußten also, wenn auch mit größtem Widerstreben, ihre Rolle vorläufig weiterspielen, da Rock und Forbes sich, nachdem sie den Bericht über ihre Erlebnisse bis zum folgenden Tage verschoben, nur schnellstens niederzulegen wünschten.

»Eine Handvoll trockenes Gras wird uns als Lagerstätte genügen«, sagte Rock. »Da wir euch so wenig wie möglich belästigen möchten . . . Habt ihr vielleicht noch einen ähnlichen Raum wie diesen . . .?«

»Ja«, antwortete Gordon, »den, der uns als Küche dient, und dort könnt ihr gut bis morgen ausruhen.«

Rock und sein Begleiter gingen nach dem Store-room hinüber, dessen Inneres sie mit forschendem Blick überflogen, wobei sie auch erkannten, daß die Tür desselben sich nach dem Rio zu öffnete.

Wirklich hätte niemand zuvorkommender gegen diese armen Verunglückten sein können! Die beiden Schurken mußten sich sagen, daß es sich, um mit diesen unschuldigen Kindern fertig zu werden, gar nicht der Mühe lohne, eine solche Posse aufzuspielen.

Rock und Forbes streckten sich in einem Winkel des Store-room nieder. Hier sollten sie freilich nicht allein bleiben, da Moko in demselben Raume schlief; um diesen Burschen kümmerten sie sich indessen nicht und waren entschlossen, ihn einfach zu erwürgen, wenn sie bemerkten, daß er nur mit einem Auge schliefe. Zur verabredeten Stunde sollten nämlich Rock und Forbes die Tür öffnen, und Walston, der sich mit vier anderen seiner Spießgesellen am Uferlande aufhielt, hoffte damit French-den ohne Widerstand in seine Gewalt zu bekommen.

Gegen neun Uhr, als Rock und Forbes voraussichtlich schon schlafen mußten, trat auch Moko ein und warf sich sogleich auf sein Lager, bereit, beim ersten verdächtigen Zeichen Alarm zu schlagen.

Briant und die übrigen waren in der Halle geblieben. Nach Verschluß der Tür des Verbindungsganges gesellten sich Evans und Kate wieder zu ihnen. Alles war so gekommen, wie der Steuermann es vorausgesehen, und dieser zweifelte nicht daran, daß Walston jetzt in der nächsten Umgebung nur den Augenblick abwartete, hier einzudringen.

»Seien wir auf unserer Hut!« sagte er.

Inzwischen vergingen zwei Stunden, und Moko fragte sich schon, ob Rock und Forbes ihren Anschlag nicht bis zu einer anderen Nacht verschoben haben möchten, als seine Aufmerksamkeit durch ein leichtes Geräusch im Store-room erweckt wurde.

Beim Scheine der an der Decke hängenden Laterne sah er da Rock und Forbes den Winkel, in dem sie gelegen hatten, verlassen und nach der Seite der Tür hinkriechen.

Diese Tür war durch eine Anhäufig großer Steine gesichert – eine wirkliche Barrikade, welche schwierig, wenn nicht ganz unmöglich auf einmal beseitigt werden konnte.

Die beiden Matrosen begannen also damit, die Steine einzeln abzutragen und geräuschlos längs der rechten Wand aufzuschichten. Nach wenigen Minuten war die Tür vollständig freigelegt. Jetzt brauchte nur noch der Riegel zurückgeschoben zu werden, der sie von innen verschloß, um den Zugang nach French-den jeden Augenblick zu öffnen.

In dem Augenblick aber, als Rock nach Zurückschiebung jenes Riegels die Tür aufstoßen wollte, legte sich eine Hand auf seine Schulter. Er drehte sich um und erkannte den Steuermann, dessen Gesicht die Laterne voll beleuchtete.

»Evans!« rief er. »Evans hier . . .!«

»Hierher, Jungens!« rief der Steuermann.

Briant und seine Genossen stürzten sofort nach dem Store-room. Hier wurde zunächst Forbes von den vier stärksten Knaben, Baxter, Wilcox, Doniphan und Briant, gepackt und ihm jedes Entkommen unmöglich gemacht.

Rock hatte mit einem wuchtigen Stoße Evans zurückgedrängt und versetzte ihm dabei einen Messerstich, der diesen jedoch nur leicht am linken Arme streifte.

Dann eilte er durch die offene Tür hinaus. Er hatte noch keine zehn Schritte gemacht, als ein Schuß hinter ihm krachte.

Der Steuermann war es, der auf Rock geschossen hatte. Allem Anscheine nach war der Flüchtling unverletzt geblieben, wenigstens ließ sich kein Aufschrei hören.

»Alle Wetter ...! Ich habe den Schuft gefehlt!« rief Evans. »Doch wir haben ja den andern ... Einer wird also immer weniger sein!«

Das Messer in der Hand, erhob er schon den Arm gegen Forbes.

»Gnade ...! Gnade ...!« winselte der Elende, den die vier Knaben auf der Erde festhielten.

»Ja, Gnade, Evans!« bat Kate, sich zwischen den Steuermann und Forbes eindrängend. »Gewährt ihm Gnade, da er mir das Leben gerettet hat ...!«

»Es sei!« sagte Evans; »ich gebe Ihnen nach, Kate, wenigstens für diesen Augenblick.«

Sicher geknebelt, wurde jetzt Forbes in eine der Nebenkammern gesteckt.

Dann verschloß und verbarrikadierte man die Tür des Store-room wieder, und alle blieben bis Tagesanbruch, um jeder Überraschung vorzubeugen, wach.

Dreizehntes Kapitel

Ausfragung Forbes'. – Die Lage. – Eine geplante Auskundschaftung. – Abwägung der Streitkräfte. – Reste des Lagers. – Briant verschwunden. – Doniphan ihm zu Hilfe. – Schwere Verwundung. – Ein Schrei von French-den her. – Auftreten Forbes'. – Ein Kanonenschuß Mokos.

So anstrengend diese Nacht ohne Schlaf auch gewesen, fiel es am nächsten Tage doch niemand ein, nur eine Stunde Ruhe zu suchen. Es war jetzt nicht mehr zweifelhaft, daß Walston, nachdem die List mißlungen, Gewalt anwenden würde. Rock, der dem Schusse des Steuermannes entgangen war, mußte jenen wieder aufgesucht und ihm gemeldet haben, daß er, da seine Schliche entdeckt waren, nur durch Sprengung der Türen nach French-den hineingelangen könne.

Schon beim Morgenrote begaben sich Evans, Briant, Doniphan und Gordon vorsichtig hinaus. Mit dem Aufgang der Sonne verdichteten sich die Morgennebel mehr und mehr und legten den See frei, den eine leichte Brise kräuselte.

Die ganze Umgebung von French-den, sowohl nach der Seite des Rio Sealand wie nach der der Trapswoods zu, erschien völlig still. Im Innern des Geheges bewegten sich die Haustiere wie gewöhnlich hin und her. Phann, der auf dem Sportfeld herumlief, ließ kein Zeichen von Unruhe erkennen.

Vor allem beschäftigte sich Evans damit, zu erkennen, ob auf dem Boden Fußeindrücke zu finden seien. Wirklich zeigten sich solche in großer Menge – vorzüglich ganz nahe bei French-den. Sie kreuzten sich in den verschiedensten Richtungen und bewiesen deutlich, daß Walston und seine Begleiter bis nach dem Rio selbst vorgedrungen waren und dort auf Öffnung der Tür des Store-rooms gelauert hatten.

Blutflecken bemerkte man auf dem Sande nicht – ein Beweis, daß Rock durch die Kugel des Steuermannes nicht verwundet worden sein konnte.

Hier drängte sich jedoch die Frage auf, ob Walston gleich den falschen Schiffbrüchigen vom Süden des Family-lake gekommen oder nicht vielmehr vom Norden her auf French-den zugezogen sei. In letzterem Falle mußte Rock nach den Traps-woods zu entflohen sein, um sich ihm wieder anzuschließen.

Da es von Wichtigkeit schien, diese Tatsache aufzuklären, beschloß man, Forbes zu fragen, um zu erfahren, welchen Weg Walston wohl eingeschlagen habe. Doch ob Forbes sich auch wohl herbeiließ, zu sprechen, und wenn er sprach, ob er dann auch die Wahrheit sagte ...? Würden in seinem Herzen aus Dankbarkeit gegen Kate, die ihm jetzt das Leben gerettet hatte, wohl einige bessere Empfindungen erwachen ...? Würde er vergessen, was es bedeutete, diejenigen zu verraten, die er erst um gastliche Aufnahme in French-den angesprochen hatte?

Um ihn persönlich zu befragen, kehrte Evans nach der Halle zurück, er öffnete die Tür des Seitenbehälters, in dem Forbes untergebracht worden war, löste seine Fesseln und führte ihn nach der Halle.

»Forbes«, begann Evans, »dein und Rocks listiger Anschlag hat seinen Zweck verfehlt. Mir liegt daran zu wissen, was Walston zunächst geplant, und du mußt davon unterrichtet sein. Willst du Antwort geben?«

Forbes hatte den Kopf gesenkt und wagte nicht, die Augen weder auf Evans noch auf Kate oder auf die Knaben zu erheben, denen der Steuermann ihn vorgeführt hatte. Er verhielt sich schweigend.

Kate versuchte zu vermitteln.

»Forbes«, sagte sie, »früher zeigtet Ihr eine Spur von Mitgefühl, als Ihr Eure Kameraden während des Gemetzels auf dem ›Severn‹ abhieltet, auch mich umzubringen. Wäret Ihr jetzt nicht bereit, auch etwas zu tun, um diese Kinder vor einem noch schauderhafteren Gemetzel zu bewahren?«

Forbes gab keine Antwort.

»Forbes«, fuhr Kate fort, »sie haben Euch das Leben geschenkt, da Ihr den Tod verdientet! Jede menschliche

Regung kann in Euch nicht erloschen sein! Nachdem Ihr so viel Böses getan, könntet Ihr noch auf den Weg des Guten zurückkehren. Bedenkt, zu welch scheußlichem Verbrechen Ihr jetzt die Hand bietet!«

Ein halberstickter Seufzer rang sich jetzt aus Forbes' Brust.

»Was kann ich denn dabei tun?« antwortete er mit dumpfer Stimme.

»Du kannst uns mitteilen«, nahm Evans wieder das Wort, »was diese Nacht geschehen sollte, was später gegenb uns geplant ist. Erwartest du Walston und die übrigen, welche wohl hier eindringen wollten, sobald ihnen eine Tür geöffnet wurde . . .?«

»Ja . . .!« stammelte Forbes.

»Und diese Knaben, welche dich so freundlich aufgenommen hatten, wären ermordet worden . . .?«

Forbes ließ den Kopf noch tiefer sinken und fand nicht die Kraft zu einer Antwort.

»So sage uns, von welcher Seite Walston und die anderen hierher gekommen waren?« fragte der Steuermann.

»Vom Norden des Sees her«, erwiderte Forbes.

»Während ihr beide, Rock und du, vom Süden her kamt . . .?«

»Ja!«

»Haben Sie schon im Westen die anderen Teile der Insel besucht?«

»Noch nicht.«

»Wo mögen sie jetzt sich aufhalten?«

»Das weiß ich nicht . . .«

»Du kannst uns nicht mehr sagen, Forbes?«

»Nein . . . Evans . . . nein . . .!«

»Und du denkst, daß Walston wiederkommen wird?«

»Ja!«

Offenbar hatten Walston und seine Gefährten, als sie den Schuß des Steuermanns hörten und erkannten, daß ihre List durchschaut war, es für ratsam gehalten, sich in Erwartung einer günstigeren Gelegenheit seitwärts zu schlagen.

Evans, der nicht hoffen konnte, von Forbes weitere Aufklärung zu erlangen, führte diesen wieder nach seinem Gefängnis, dessen Tür von außen verschlossen wurde.

Die Lage war und blieb also immer eine höchst ernste. Wo befand sich jetzt Walston? Hielt er sich in den Traps-woods verborgen? Forbes hatte das nicht sagen können oder nicht sagen wollen. Und doch wäre es so wünschenswert gewesen, in dieser Beziehung unterrichtet zu sein. Deshalb kam der Steuermann auf den Gedanken, in jener Richtung hin eine wenn auch mit Gefahr verknüpfte Rekognoszierung vorzunehmen.

Gegen Mittag brachte Moko dem Gefangenen etwas Nahrung. Forbes saß in sich zusammengesunken da und rührte sie kaum an. Was mochte in der Seele des Unglücklichen vorgehen? Wurde er vielleicht von Gewissensbissen gefoltert? – Wer konnte das erraten?

Nach dem Frühstück eröffnete Evans den Knaben seine Absicht, bis zum Saume der Traps-woods hinauszugehen, da es ihm gar zu sehr am Herzen lag, zu erfahren, ob die Verbrecher noch immer in der Nachbarschaft von French-den verweilten. Dieser Vorschlag wurde ohne weitere Verhandlungen angenommen, und man traf alle geeigneten Maßregeln, um sich gegen jede Eventualität zu sichern.

Gewiß zählten Walston und seine Spießgesellen seit der Gefangennahme Forbes' nur sechs Mann, während die kleine Kolonie aus fünfzehn Knaben ohne Kate und Evans zu rechnen, bestand.

Von dieser Zahl waren aber die Kleinsten abzuziehen, welche an einem Kampfe nicht unmittelbar teilnehmen konnten. Es wurde also beschlossen, daß während des Rekognoszierungszuges des Steuermanns Iverson, Jenkins, Dole und Costar mit Kate, Moko und Jacques unter der Hut Baxters in der Halle zurückbleiben sollten. Die Großen dagegen, nämlich Briant, Gordon, Doniphan, Croß, Service, Webb, Wilcox und Arnett, bildeten die Begleitung Evans'. Acht Knaben gegen sechs Männer im kräftigsten Alter, das war freilich kein gleiches Verhältnis.

Zwar führte jeder derselben als Waffen Gewehr und Revolver, während Walston nur fünf vom »Severn« herrührende Flinten besaß. Unter diesen Umständen mußte also ein Fernkampf noch die besten Aussichten bieten, da Doniphan, Wilcox und Croß sehr gute Schützen und folglich den amerikanischen Matrosen überlegen waren. Dazu fehlte es ihnen nicht an Munition, wogegen Walston, wie der Steuermann gesagt hatte, sich auf nur wenige Patronen beschränkt sah.

Es war gegen zwei Uhr nachmittags, als die kleine Truppe unter Führung Evans' zusammentrat. Baxter, Jacques, Moko, Kate und die Kleinen kehrten sofort nach French-den zurück, wo die Türe zwar verschlossen, aber nicht verbarrikadiert wurde, um gegebenenfalls dem Steuermann und den anderen schnell Obdach bieten zu können.

Übrigens war ebensowenig vom Süden wie vom Westen her etwas zu fürchten, da Walston, um von diesen Richtungen her anzugreifen, erst nach der Sloughi-Bai und dann längs des Rio Sealand hätte hinziehen müssen, was zu viel Zeit erforderte. Nach Aussage Forbes' war er vielmehr am westlichen Ufer des Sees heruntergekommen und kannte jenen Teil der Insel wohl überhaupt nicht. Evans brauchte demnach keinen Rückenangriff zu fürchten, da die feindlichen Kräfte jedenfalls nur im Norden zu suchen sein konnten.

Die Knaben und der Steuermann drangen längs des Ufers am Auckland-hill möglichst behutsam vor. Jenseits des Geheges gestatteten ihnen Gesträuche und Baumgruppen, den Wald zu erreichen, ohne sich allzusehr bloßzustellen.

Evans marschierte an der Spitze, nachdem er den Feuereifer Doniphans, der immer der erste sein wollte, mühsam gemäßigt hatte. Als er an dem kleinen Erdhügel vorübergekommen war, der die sterblichen Überreste des französischen Schiffbrüchigen bedeckte, hielt es der Steuermann für angezeigt, eine schräge Richtung einzuschlagen, um sich dem Strande des Family-lake mehr zu nähern.

Phann, den Gordon vergeblich zurückzuhalten versucht hatte, schien mit aufgerichteten Ohren und die Nase am Boden etwas aufzuspüren, und bald gewahrte man, daß er eine Fährte gefunden haben müsse.

»Achtung!« rief Briant.

»Ja«, antwortete Gordon. »Das ist nicht die Fährte eines Tieres. Seht nur das seltsame Verhalten des Hundes!«

»Schleichen wir unter dem Gebüsch hin«, sagte Evans, »und Sie, Herr Doniphan, da Sie sicher schießen, fehlen Sie ja keinen der Schurken, wenn einer sichtbar würde! Eine nützlichere Kugel werden Sie nie verschossen haben!«

Einige Augenblicke später hatten alle die ersten Baumgruppen erreicht. Hier, am Saume der Trapswoods, fanden sich noch Spuren eines neuerlichen Lagers, halb verkohlte Zweige und kaum erkaltete Asche.

»Ganz sicherlich hat Walston an dieser Stelle die letzte Nacht verweilt«, bemerkte Gordon.

»Und vielleicht war er sogar vor wenigen Stunden noch hier«, antwortete Evans. »Ich halte es also für richtiger, wir ziehen uns mehr nach dem Steilufer hin zurück . . .«

Er hatte kaum geendet, als von rechts her ein Krachen erschallte. Eine Kugel schlug, nachdem sie Briant leicht am Kopfe gestreift, in den Baum, an den er sich lehnte.

Fast zu derselben Zeit donnerte noch ein anderer Schuß, dem ein Schrei folgte, während etwa fünfzig Schritte weiter hin eine Masse schnell unter den Bäumen verschwand.

Doniphan war es gewesen, der, als Ziel den Rauch des ersten Schusses nehmend, Feuer gegeben hatte.

Da der Hund nicht stehenblieb, eilte Doniphan, von Kampfesmut beseelt, diesem ohne zu überlegen nach.

»Vorwärts!« rief Evans, »wir können ihn nicht allein ins Gedränge kommen lassen . . .!«

Nur wenige Minuten später hatten sie Doniphan erreicht und bildeten da einen Kreis um einen inmitten des hohen Grases ausgestreckten Körper, der kein Lebenszeichen mehr von sich gab.

»Der hier, das ist Pike!« sagte Evans. »Dieser Schurke hat seinen Lohn empfangen! Wenn der Teufel auf ihn Jagd macht, wird er nicht als Schneider wieder nach Hause kommen. – Wieder einer weniger!«

»Die anderen können nicht weit von hier sein«, bemerkte Garnett.

»Nur, junge Freunde, lassen wir uns nicht unnötig sehen.«

»Nieder auf die Knie! Auf die Knie . . .!«

Ein dritter Knall, dieses Mal von der linken Seite. Service, der den Kopf nicht niedrig genug gehalten hatte, erhielt einen Streifschuß an der Stirn.

»Bist du verwundet . . .?« rief Gordon auf ihn zueilend.

»Oh, es ist nichts, Gordon, gar nichts«, antwortete Service. »Höchstens eine leichte Schramme!«

Jetzt galt es, sich nicht voneinander zu trennen. Nachdem Pike getötet war, blieb nur Walston mit noch vier Leuten übrig, welche in geringer Entfernung hinter den Bäumen Aufstellung genommen haben mochten. Evans und die Seinigen bildeten, unter dem Gesträuch hingekauert, eine gedrängte Truppe, bereit sich zu verteidigen, von welcher Seite der Angriff auch erfolgte.

Plötzlich rief Garnett:

»Wo ist denn Briant?«

»Ich sehe ihn nicht mehr!« antwortete Wilcox.

In der Tat war Briant verschwunden, und da sich das Gebell Phanns jetzt nur mit erneuerter Heftigkeit hören ließ, war zu fürchten, daß der unerschrockene Knabe mit einigen Leuten der Bande ins Handgemenge gekommen sei.

»Briant . . .! Briant!« rief Doniphan.

Alle folgten, vielleicht unbewußt, den Spuren Phanns nach. Evans hatte sie nicht zurückhalten können. Sie schlüpften von Baum zu Baum und gewannen so immer mehr an Terrain.

»Vorsehen, Master, vorsehen!« rief plötzlich Croß, der sich schnell zur Erde niederwarf.

Instinktiv senkte der Steuermann den Kopf, gerade als eine Kugel nur wenige Zoll über ihn hinpfiff.

Als er sich gleich wieder aufrichtete, bemerkte er einen der Spießgesellen Walstons, der durch das Gehölz flüchtete.

Er erkannte Rock, der ihm die Nacht vorher entkommen war.

»Das für dich, Rock!« rief er.

Er gab Feuer, und Rock verschwand, als ob die Erde sich unter ihm aufgetan hätte.

»Sollt' ich ihn nochmals verfehlt haben . . .?« rief Evans. »Alle Wetter, das wäre Pech!«

Alles das geschah binnen wenigen Sekunden. Plötzlich erschallte das Gebell des Hundes ganz in der Nähe, und gleich darauf hörte man die Stimme Doniphans.

»Festhalten, Briant, halt aus!« rief er.

Evans und die anderen sprangen nach der betreffenden Seite hin, und zwanzig Schritte weiter sahen sie Briant im Kampfe mit Cope.

Der Elende hatte den Knaben schon zu Boden geworfen und wollte ihm eben das Messer ins Herz bohren, als Doniphan, der zur rechten Zeit dazukam, um den Stoß abzulenken, sich auf Cope warf, ohne vorher Gelegenheit gehabt zu haben, seinen Revolver zu ziehen.

Jetzt traf ihn das Messer des Schurken mitten in die Brust . . . er fiel zusammen, ohne nur einen Laut von sich zu geben.

Cope, welcher bemerkte, daß Evans, Garnett und Webb ihm den Rückzug abzuschneiden versuchten, ergriff nach Norden zu die Flucht. Mehrere Schüsse wurden ihm gleichzeitig nachgesendet. Er verschwand jedoch, und Phann kam zurück, ohne jenen eingeholt zu haben.

Kaum hatte er sich erhoben, da trat Briant an Doniphan heran, unterstützte den Kopf des Verwundeten und bemühte sich, diesen wiederzubeleben.

Evans und die anderen waren ebenfalls hinzugekommen, nachdem sie ihre Gewehre eiligst wieder geladen hatten.

Der Kampf verlief anfänglich entschieden zum Nachteile Walstons, da Pike getötet und Cope und Rock mindestens außer Gefecht gesetzt waren.

Leider war freilich Doniphan in die Brust und, wie es schien, tödlich getroffen worden. Die Augen geschlossen, das Gesicht weiß wie Wachs, machte er nicht die geringste Bewegung und hörte nicht einmal, daß Briant seinen Namen rief.

Inzwischen hatte sich Evans über den Körper des Knaben gebeugt, hatte dessen Weste aufgeknöpft und das von Blut getränkte Hemd aufgerissen. Aus einer schmalen dreieckigen Wunde in der Höhe der vierten Rippe an der linken Seite sickerte noch immer Blut. Daß die Spitze des Messers das Herz nicht getroffen haben konnte, ergab sich schon daraus, daß Doniphan noch atmete. Wohl war dagegen zu befürchten, daß die Lunge verletzt sei, denn die Atmung des Verwundeten ging nur sehr schwach vor sich.

»Wir wollen ihn nach French-den schaffen«, sagte Gordon; »nur dort allein vermögen wir ihn zu pflegen . . .«

»Und zu retten!« rief Briant. »Ach, mein armer Kamerad . . .! Für mich, für mich hast du dein Leben aufs Spiel gesetzt!«

Evans billigte den Vorschlag, Doniphan nach French-den zurückzubringen, um so mehr, als jetzt ein Stillstand des Gefechts eingetreten schien. Wahrscheinlich hatte es Walston angesichts der ungünstigen Wendung der Dinge vorgezogen, sich nach den Tiefen der Traps-woods zu flüchten.

Am meisten beunruhigte es Evans, daß er weder Walston selbst noch Brandt oder Book, vielleicht die gefährlichsten Mitglieder der Bande, gesehen hatte.

Der Zustand Doniphans erforderte, diesen ohne Erschütterung fortzuschaffen. Baxter und Service beeilten sich also, eine Tragbahre aus Ästen und Zweigen herzustellen, auf welche der arme Verwundete gelegt wurde, ohne daß er wieder zum Bewußtsein gekommen wäre. Dann hoben vier seiner Kameraden ihn sorgsam auf, während die anderen ihn, das Gewehr schußfertig und den Revolver in der Hand, umringten.

Der traurige Zug wandte sich dem Fuße des Auckland-hill zu, was ratsamer schien als der Weg am Seeufer hin. Längs des Steilufers brauchten sie ihre Aufmerksamkeit nur noch links und nach rückwärts zu richten. Nichts störte jedoch den stillen Zug. Zuweilen nur entrang sich Doniphan ein schmerzlicher Seufzer, so daß Gordon anhalten ließ, um die Atemzüge des Verwundeten zu beobachten, und dann ging es wieder langsam vorwärts.

Drei Viertel des Weges wurden in dieser Weise zurückgelegt; jetzt waren nur noch acht- bis neunhundert Schritte zu machen, um French-den zu erreichen, dessen hinter einem Vorsprunge des Steilufers verborgene Türe man noch nicht sehen konnte.

Plötzlich ertönten Rufe von der Seite des Rio Sealand. Phann sprang in dieser Richtung davon.

Offenbar war French-den von Walston und seinen beiden anderen Spießgesellen angegriffen worden.

In der Tat war hier, wie sich später herausstellte, folgendes vorgegangen:

Während Rock, Cope und Pike unter dem Schutz der Bäume der Traps-woods die kleine Truppe des Steuermannes beschäftigten, waren Walston, Brandt und Book, in dem ausgetrockneten Bette des Dike-creek vordringend, nach der Höhe des Auckland-hill gelangt. Nachdem sie schnell das Hochplateau desselben überschritten, kletterten sie in der Schlucht herunter, welche am Ufergelände des Rios unfern vom Eingange zum Store-room ausmündete. Einmal hier angelangt, hatten sie die jetzt nicht verbarrikadierte Tür eingestoßen und waren in French-den selbst eingedrungen.

Sollte Evans nun noch zeitig genug dazu kommen, um das drohende Unheil abzuwenden?

Des Steuermanns Entschluß war schnell gefaßt. Während Croß, Webb und Garnett bei Doniphan blieben, den man nicht allein lassen durfte, eilten Gordon, Briant, Service, Wilcox und er selbst auf kürzestem Wege nach French-den hin. Wenige Minuten später und als sie das Sportfeld übersehen konnten, hatten sie einen Anblick, der ihnen jede Hoffnung zu rauben schien.

Eben jetzt trat Walston aus der Tür der Halle und hielt ein Kind, das er nach dem Rio schleppte.

Dieses Kind war Jacques. Vergebens hatte Kate, die Walston nachstürzte, es diesem zu entreißen gesucht.

Gleich darauf erschien auch der zweite Begleiter Walstons, Brandt, der den kleinen Costar gepackt hatte und ihn in der nämlichen Richtung hinzog.

Baxter warf sich zwar auf Brandt, doch von einem wuchtigen Stoße getroffen, rollte er zur Erde.

Die übrigen Kinder, Dole, Jenkins und Iverson, waren ebensowenig wie Moko zu erblicken. Sollten sie vielleicht schon innerhalb French-dens umgekommen sein?

Walston und Brandt näherten sich inzwischen rasch dem Rio. Hatten sie eine Möglichkeit, denselben anders als schwimmend zu überschreiten? Ja, Book war da, und zwar in der Jolle, die er aus dem Store-room hierher geschafft hatte.

Einmal erst auf dem linken Ufer, waren sie gegen jeden Angriff gesichert. Ehe man ihnen hätte den Weg verlegen können, mußten sie, mit Jacques und Costar als Geiseln in ihren Händen, das Lager beim Bear-rock schon erreicht haben.

Evans, Briant, Gordon, Croß und Wilcox liefen also, was sie die Füße tragen konnten, um nach dem Sportfeld zu gelangen, ehe Walston, Book und Brandt sich jenseits des Flusses in Sicherheit gebracht hätten. Hätten sie jetzt auf die Schurken feuern wollen, so würden sie Costar und Jacques gleichzeitig gefährdet haben.

Noch war Phann jedoch da. Mit einem furchtbaren Sprunge packte er Brandt an der Kehle. Dieser mußte, um zur Abwehr des Hundes freie Hand zu behalten, Costar loslassen, während Walston sich beeilte, Jacques nach der Jolle zu zerren.

Plötzlich stürmte noch ein Mann aus der Halle.

Das war Forbes.

Wollte er sich seinen früheren Spießgesellen wieder anschließen, nachdem er die Kammertüre gesprengt hatte? – Walston bezeifelte das nicht.

»Hierher, Forbes...! Komm...! Komm...!« rief er.

Evans war stehengeblieben; er wollte schon Feuer geben, als er Forbes sich auf Walston stürzen sah.

Verdutzt über diesen Angriff, dessen er sich nimmermehr versehen hatte, mußte er jetzt Jacques ebenfalls freigeben, und sich umwendend, stieß er mit dem Messer nach dem neuen Feinde!

Forbes sank zu Walstons Füßen nieder.

Das ging alles so blitzschnell vonstatten, daß Evans, Briant, Gordon, Service und Wilcox sich noch etwa hundert Schritte von dem Sportfeld entfernt befanden.

Walston wollte Jacques wieder ergreifen, um ihn bis in die Jolle zu schleppen, wo Book ihn mit Brandt, der sich mit Mühe von dem Hunde befreit hatte, zum Abstoßen fertig erwartete.

Er gewann nicht die Zeit dazu, denn Jacques, der auch einen Revolver bei sich hatte, schoß ihm diesen mitten auf die Brust ab. Kaum behielt der schwerverwundete Walston Kraft genug, zu seinen beiden Gefährten hinunterzuwanken, die ihn mit den Armen auffingen, ihn niedersetzten und die Jolle kräftig abstießen.

In diesem Augenblick krachte es wie ein heftiger Donnerschlag. Ein Hagel von Bleikugeln schlug in das Wasser des Flusses.

Dieser kam von dem kleinen Geschütze, das der Schiffsjunge durch die Schießscharte des Store-rooms abgefeuert hatte.

Mit Ausnahme der beiden Elenden, welche unter dem Baumdickicht der Traps-woods verschwanden, war die Insel jetzt gesäubert von den Mordgesellen des »Severn«, welche durch die Strömung des Rio Sealand nach dem Meere hinabgetragen wurden.

Vierzehntes Kapitel

Befreit! – Die Helden des Schlachtfeldes. – Das Ende eines Unglücklichen. – Streifzug in den Wald. – Wiedergenesung Doniphans. – Am Hafen des Bear-rock. – Die Neuverplankung. – Abfahrt am 5. Februar. – Stromab den Rio-Sealand. – Begrüßung der Sloughi-Bai. – Die letzte Spitze der Insel Chairman.

Ein neuer Lebensabschnitt nahm nun für die jugendlichen Kolonisten der Insel Chairman seinen Anfang.

Nachdem sie bisher für die Sicherung ihrer Existenz unter zuweilen sehr bedrohlichen Verhältnissen gekämpft, sollten sie jetzt nur noch für ihre Befreiung arbeiten, um durch eine letzte Anstrengung sich die Aussicht, Angehörige und Vaterland wiederzusehen, zu eröffnen.

Nach dem durch den Kampf hervorgerufenen Zustande stärkster Erregung und Überreizung trat jetzt bei mehreren eine gar zu natürliche Gegenwirkung zutage. Sie fühlten sich wirklich erdrückt von ihrem Erfolge, an dem sie kaum geglaubt hatten. Jetzt, wo die Gefahr vorüber war, erschien sie ihnen sogar größer, als sie sich früher darstellte und in der Tat auch gewesen war. Gewiß hatten sich ihre günstigen Aussichten nach dem ersten Zusammenstoß am Rande der Traps-woods einigermaßen gehoben, ohne das so unerwartete Dazwischentreten Forbes' wären ihnen Walston, Book und Brandt aber doch wohl entgangen. Moko konnte ebensowenig wagen, den Kartätschenhagel abzugeben, der Costar und Jacques jedenfalls gleichzeitig mit den Räubern derselben vernichten mußte . . . Was wäre dann die Folge gewesen . . .? Zu welch drückender Vereinbarung hätten sie sich verstehen müssen, um die beiden Kinder auszulösen?

Als dann Briant und seine Kameraden die Sachlage mit sehr nüchternem Auge überschauen konnten, ergriff sie fast eine Art nachträglichen Schauders. Das hielt jedoch nicht lange an, und obwohl man noch nicht wußte, was aus Rock und Cope geworden war, erschien doch die Sicherheit auf der Insel im großen und ganzen wieder hergestellt.

Was die Helden des Schlachtfeldes anging, so wurden diese nach Verdienst beglückwünscht – Moko für seinen zu so gelegener Zeit durch die Schießscharte des Store-rooms abgefeuerten Kanonenschuß – Jacques für die Kaltblütigkeit, von der er Zeugnis abgelegt, als er seinen Revolver Walston mitten auf die Brust losdrückte, und endlich auch Costar, der »gewiß ganz dasselbe getan haben würde, wie er sagte, wenn er nur einen solchen sechsschüssigen ›Puffer‹ in der Hand gehabt hätte« – er hatte aber leider keine solche Waffe.

Selbst Phann wurde hierbei nicht übergangen; man überhäufte ihn vielmehr mit Liebkosungen, ohne eine tüchtige Portion Markknochen zu rechnen, mit der Moko ihn dafür belohnte, daß er dem Schurken Brandt, der den kleinen Knaben entführen wollte, mit den Zähnen zu Leibe ging.

Es versteht sich von selbst, daß Briant gleich nach Mokos Kanonenschusse eiligst nach der Stelle zurücklief, wo seine Kameraden Doniphan bewachten. Wenige Minuten später war die Tragbahre mit dem Verwundeten in der Halle niedergesetzt worden, ohne daß dieser wieder zum Bewußtsein kam, während Forbes, den Evans aufgehoben hatte, eine Lagerstatt im Store-room erhielt. Die Nacht über wachten Kate, Gordon, Briant, Wilcox und der Steuermann bei den beiden Verletzten.

Daß Doniphan sehr schwer verwundet war, zeigte sich nur allzu deutlich. Da er jedoch regelmäßig atmete, konnte die Lunge desselben von Copes Messer wenigstens nicht ganz durchbohrt sein. Zum Verbinden seiner

Wunde benützte Kate gewisse Blätter, welche man im Far-West gewöhnlich in ähnlichen Fällen verwendete und die ihr hier einige Sträucher vom Ufer des Rio Sealand lieferten. Es waren das Erlenblätter, welche, zerquetscht und zu Umschlägen benützt, sich gegen das Auftreten erschöpfender Eiterungen sehr wirksam erweisen, und von solchen war die größte Gefahr zu befürchten. Nicht ebenso gut ging es mit Forbes, den Walston in den Leib gestochen hatte. Er wußte auch, daß er tödlich getroffen war, und als er das Bewußtsein wiedererlangte und Kate pflegebereit über sein Lager gebeugt sah, sagte er schwach:

»Ich danke, gute Kate, ich danke ...! Es ist nutzlos ...! Ich bin doch verloren!« Dabei drangen ihm die Tränen aus den Augen.

Hatte die Stimme des Gewissens in ihm nun doch noch wachgerufen, was von besseren Eigenschaften im Herzen des Unglücklichen schlummerte ...? Ja! Verführt durch schlimme Einflüsterungen und böse Beispiele, hatte er sich zwar am Gemetzel auf dem »Severn« beteiligt, sein ganzes Wesen empörte sich aber gegen das schreckliche Geschick, das den jungen Kolonisten bereitet werden sollte, und er hatte sein Leben für sie in die Schanze geschlagen.

»Hoffe nur, Forbes!« redete Kate ihm tröstend zu. »Du hast dein Vergehen gesühnt ... Du wirst leben bleiben ...«

Doch nein, der Unglückliche sollte sterben. Trotz der besten Pflege, an der man es ihm nicht fehlen ließ, wurde die Verschlimmerung seines Zustandes von Stunde zu Stunde sichtbarer. Während der wenigen Augenblicke, in welchen der brennende Schmerz ihn einmal verließ, richteten sich seine ruhelosen Augen auf Kate oder Evans ... Er hatte Blut vergossen, und jetzt floß sein Blut, um frühere Sünden abzuwaschen.

Gegen vier Uhr morgens hatte Forbes ausgelitten.

Er starb reuevoll, darum hatten ihm Gott und Menschen verziehen und blieb ihm ein qualvoller Todeskampf erspart, denn fast ohne jedes Zeichen von

Schmerz hauchte er den letzten Seufzer aus.

Man begrub ihn am nächsten Tage ganz nahe der Stelle, wo der französische Schiffbrüchige ruhte, und jetzt bezeichnen zwei kleine Kreuze die beiden vereinsamten Gräber.

Immerhin bildete die Anwesenheit Rocks und Copes auch jetzt noch eine gewisse Gefahr; die Sicherheit konnte nicht als vollständig gelten, so lange diese nicht außer Stand gesetzt waren, weiter zu schaden.

Evans beschloß also, diesem Zustand ein Ende zu machen, bevor er sich nach dem Bear-rock begab.

Gordon, Briant, Baxter, Wilcox und er brachen, begleitet von Phann, dessen Spürsinn zur Auffindung einer Fährte nicht zu verachten war, mit dem Gewehre unterm Arm und dem Revolver im Gürtel noch am nämlichen Tage auf.

Die Nachforschungen waren weder schwierig noch lang und, wie wir einschalten müssen, auch keineswegs gefährlich. Es zeigte sich nämlich bald, daß man von den beiden Spießgesellen Walstons nichts mehr zu fürchten hatte. Cope, dessen Weg man infolge der Blutspuren in den Traps-woods unschwer verfolgen konnte, wurde nur wenige hundert Schritte von der Stelle, wo ihn eine Kugel ereilte, tot aufgefunden. Ebenso entdeckte man den Leichnam Pikes, der gleich im Anfang des Gefechtes gefallen war. Was endlich Rock anging, der so überraschend verschwand, als hätte die Erde ihn verschlungen, so konnte Evans sich diese Tatsache sehr schnell erklären: der Elende war tödlich getroffen in eine der von Wilcox ausgehobenen Fallgruben geraten. Die drei Leichname wurden sogleich in der zum Grabe verwandelten Aushöhlung beerdigt. Dann kehrten der Steuermann und seine Begleiter mit der erfreulichen Nachricht heim, daß die Kolonie jetzt gar nichts mehr zu fürchten habe.

Nun wäre in French-den die Freude vollkommen gewesen, hätte nur Doniphan nicht an der schweren Verletzung daniedergelegen. Immerhin konnte die Hoffnung wieder in aller Herzen einziehen.

Am folgenden Tage besprachen Evans, Gordon, Briant und Baxter die Aufgaben, welche eine unmittelbare Erledigung erheischten. Vor allem kam es jetzt darauf an, sich in Besitz der Schaluppe des »Severn« zu setzen. Das bedingte aber einen Ausflug nach dem Bear-rock und selbst einen längeren Aufenthalt daselbst, wenn dort die nötigen Arbeiten, um das Fahrzeug wieder segeltüchtig zu machen, ausgeführt werden sollten.

Man einigte sich also dahin, daß Evans, Briant und Baxter über den See weg und durch den East-river nach dessen Mündung führen, denn damit benützten sie den kürzesten und auch den sichersten Weg.

Die in einem Winkel des Rios wiedergefundene Jolle hatte von dem Kartätschenhagel, der dicht über sie wegfegte, nicht gelitten. Man belud diese also mit den Werkzeugen zum Ausbessern der Beplankung, mit Mundvorrat, Munition und Waffen, und bei günstigem Seitenwinde segelte sie am 6. Dezember des Morgens unter der Führung Evans' ab.

Die Fahrt über den Family-lake ging schnell vonstatten, und der Wind blieb während derselben so beständig, daß die Schote des Segels weder angezogen noch nachgelassen zu werden brauchte. Gegen elfeinhalb Uhr zeigte Briant dem Steuermann die kleine Einbuchtung, durch welche die Gewässer des Sees im Bette des East-river abflossen, und die durch die Ebbe unterstützte Jolle glitt bald zwischen den beiden Ufern des Rios dahin.

Nicht weit von dessen Mündung lag die aus dem Wasser gezogene Schaluppe beim Bear-rock im Sande.

Nach Besichtigung derselben und nach Feststellung der unerläßlich nötigen Reparaturen sagte Evans:

»Wir haben, meine jungen Freunde, allerdings Werkzeuge zur Hand, dagegen fehlt uns das Material zu Spanten und Planken. In French-den finden sich nun Planken und Krummhölzer genug, welche vom Rumpfe des ›Sloughi‹ herrühren, und wenn wir das Fahrzeug nach dem Rio Sealand bugsieren könnten . . .«

»Ja, das war auch mein Gedanke«, fiel Briant ein. »Sollte sich das nicht ausführen lassen, Master Evans?«

»Daran zweifle ich nicht im geringsten«, erwiderte Evans. »Da die Schaluppe von den Severn-shores bis zum Bear-rock gelangt ist, wird sie auch vom Bear-rock nach dem Rio Sealand zu schaffen sein. Dort wird uns die Arbeit wesentlich erleichtert, und dann fahren wir endlich von French-den aus nach der Sloughi-Bai und segeln von da aus aufs Meer hinaus!«

Wenn diese Absicht ausführbar war, so ließ sich ein besseres Vorgehen offenbar gar nicht ersinnen. Es wurde also beschlossen, die erste Flut des folgenden Tages zu benützen, um den East-river stromauf zu fahren und die Schaluppe dabei im Schlepptau der Jolle mitzunehmen.

Zunächst bemühte sich Evans so gut wie möglich, die Lecks des Fahrzeugs mit Wergpfropfen zu verschließen, welche er von French-den mitgebracht, und mit dieser Arbeit kam er erst spät am Abend zustande.

Die Nacht verlief dann ganz ruhig im Schutze der Grotte, welche Doniphan und seine Begleiter bei ihrem ersten Besuche der Deception-Bai zur Wohnstätte ausersehen hatten.

Sehr früh am folgenden Tage wurde die Schaluppe durch ein Seil mit der Jolle verbunden, und Evans, Briant und Baxter fuhren mit Eintritt der Flut wieder ab. Indem sie noch obendrein die Ruder gebrauchten, gelangten sie bis zum Eintritt des höchsten Wasserstandes recht gut vorwärts, nur als die Ebbe sich mehr fühlbar machte, wurde das durch eingetretenes Wasser weiter beschwerte Fahrzeug nur mit großer Anstrengung mitgeschleppt. So kam die fünfte Nachmittagsstunde heran, ehe die Jolle das rechte Ufer des Family-lake erreichte.

Der Steuermann hielt es nicht für gut, unter den obwaltenden Verhältnissen eine Nachtfahrt zu wagen.

Übrigens zeigte der Wind gegen Abend Neigung abzuflauen, während die Brise höchstwahrscheinlich, wie es in der schöneren Jahreszeit fast stets geschieht, mit den ersten Sonnenstrahlen wieder auffrischen mußte.

Man lagerte sich also an Ort und Stelle, aß mit vortrefflichem Appetit und schlief ausgezeichnet, wobei sich der Kopf auf die Wurzeln einer großen Buche stützte und die Füße vor einem bis zum Morgenrote brennenden Feuer ausgestreckt lagen.

»Einsteigen!« das war das erste Wort, welches der Steuermann aussprach, als der erste Tagesschein die Gewässer des Sees erhellte.

Wie erwartet, hatte sich die Nordostbrise mit anbrechendem Tage aufs neue erhoben, und eine günstigere Richtung, um nach French-den hinüberzukommen, war gar nicht zu wünschen.

Das Segel wurde also gehißt, und die Jolle, die schwere, bis an den Bordrand im Wasser eintauchende Schaluppe nachschleppend, wendete nach Westen.

Die Fahrt über den Family-lake ging ohne die geringste Störung vonstatten. Aus Vorsicht hielt sich Evans jedoch bereit, das Schleppseil sofort zu kappen, wenn die Schaluppe gänzlich versunken wäre, da diese die leichte Jolle jedenfalls nachgezogen hätte. Diese Möglichkeit machte sie natürlich recht besorgt. Mit dem Versinken des größeren Fahrzeuges war die endliche Abreise auf unbestimmte Zeit vertagt, und die ganze Gesellschaft vielleicht gezwungen, noch recht lange auf der Insel Chairman auszuhalten.

Endlich tauchten gegen drei Uhr nachmittags die Höhen des Auckland-hill am westlichen Horizonte auf. Um fünf Uhr fuhren die Jolle und die Schaluppe in den Rio Sealand ein und gingen unter dem Schutze des kleinen Dammes vor Anker. Laute Hurras begrüßten Evans und seine Begleiter, welche so schnell nicht zurückerwartet worden waren.

Während ihrer Abwesenheit hatte sich Doniphans Zustand ein wenig gebessert. Der wackere Knabe vermochte jetzt schon den Händedruck seines Kameraden Briant zu erwidern. Seine Atmung ging, da die Lunge nicht angegriffen war, leichter vor sich. Obgleich er noch auf strenge Diät beschränkt blieb, so begannen seine Kräfte doch zuzunehmen, und unter den Kräuterumschlägen, welche Kate von zwei zu zwei Stunden erneuerte, mußte seine Wunde sich voraussichtlich bald völlig schließen. Ohne Zweifel folgte jetzt noch eine langdauernde Zeit der Wiedergenesung; Doniphan hatte aber soviel gesunde Lebenskraft, daß seine gänzliche Heilung nur eine Frage der Zeit sein konnte.

Am nächsten Tage schon nahmen die Ausbesserungsarbeiten ihren Anfang. Zuerst mußte man sich freilich tüchtig ins Geschirr legen, um die Schaluppe nur aufs Land zu ziehen. Bei dreißig Fuß Länge und – an ihrem Hauptquerbalken – sechs Fuß Breite mußte sie für die siebzehn Passagiere ausreichen, welche die kleine Kolonie, Kate und den Steuermann eingerechnet, derzeit zählte.

Nach jenem mühseligen Anfange gingen die Arbeiten in regelmäßigem Verlaufe vor sich. Ein gleich guter Schiffszimmermann wie guter Seemann, verstand sich Evans darauf vollkommen und lernte dabei auch die Geschicklichkeit Baxters schätzen. An Material fehlte es hier ebensowenig wie an Werkzeugen. Mit den Überresten vom Schonerrumpfe konnte man die zerbrochenen Krummhölzer, die geborstene Bordwand und die zerstörten Kreuzhölzer wiederherstellen; das alte, in eingedicktem Fichtensaft wieder erweichte Werg gestattete, die Fugen des Rumpfes vollständig zu dichten.

Die früher nur am Vorderteil gedeckte Schaluppe wurde jetzt auf zwei Drittel eingedeckt, was bei schlechtem Wetter besseren Schutz versprach, obgleich letzteres während der Sommerzeit kaum zu befürchten war. Die Passagiere konnten sich so nach Belieben unter oder über Deck aufhalten. Die Bramstenge des »Sloughi« vertrat hier den Großmast, und Kate gelang es unter Anleitung des Steuermannes aus der Reserve-Brigantine der Yacht ein Focksegel, ebenso wie ein Hinter- und ein Klüversegel herzustellen. Bei dieser Ausrüstung war das Gleichgewicht des Fahrzeuges besser gesichert, und dasselbe konnte den Wind in jeder

Haltung und Wendung ausnützen. Diese dreißig volle Tage in Anspruch nehmenden Arbeiten wurden erst am 8. Januar beendigt, und nun waren bloß noch gewisse Einzelheiten der Ausrüstung zu bestimmen.

Der Steuermann wollte nichts außer acht lassen, die Schaluppe in möglichst guten Zustand zu setzen. Sie sollte ebenso zur Fahrt durch die Wasserstraße des magellanischen Archipels geeignet sein wie im Notfalle einige hundert Meilen unter Segel bleiben können, wenn es unumgänglich wurde, bis zur Niederlassung von Punta Arena an der Ostküste der Halbinsel Braunschweig zu fahren.

Hier muß noch eingeschaltet werden, daß im Verlaufe der letzten Zeit die Christmas mit einem gewissen Aufwand gefeiert wurde, und auch der 1. Januar des Jahres 1862, welches die jungen Kolonisten allerdings nicht mehr auf ihrer Insel zu vollenden hofften.

Damals war die Genesung Doniphans schon so weit vorgeschritten, daß er die Halle verlassen konnte, wenn er sich auch noch recht schwach fühlte. Die gute Luft und gehaltreichere Nahrung gaben ihm seine Kräfte sichtlich wieder. Übrigens beabsichtigten seine Kameraden gar nicht abzufahren, ehe er nicht imstande wäre, ohne Gefahr eines Rückfalles eine Reise von einigen Wochen auszuhalten.

Inzwischen nahm das Leben in French-den seinen gewohnten Fortgang.

Freilich wurden die Unterrichtsstunden und die Redeübungen nicht mehr so streng eingehalten. Jenkins, Iverson, Dole und Costar blieben doch der Meinung, daß sie ja Ferien hätten.

Wie man sich wohl denken kann, hatten Wilcox, Croß und Webb die Jagden, sowohl am Rande der South-moors wie in den Dickichten der Traps-woods wieder aufgenommen. Jetzt verachtete man die Fallen und Schlingen, trotz der Einrede Gordons, der immer seine Munition geschont sehen wollte. Da knallte es hier und krachte es dort, daß die Speisekammer Mokos bald von frischem Wildbret übervoll wurde, was wenigstens die Aufsparung der Konserven für die Reise ermöglichte.

Ach, hätte Doniphan sein Amt als Jägermeister der Kolonie versehen können, mit welchem Feuereifer würde er jetzt alles Haar- und Federwild verfolgt haben, wo es auf einen Schuß mehr oder weniger nicht ankam. Er empfand es auch als ein recht schweres Herzeleid, sich seinen Kameraden nicht anschließen zu können; doch er mußte sich schon in Geduld fassen und durfte keine Unklugheit begehen.

Während der letzten zehn Tage des Januars schritt Evans nun zur Beladung des Fahrzeugs. Wohl hatten Briant und die anderen den Wunsch, alles, was sie aus ihrem »Sloughi« gerettet, mitzunehmen. Aus Mangel an Platz war das jedoch nicht möglich, und es mußte also eine Auswahl davon getroffen werden.

In erster Linie brachte Gordon sicher das Geld unter, das er an Bord der Yacht einst vorfand und das die jungen Kolonisten für die bevorstehende Heimfahrt wohl noch brauchen mußten; Moko sorgte in hinreichender Menge für den Mundvorrat der siebzehn Passagiere, und zwar nicht allein für eine auf einige Wochen berechnete Reise, sondern für den Fall, daß die Umstände sie nötigten, auf einer Insel des Archipels ans Land zu gehen, ehe sie Punta Arena, Port-Galant oder Port-Tamar erreichten!

Was vom Schießbedarf noch übrig war, fand ebenso wie die Gewehre und Revolver von French-den in den Kästen der Schaluppe Unterkunft. Doniphan bestand selbst darauf, daß man die beiden kleinen Geschütze von der Yacht nicht zurückließ. Belasteten sie das Fahrzeug zu bedeutend, so konnte man sich ihrer unterwegs ja jederzeit entledigen.

Briant nahm ebenso den ganzen Vorrat an Kleidungsstücken zum Wechseln mit, den größten Teil der Bücher der Bibliothek, ferner die nötigsten Geräte zum Kochen an Bord – unter anderem einen der Öfen aus dem Store-room – und endlich die zur Schiffahrt unentbehrlichen Instrumente, wie Seechronometer, Fernrohre, Kompasse, Log, Signallaternen, das Halkett-boat nicht zu vergessen. Wilcox wählte unter den Leinen und Schnuren aus, was unterwegs zum Fischfang Verwendung finden konnte.

Das Süßwasser, welches zum Mitnehmen aus dem Rio Sealand geschöpft worden war, ließ Gordon in zehn kleine Fässer füllen, welche unten im Boote auf dem Kielschweine regelmäßige Aufstellung fanden. Man vergaß auch nicht, was von Brandy, Gin und den aus den Trulcafrüchten und den Algarrobebeeren bereiteten Likören übrig war.

Am 3. Februar war die gesamte Ladung an ihrem Platze. Jetzt handelte es sich nur noch um Bestimmung des Abfahrtstages, sobald Doniphan in der Lage war, die Reise aushalten zu können.

Der wackere Knabe veranlaßte keinen nennenswerten Aufschub. Seine Wunde war gänzlich vernarbt und der Appetit zurückgekehrt, so daß er sich nur hüten mußte, zu viel zu essen. Auf Briants oder Kates Arm gestützt, unternahm er jetzt tägliche mehrstündige Spaziergänge auf dem Sportfeld.

»Reisen wir ab . . .! Ohne Verzug!« sagte er. »Es drängt mich, erst unterwegs zu sein . . . Die Seeluft wird mich vollends wiederherstellen.«

Die Abfahrt wurde nun auf den 5. Februar bestimmt.

Am Vorabend hatte Gordon die Haustiere wieder in Freiheit gesetzt. Guanakos, Vigogne-Schafe, Trappen und das ganze Federvieh – alles flüchtete, undankbar für die genossene Pflege, die einen, was sie laufen, die andern, was sie fliegen konnten, in die Weite, so unwiderstehlich trieb sie ihr Verlangen nach Freiheit.

»Die Undankbaren!« rief Gordon. »Das ist der Lohn für alle Mühe, die wir an sie verschwendet!«

»Ja, so ist einmal die Welt!« antwortete Service mit so komischem Ernste, daß sein philosophischer Ausspruch mit allgemeinem Gelächter aufgenommen wurde.

Am nächsten Morgen schifften sich die jungen Passagiere auf der Schaluppe ein, welche die Jolle, die Evans als Barkasse dienen sollte, ins Schlepptau nahm.

Bevor sie aber die Taue vom Ufer lösten, wollten Briant und seine Kameraden noch einmal zu den Gräbern François Boudoins und Forbes' treten. In andächtiger Stimmung begaben sie sich dahin, und mit einem letzten Gebete weihten sie den Unglücklichen eine letzte Erinnerung.

Doniphan hatte am Hinterende des Bootes neben Evans, der das Steuer führen sollte, Platz genommen. Im Vorderteile hielten Briant und Moko die Schoten der Segel, obwohl man zur Fahrt längs des Rio Sealand mehr auf die Strömung zu rechnen hatte als auf den Wind, dessen Richtung durch die Kette des Auckland-hill vielfach geändert wurde.

Die übrigen hatten sich, ebenso wie Phann, nach Gutdünken auf dem Deck des Vorderteiles untergebracht.

Die Taue wurden losgeworfen, und die Ruder peitschten das Wasser.

Drei Hurras erschallten der gastlichen Wohnstätte, welche den jugendlichen Kolonisten seit der langen Reihe von Monaten ein so sicheres Obdach gewährt hatte, und nicht ohne gewisse Rührung sahen sie – bis auf Gordon, der ganz untröstlich schien, seine Insel zu verlassen – Auckland-hill hinter den Bäumen des Ufergeländes verschwinden.

Den Rio Sealand hinab kam die Schaluppe kaum schneller als dessen Strömung vorwärts, und diese war eben keine bedeutende. Auf der Höhe der Schlammlache in den Bog-woods mußte Evans dann gegen Mittag Anker werfen.

Dieser Teil des Wasserlaufes gerade hatte so geringe Tiefe, daß die schwer belastete Schaluppe auf Grund zu geraten drohte. Es erschien also richtiger, eine Flutperiode abzuwarten und erst mit wieder beginnender Ebbe weiterzufahren.

Dieser Halt dauerte gegen sechs Stunden. Die Passagiere benützten denselben zu einer reichlichen Mahlzeit, und Wilcox und Croß stiegen dann aus, um am Rande der South-moors einige Bekassinen zu schießen.

Vom Achter der Schaluppe aus gelang es Doniphan sogar, ein paar feiste Tinamus zu erlegen, welche über dem rechten Ufer hinflatterten. Damit war er natürlich ganz geheilt.

Erst ziemlich spät abends traf die Schaluppe an der Ausmündung des Rios ein. Da es die Dunkelheit nicht zuließ, sich durch die engen Rinnen des Klippengürtels zu winden, wollte Evans als vorsichtiger Seemann den anderen Tag abwarten, um in See zu stechen.

Eine friedliche Nacht. Gegen Abend hatte sich der Wind gelegt, und als das Seegeflügel, die Felstauben, Möwen und Taucherenten, ihre Löcher in der Felswand aufgesucht, herrschte in der Sloughi-Bai das tiefste Schweigen.

Am anderen Morgen mußte bei dem herrschenden Landwinde der Seegang bis zur äußersten Spitze der South-moors ein ganz leichter sein, und es galt diesen zu benützen, um gegen zwanzig Meilen zurückzulegen, auf welcher Strecke bei Seewind das Meer recht schwer gewesen wäre.

Mit Tagesanbruch ließ Evans also die drei Segel der Schaluppe hissen, und von der sicheren Hand des Steuermanns gelcitet, glitt diese aus dem Rio Sealand hinaus.

In diesem Augenblicke richteten sich alle Blicke nach dem Kamme des Auckland-hill und dann auf die letzten Felsmassen der Sloughi-Bai, welche mit der Umschiffung des American-Kaps ebenfalls verschwanden.

Da wurde ein Kanonenschuß abgegeben, dem ein dreifaches Hurra folgte, während die Flagge des Vereinigten Königreiches zum Top des Mastes emporstieg.

Acht Stunden später drang die Schaluppe in den Kanal zur Seite der Insel Cambridge ein, umsegelte das Südkap und folgte den Umrissen der Insel Adelaide.

Die letzte Spitze der Insel Chairman versank damit am nördlichen Horizonte.

Fünfzehntes Kapitel

In den Kanälen. – Die Meerenge. – Der Dampfer »Grafton«. – Rückkehr nach Auckland. – Empfang in der Hauptstadt Neuseelands. – Evans und Kate. – Schluß.

Die Fahrt durch die Kanäle des magellanischen Archipels brauchen wir kaum eingehender zu schildern; sie verlief ohne jeden bemerkenswerten Zwischenfall. Die Witterung blieb beständig schön. In jenen, nur sechs bis sieben Meilen breiten Wasserstraßen hätte das Meer auch kaum Zeit gehabt, durch einen kurzen Sturm besonders aufgewühlt zu werden.

Alle diese Kanäle waren verlassen, und es war fast ein Vorteil zu nennen, mit den Eingeborenen dieser Gegend, welche nicht sehr gastfreundlicher Natur sind, nicht zusammenzutreffen. Ein- oder zweimal während der Nacht wurden zwar Feuer im Innern der Inseln wahrgenommen, doch zeigte sich kein Bewohner derselben an deren Strand.

Am 11. Februar gelangte die Schaluppe, welche bis hierher stets vom Winde begünstigt worden war, durch den Smyth-Sund, zwischen der Westküste der Insel der Königin Adelaide und den Höhen des König Wilhelm-Landes in die Magellan-Straße. Zur Rechten erhob sich die St. Anna-Spitze. Zur Linken, im Hintergrunde der Beaufort-Bucht, bauten sich einige jener prächtigen Gletscherriesen auf, von denen Briant einen der höchsten vom Osten der Insel Hannover – der die jungen Kolonisten übrigens immer den Namen der Insel Chairman gaben – vor langer Zeit undeutlich gesehen hatte.

An Bord ging alles gut; man hätte glauben können, daß die mit »Meeresduft« geschwängerte Luft Doniphan ganz besonders zusagte, denn er aß und trank nicht allein, sondern fühlte sich auch schon gekräftigt genug, ans Land zu gehen, wenn es der Zufall fügte, das frühere Robinsonleben noch einmal zu beginnen.

Im Laufe des 12. gelangte die Schaluppe in Sicht der Insel Tamar bei König Wilhelms-Land, deren Hafen oder vielmehr Bucht in diesem Augenblicke ganz verlassen war. Ohne hier beizulegen, schlug Evans also, nach Umschiffung des Kaps Tamar, eine südwestliche Richtung durch die Magellan-Straße ein.

Auf der einen Seite dehnte hier das lange Desolations-Land seine flachen, unfruchtbaren Küsten aus, denen die üppiggrüne Pflanzenwelt der Insel Chairman vollständig abging. An der andern zeigten sich die so auffallend verteilten Einschnitte oder Einzahnungen der Halbinsel Crooker. An dieser hin suchte Evans nunmehr südlich vorzudringen, um das Kap Forward zu umsegeln und die Ostküste der Halbinsel Braunschweig bis zur Niederlassung von Punta Arena hinauf zu steuern.

Es wurde nicht notwendig, so weit zu gehen.

Am Morgen des 13. rief Service, der im Vorderteile stand:

»Eine Rauchwolke an Steuerbord!«

»Der Rauch von einem Fischerfeuer?« fragte Gordon.

»Nein ... das ist die Rauchsäule eines Dampfschiffes!« erklärte Evans.

In der Tat lag von hier aus jedes Land zu entfernt, als daß der Rauch eines Lagers von Fischern hätte sichtbar sein können.

Briant erkletterte sogleich das Tauwerk des Mastes, erreichte die Spitze desselben und rief auch seinerseits:

»Ein Schiff ...! Ein Schiff ...!«

Das Fahrzeug kam bald in Sicht. Es war ein Dampfer von sieben- bis achthundert Tonnen, der mit einer Geschwindigkeit von elf bis zwölf Meilen dahinglitt.

Von der Schaluppe ertönten Hurras und krachten die Gewehre.

Die Schaluppe war bemerkt worden, und zehn Minuten später legte sie schon neben dem auf der Fahrt nach Australien begriffenen Dampfer »Grafton« an.

Mit kurzen Worten war dessen Kapitän Tom Long über die Abenteuer des »Sloughi« verständigt worden. Von dem verschollenen Schoner hatte übrigens in England und Amerika jeder mit Teilnahme gehört, und Tom Long beeilte sich also, die Passagiere der Schaluppe an Bord aufzunehmen. Er bot diesen sogar an, sie geraden Weges nach Auckland überzuführen, was für ihn keinen großen Umweg bildete, da der »Grafton« nach Melbourne, der Hauptstadt der Provinz Adelaide, fast ganz im Süden von Australien, bestimmt war.

Die Überfahrt ging rasch vonstatten, und am 25. Februar schon ankerte der »Grafton« auf der Reede von Auckland.

Bis auf wenige Tage waren jetzt zwei Jahre verflossen, seit die fünfzehn Zöglinge der Pension Chairman achtzehnhundert Meilen weit von Neuseeland verschlagen wurden.

Wir müssen darauf verzichten, die Freude der Familien zu schildern, welchen ihre Kinder unerwartet wiedergegeben waren – diese Kinder, welche man in die Tiefen des Stillen Weltmeeres versunken glaubte. – Nicht eines fehlte von allen, die einst der Sturm nach der Gegend des untersten Südamerika entführt hatte.

Fast augenblicklich verbreitete sich in der Stadt die Botschaft, daß der »Grafton« die jungen Schiffbrüchigen wieder heimgebracht habe. Die ganze Bevölkerung strömte zusammen und jubelte laut auf, als diese in die Arme ihrer Eltern sanken.

Und wie begierig zeigten sich alle, genau kennenzulernen, was sich auf der Insel Chairman zugetragen hatte. Die berechtigte Neugier sollte bald Befriedigung finden. Erstens hielt Doniphan einige Vorträge darüber – Vorträge, welche rauschenden Beifall fanden, worüber der Knabe natürlich nicht wenig stolz war. Dann wurde auch das von Baxter, man kann sagen, Stunde für Stunde vervollständigte Tagebuch von French-den durch den Druck veröffentlicht, und es bedurfte vieler, sehr vieler Tausende von Exemplaren, nur um die Leser auf Neuseeland zu befriedigen. Endlich druckten dasselbe die Zeitungen beider Welten in allen Sprachen ab, denn es gab so gut wie niemand, der sich nicht für den Unfall des »Sloughi« interessiert hätte. Die Klugheit

Gordons, die Opferwilligkeit Briants, die Unerschrokkenheit Doniphans, wie die stille Ergebung aller, der Kleinen wie der Großen, fand überall bewundernde Anerkennung.

Es ist unnütz, bei dem Empfange, der Kate und dem Master Evans zuteil wurde, länger zu verweilen. Hatten sie sich für die Rettung dieser Kinder nicht wirklich geopfert? Mittels einer öffentlichen Subskription wurde deshalb ein Handelsschiff, der »Chairman«, angekauft und Evans zum Geschenk gemacht, der damit gleichzeitig dessen Eigentümer und Kapitän wurde, nur mit der Bedingung, daß Auckland der Heimathafen desselben zu bleiben habe. Und wenn ihn seine späteren Reisen nach Neuseeland zurückführten, fand er stets in den Familien »seiner Jungen« die herzlichste Aufnahme.

Was die vortreffliche Kate anging, so wurde diese von den Familien Briant, Garnett, Wilcox und manchen anderen beansprucht, so ja fast erkämpft. Schließlich entschied sie sich für das Haus der Eltern Doniphans, dem sie durch liebende Pflege ja einst das Leben gerettet hatte.

Was soll aber als Moral dieser Erzählung, welche wohl mit Recht den Titel »Zwei Jahre Ferien?« führt, in der Erinnerung junger Leser haftenbleiben.

Niemals vielleicht werden Zöglinge eines Pensionats während ihrer Ferien so schweren Prüfungen ausgesetzt sein. Doch – das mögen sich alle merken – bei regem Ordnungssinn, Eifer und Mut gibt es keine noch so gefährliche Lebenslage, aus der man sich nicht zu befreien vermöchte. Vorzüglich sollen sie sich erinnern, wenn sie an die jungen Schiffbrüchigen vom »Sloughi« denken, die unter den schwersten Prüfungen und der härtesten Lehrzeit für dieses Leben heranreiften, daß die Kleinen derselben fast als Große und die Großen fast als Männer in die langentbehrte Heimat zurückkehrten.

COLLECTION JULES VERNE

1. Von der Erde zum Mond
Direkte Fahrt in 97 Stunden 20 Minuten
2. Reise um den Mond
3. Reise um die Erde in 80 Tagen
4. Reise zum Mittelpunkt der Erde
5. Fünf Wochen im Ballon
6./7. Zwanzigtausend Meilen unter dem Meer
8. Abenteuer von drei Russen und drei Engländern in Süd-Afrika
9./10. Abenteuer des Kapitän Hatteras
11./12./13. Die Kinder des Kapitän Grant
14./15./16. Die geheimnisvolle Insel
17./18. Das Land der Pelze
19. Eine schwimmende Stadt
Die Blockadebrecher
20. Eine Idee des Doktor Ox
Meister Zacharius
Ein Drama in den Lüften
Eine Überwinterung im Eis
Eine Mont-Blanc-Besteigung
21. Der Chancellor
Tagebuch des Passagier J. R. Kazallon
22./23. Der Kurier des Zaren
Michael Strogoff
24. Schwarz Indien
25./26. Reise durch die Sonnenwelt
27./28. Ein Kapitän von 15 Jahren
29./30./31. Die Entdeckung der Erde
32. Die fünfhundert Millionen der Begum
33. Die Leiden eines Chinesen in China
34./35. Die großen Seefahrer des 18. Jahrhunderts
36./37. Das Dampfhaus

38./39. Der Triumph des 19. Jahrhunderts
40./41. Die Jangada
42. Die Schule der Robinsons
43. Der grüne Strahl
44./45. Keraban der Starrkopf
46. Der Südstern oder das Land der Diamanten
47. Der Archipel in Flammen
48./49./50. Mathias Sandorf
51. Robur der Sieger
52. Ein Lotterie-Los
53./54. Nord gegen Süd
55./56. Zwei Jahre Ferien
57. Kein Durcheinander
58./59. Die Familie ohne Namen
60./61 Mistreß Branican
62. Das Karpatenschloß
63. Claudius Bombarnac
Notizbuch eines Reporters
64./65. Der Findling
66./67. Meister Antisers wunderbare Abenteuer
68./69. Die Propeller-Insel
70. Vor der Flagge des Vaterlandes
71. Clovis Dardentor
72./73. Die Eissphinx
74./75. Der stolze Orinoco
76./77. Das Testament eines Exzentrischen
78./79. Das zweite Vaterland
80. Das Dorf in den Lüften
81. Die Historien von Jean-Marie Cabidoulin
82./83. Die Gebrüder Kip
84./85. Reisestipendien
86. Ein Drama in Livland
87. Der Herr der Welt
88. Der Einbruch des Meeres
89. Der Leuchtturm am Ende der Welt
90./91. Der Goldvulkan
92./93. Reisebüro Thompson & Co.
94. Die Jagd nach dem Meteor
95. Der Pilot von der Donau
96./97. Die Schiffbrüchigen der Jonathan
98. Wilhelm Storitz' Geheimnis
99./100. Cäsar Cascabel